二度転生した少年はSランク冒険者として平穏に過ごす

～前世が賢者で英雄だったボクは来世では地味に生きる～

6

十一屋 翠
illustration
がおう

リリエラ【冒険者ランク:A】

レクスとパーティを組んでいる少女。彼との冒険でかなり力をつけて来ておりSランクへの昇格が期待されている。

レクス【冒険者ランク:S】

二度転生し念願叶って冒険者となった少年。自身の持つ力は今の世界では規格外過ぎるが本人にその自覚はない。

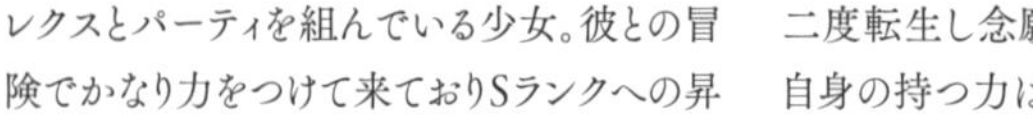

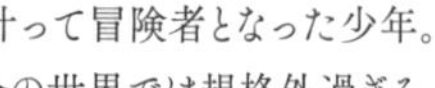

チームドラゴンスレイヤーズ
【冒険者ランク:C】

レクスとの修行を経て、着々とランクアップしているジャイロ、ミナ、メグリ、ノルブの4人組パーティ。

モフモフ

この世を統べる世界の王(自称)。レクスを倒す機会を狙うが本人にはペット扱いされている。名前はあくまで仮称。羽が好物。

あらすじ

賢者、英雄と二度の人生を経て転生し、憧れていた冒険者となり、瞬く間にSランクに昇格した少年・レクス。今度はギルドの要請でSランク冒険者たちとの合同依頼を受けることに。史上三番目のSランク危険領域内に新たに発見された遺跡に行くことになる。

ロディらチームサイクロンのメンバーをはじめとした精鋭達とともに現場に向かう面々。襲い掛かる魔物を次々となぎ倒し、奥へ進むと魔人が作り出した「白き災厄」の欠片を宿したキメラが登場。それをレクスが一撃で倒すと、そのキメラを食べたモフモフが突如巨大化して襲い掛かってくるが、いつものごとくレクスに返り討ちに遭う。さらにキメラ研究所所長のアンデッド・ガンエイが作った最強試作キメラも、レクスによってあっけなく討伐されてしまった。

第11章

書き下ろしエピソード

第11章

第89話　ドラゴンの国と竜殺し

「という訳でやって来ました。ここが竜騎士の国ドラゴニアだよ」

ジャイロ君達の修行の為、僕達はドラゴンの聖地と呼ばれる国ドラゴニアへとやって来た。

「ここがドラゴニアかぁ……意外に普通の国ですね」

とはノルブさんの言だ。

確かに一見するとドラゴニアは普通の国だ。

でもドラゴニアには他の国にはない特徴がある。

それは遠く離れた国境沿いのこの場所からでも良く見える、針山の様に突き立った山脈だ。

「ドラゴニアの特徴はあそこに見える龍峰ロンライドさ。あそこはドラゴンの聖地と呼ばれる程多くのドラゴンが暮らしているんだ。そしてあそこが僕達の修行の場って訳さ」

「本当にドラゴンと戦うのね……」

遠い目をしながらリリエラさんがロンライドを見つめる。

「大丈夫ですよ、峰の外周なら大半はグリーンドラゴン程度ですから。出てもブルードラゴンあたりですね」

「その程度がもう普通じゃないんだけど……」

いやいや、グリーンやブルー程度なら空飛ぶトカゲみたいなもんですよ。

「龍峰はドラゴンにとっては自分達が暮らす土地だけど、竜騎士達にとってはまた別の意味がある場所なんだ」

「別の意味？」

「そう、竜騎士達はあの山脈でこれはと思ったドラゴンと一対一で戦い、見事勝利する事でドラゴンに騎乗する権利を得る事が出来るんだ。それが竜騎士になる為の選竜の儀さ」

と、せっかくドラゴンに関連する土地なので、目的地に着くまでの暇つぶしがてら竜騎士についての話をする事にした。

「儀式を行う前の竜騎士はどれだけ強くても見習い扱いなんだ。選竜の儀式に成功して初めて竜騎士を名乗る事が許されるようになるんだよ」

「じゃあドラゴンに楽勝で勝てる兄貴も竜騎士なのか？」

と、ジャイロ君が素朴な疑問をぶつけてきた。

「良い質問だね。でも残念だけど僕は竜騎士じゃない。竜騎士になるには、代々竜騎士達の間で秘伝とされている儀式を行わないといけないらしいんだ」

うん、知り合いの竜騎士から龍帝流空槍術を教わった僕だったけど、儀式については最後まで教えて貰えなかった。

お前は英雄だから、竜騎士になる必要はないって言われて。

「そっかー、兄貴にも知らない事ってあるんだな」

「って言うか、竜騎士なんておとぎ話の存在なんだから、知らなくて当然でしょ？　むしろここまで知っているレクスが凄いのよ」

と、ミナさんがジャイロ君を窘《たしな》める。

「あー、まぁそっか。なんか感覚がマヒしてたわ」

んー、以前も他の人にそんな事を言われたけど、竜騎士がおとぎ話って何の事だろう？

「まぁそれに、ちょっと乗り心地は悪いけど、頭の上に乗って無理やり目的地に向かって飛ばせれば竜騎士にならなくてもドラゴンには乗れるしね」

「「「「いやそれは乗っているとは言わない」」」」

あれ？　何故か全員から否定されてしまったよ？

飛行魔法を使えない人が遠い所や高い所に行くのに良く使う手段なんだけどな。

◆

国境を抜けた僕達は、龍峰ロンライドに一番近いタツトロンの町へとやってきた。

「いらっしゃいいらっしゃい！　ランドリザードのドラゴン焼きだよー！」

「フライスネークのブレス焼きもあるよー！」

屋台から威勢の良い呼び込みと共に、香ばしい匂いが漂ってきてお腹を刺激してくるなぁ。

「おー、賑やかな町だなぁ」

「うん、ドラゴンが住んでいる場所が近いのに誰も怯えてない」

ジャイロ君の感想に、メグリさんが同意の声を上げる。

「そうですね。なぜドラゴンの住処が近いのに町の人達はこれほどまでに落ち着いているのでしょうか？」

ノルブさんもメグリさんと同じ疑問を持ったみたいだ。

二人が言うとおり、タツトロンの町の人々はロンライドが近いにもかかわらず、誰も気にしていない。

「そりゃあドラゴンが襲ってくる心配がないからだよ兄ちゃん達」

と、ノルブさん達の疑問に答えたのはすぐそばにいた屋台の店主のおじさんだった。

「それはどういう事ですか？」

「……」

ノルブさんの疑問に対して、店主のおじさんが屋台に並ぶ串焼きを指さす。

成る程そういう事か。

「おじさん、串焼きを6本ください」

「へい、まいどあり！　ランドリザードのドラゴン焼き6本お買い上げだー！」

「ギュウギュウッ!!」

と、突然モフモフが僕の足をペシペシと叩く。

おっといけない、モフモフの分を忘れていたよ。

「すみません、あと1本追加で」

僕達が串焼きを買うと、おじさんは建付けの良くなった戸の様に事情を話し始めた。

「ドラゴンってのはもともと縄張り意識の強い生き物なんだ。だから基本的には龍峰から離れる事はめったにねぇ」

うん、ドラゴンも動物である以上、縄張りを重視する生き物だからね。

「それに龍峰の奥には峰で暮らす全てのドラゴンを従える長が居るって話だ。そのボスのお膝元で勝手な事をしたら大変な事になるって寸法よ」

どんな生き物でも、群れで暮らす以上ルールがあるからね。

それはドラゴンも同じって訳だ。

あとこのランドリザードのドラゴン焼き結構美味しいや。

見た目は豪快な焼き肉なんだけど、ただの塩焼きと違ってタレが甘じょっぱくて美味しいね。

うーん、もう1本買おうかなぁ。

「おっさんもう1本くれ！」

「私も」

「キュウ!!」

「へいまいど！」

とか思ってたら、ジャイロ君とメグリさんがお替わりを注文していた。

うん、僕も頼もう。

あとモフモフの分は誰が払うんだろう？

え？　ペットの食事は飼い主の義務？　はい、そうですね。

「まぁそんな訳で、気性の荒いハグレでもなけりゃあ町まで来る事はねぇよ。そのハグレも数十年に一頭現れるかってところだしな」

「じゃあそのハグレが現れたらどうするんだ？　噂の竜騎士ってのが倒すのか？」

とジャイロ君が3本目の串焼きをかじりながら店主のおじさんに質問する。

「竜騎士？　ワハハッ、冗談いっちゃあいけねぇよ兄ちゃん。いまどき竜騎士なんてガキのおとぎ話の存在だぜ！」

そしたら店主のおじさんは大笑いでジャイロくんの疑問を否定した。

うーん、それにしてもこのおじさんも竜騎士をおとぎ話って、どういう事？

「え？　竜騎士って居ないのか？」

「あー、まぁ王都を守る騎士団として竜騎士団ってのは居るが、それも名前だけの普通の騎士よ。期待させて悪ぃが、そもそもドラゴンと一対一で戦って従えさせるなんて無理だろ」

「「「「……」」」」

無言でリリエラさん達が僕を見つめてきたけど、前世じゃ割と普通にいたんだけどなぁ……

「えーっと、それじゃあ竜騎士王が騎乗するゴールデンドラゴンはどうなんですか？　知恵を持った最強のドラゴンは数千年は生きると言われていますけど」

「それこそ伝説だよ。噂じゃ龍峰を総《す》べるボスが伝説のゴールデンドラゴンだって言われてるが、誰もその姿を見たヤツは居ない。そもそもドラゴンの巣に入りたがる命知らずなんて居る訳がないからな！」

「「「「……」」」」

またリリエラさん達が無言で見つめてきた。

けど前世じゃ普通に徒歩で龍峰に入ってドラゴンを倒す人達は山ほどいたんだけどなぁ。

それこそドラゴンが減りすぎないように狩猟制限するくらいに。

うーん、竜騎士はただの騎士で、ゴールデンドラゴンを見た人もいないかー。

僕が死んでいた間にこの国はどうなってしまったんだろう？

「あの、それじゃあ龍帝流空槍術って聞いた事無いですか？」

「ん？　ああ、おとぎ話に出てくる竜騎士が使う槍の技の事だな。まぁたまに自称龍帝流が現れるけど、全部偽モンさ」

うーむ、龍帝流空槍術までおとぎ話扱いだなんてどうなっているんだろう？

もしかしてこの時代には竜騎士も龍帝流空槍術の使い手も滅びてしまったのか？

いやいや、まさかあの人達が滅ぶとかありえないし。

「おい、あれはなんだ？」

とその時、誰かそんな言葉と共に空の彼方を指さした。

「何だどうした？」

周囲に居た人達も彼が指さした方向を見る。

「……なんだありゃ？」

釣られる様に何人もの人達が空の彼方、龍峰の方角に視線を向けた。

最初見えたのは、青い空に浮かぶ緑色の小さな姿だった。

けれどそれはみるみる間にその姿を大きくしていく。

いや違う、アレはこっちに猛スピードで近づいてきているんだ。

町中が大きくざわめき出す。

「あ、あれは……まさか!?」

最初緑の点だったモノはもうかなりの距離まで町に近づいてきていた。

そしてそこまで近づけばそれの正体は誰の目にも明らかだ。

「……ドラゴンだ」

その言葉が合図だった。

町中から悲鳴が上がり人々がそこかしこへと走っていく。

町の出口に向かっていく人達、目についた建物の中に逃げ込む人達。

そっちの方向に自分の家があるのか、あのドラゴン、うん緑色だから大して強くもないグリーンドラゴンだね。ソイツが向かってくる方向に走っていく人達もいた。

「とはいえ、滅茶苦茶だなぁ……」

町を守る騎士団はパニックに陥った町の人々を落ち着かせようと声を上げているけれど、とてもじゃないがグリーンドラゴンが来るまでに間に合いそうもない。

いくら相手が弱いグリーンドラゴンでも、戦う力を持たない町の人達にとっては十分な脅威だ。

「あっ、もしかしてそういう事なのかな？」

もしかしたら、この町の騎士団なら今向かってきているグリーンドラゴン程度、問題なく倒せるって事なのかな？

だから町の人達の避難は明らかに慣れていなそうな人達にやらせているんじゃないだろうか？

普通こういう時には、バーンと拡声魔法あたりで大きな音を出して落ち着かせるものだもんね。

成る程、きっとこれは新人の実戦訓練も兼ねているんだね。

いざとなれば熟練の騎士が援護する予定なんだろう。

それなら安心だ。

「それに相手はドラゴンだけじゃないみたいだね。さっきまでは小さくて見えづらかったけど、後ろにワイバーンの群れがついてきている」

うん、ワイバーンはドラゴンの亜種だけど、グリーンドラゴンあたりはワイバーンを手下として使う事が少なくないからね。

「レクスさん！」

と、そんな中リリエラさんが僕に声をかけてくる。

リリエラさんだけじゃない、ジャイロ君達も僕を見つめている。

「このままじゃ町はドラゴンに襲われるわ。私達がなんとかしないと！」

「そうだぜ兄貴！　ドラゴンなんて軽ーくぶちのめしちまおうぜ！」

どうやらリリエラさん達は町を守る為に戦うつもりみたいだ。

うーん、放っておいても騎士団が町を守ってくれると思うんだけど……

「ジャイロさんそんな気楽な……」

「なーに言ってんだよノルブ！　俺達には兄貴がついているんだぜ！」

ノルブさんが弱気な態度を見せるけど、ジャイロ君は気楽な様子だ。

うん、良く考えたらこれは丁度いい機会かもしれない。

「よし、皆でこの町を守ろう！」

「ええ！」

「さっすが兄貴！　そう来なくっちゃな！」

「はぁ、しょうがないわね」

「まぁでも、レクスが居るから」

「そ、そうですね。レクスさんが居ますもんね」

二人がやる気満々だから、ミナさん達もあきらめたように武器を構えて戦闘準備を整える。

うんうん、皆やる気に満ちていて良いね。

「うん、それじゃああのグリーンドラゴンとワイバーンの群れを迎撃しようか。僕は戦わないけれど」

「わかったぜ兄貴！　雑魚は任せてくれ！」

「ええ、私達がレクスさんのサポートを……って、え？」

リリエラさん達が今なんて言った？　と言わんばかりの顔で僕を見てくる。

「僕は戦わないから、皆で頑張って倒してね」

だから僕は皆に言った。

自分は戦わないと。

そう、皆の修行の為にね！

「「「「は、はぁぁぁぁぁぁぁっ!?」」」」

◆

「ちょっ!?　マジかよ兄貴!?」

僕の戦わない宣言に皆が目を丸くして驚く。

「うん、マジだよ、この戦いに僕は参加しない。君達だけで倒すんだ」

「けど相手はドラゴンとワイバーンよ！　私達だけじゃ勝てないわよ！」

ミナさんが無理だと悲鳴を上げるけど、僕はそうは思わない。

「大丈夫だよ、これまで皆修行を沢山頑張って来たでしょ？　ワイバーン程度、物の数じゃないさ。

そしてリリエラさん」

「え？　私？」

「うん、リリエラさんにはあのグリーンドラゴンを一人で倒して欲しいんだ」

「……は？」

リリエラさんがポカンと呆けた顔で僕を見る。

「大丈夫、町の人達は僕が守るから。皆は敵を倒す事だけに集中して」

さすがに初めてのドラゴン退治で周囲の事を気遣いながら戦うのは大変だからね。

そこは僕がサポートだ。

「ちょ、本気で言ってるのレクスさん?」

「うん本気本気。皆の修行にちょうど良いでしょ?」

「修行って……」

もともとこの国には皆の修行の為に来たんだしね。

まぁちょっと予定が繰り上がった程度の話さ。

だって最初の予定じゃ龍峰で修行を始めるつもりだったんだしさ!

「さぁジャイロ君達はワイバーンの相手を!　大した敵じゃないけど、数が多いから気を付けてね!」

「わ、分かったぜ兄貴!」

僕の指示を受けてジャイロ君達が動き出す。

「って言うかワイバーンってBランクの魔物よね!?」

「大丈夫大丈夫。皆なら倒せるよ」

ミナさんは心配性だなぁ。

◆

「くっ、やるしかないのね!」

覚悟を決めたリリエラさんが氷の属性強化を発動して周囲の地面を薄く凍らせると、その上を足の裏に生やした氷の刃で華麗に滑りながらグリーンドラゴンをかく乱する。

リリエラさんが氷の上を滑ると、足元の氷同士が削れ合う事でキラキラと氷の欠片《かけら》が周囲に舞い踊る。

「綺麗……」

その光景を見ていた女性の一人が思わず声を漏らす。

「ギャオォォォォォ!!」

グリーンドラゴンは高速で縦横無尽に動き回るリリエラさんの速度に付いて行けず翻弄されるばかりだ。

「はぁっ!!」

反対にリリエラさんはグリーンドラゴンの隙を突いて的確に攻撃を当てていく。

ブレードウルフの素材から作った槍はグリーンドラゴンの鱗を容易《たやす》く切り裂いてゆく。

「グォアァァァァァッ!!」

その時、立て続けに攻撃を受けていたグリーンドラゴンが怒りの咆哮を上げる。

そして喉元に高密度の魔力が膨れ上がってゆく。

「気を付けて皆!　グリーンドラゴンがブレスを吐くよ!」

「「「ブレス!?」」」

僕の言葉により敏感に反応したのは、リリエラさん達ではなく町の人々だった。

おっといけない、彼等をブレスから守らないとね。

「ブレスガード!!」

僕は対ブレスに特化した魔法で町の人達を保護する。

その直後、グリーンドラゴンがブレスを吐いた。

高密度の魔力塊が地面を融解させながら住民達に襲い掛かる。

「ひぃっ!?」

悲鳴を上げ、身を丸くしてうずくまる町の人々。

「もう大丈夫ですよ」

僕は怯える人々にそう声をかけた。

「え?」

もう駄目だと思っていたのに、いつまで経っても自分達を焼き尽くす破滅が襲ってこない事に気付いて、人々が顔を上げる。

そして目の前の光景を見て目を丸くした。

「な、何だコレ!?」

町の人々が見たのは、自分達の目の前でドラゴンのブレスがまるで壁に阻まれているかのように止まり、そのまま上へと逸れていく光景だった。

「これは対ドラゴンブレス用の魔法、ブレスガードですよ。下級のドラゴンのブレスならこの魔法で簡単に防げます」

「か、簡単にって……ドラゴンだぞ？」

「ええ、たかだかグリーンドラゴンですから」

「「「「たかだかっ!?」」」」

あれ？　何で皆驚いているんだろう？　ドラゴンが多いドラゴニアなら、ブレス対策のブレスガードは基本だと思うんだけど。

実際僕の前世の時代のドラゴニアを守っていた普通の騎士や魔法使いでも使えていたし、竜騎士が居なくなってもブレスガード程度の魔法なら無くならないと思うんだけど。

「あっ、そろそろ終わりますよ」

「え？」

見ればリリエラさんとグリーンドラゴンの戦いがクライマックスに差し掛かっていた。

「たぁぁっ!!」

気合一閃、リリエラさんの攻撃はグリーンドラゴンの額に深々と突き刺さった。

「凍りなさい！　フリーズランスッ!!」

リリエラさんは自らの槍に氷の魔力を通し、グリーンドラゴンを内部から凍らせる。

「ッ!?」

グリーンドラゴンも頭を内側から凍らされては防ぎようもなく、そのまま頭部を氷漬けにされてこと切れた。

「……か、勝ったぁ」

グリーンドラゴンを倒したリリエラさんが、大きく息を吐きながらグリーンドラゴンの額の上でへたり込む。

「お疲れ様ですリリエラさん。見事グリーンドラゴン討伐ですね」

「ま、まさか単独でドラゴンを討伐出来るとは思わなかったわ……」

リリエラさんは信じられないと言った顔をしているけど、彼女の実力ならグリーンドラゴン程度とっくの昔に討伐出来ていたと僕は考えている。

「くっそー、ドラゴンスレイヤーを先に達成されちまったかー……」

と、悔しそうに振る舞ったのはジャイロ君だ。

怪我もしていないようだし、ジャイロ君達も上手くワイバーンの群れを倒すことに成功したみたいだ。

「兄貴の弟子として、俺が竜殺しの一番乗りをしたかったのによう」

「お疲れ様、ジャイロ君達もワイバーンを全部倒せたみたいだね」

「おう！　俺にかかればワイバーンなんか大した事ねぇぜ！」

ジャイロ君は自信満々に積みあがったワイバーンの死骸を指さした。

よく見るとメグリさんが黙々と解体をしている。

「なーんて言ってるけど、正直言って結構危ない場面が何度もあったわよ。アンタ突出し過ぎなのよ」

「うぐっ」

ミナさんのツッコミを受けてジャイロ君が苦虫を噛み潰したような顔になる。

「油断は禁物だねジャイロ君」

「……はい」

「ところでノルブさんは？」

さっきからノルブさんの姿が見えないのが気になったんで、念の為聞いておこう。

ノルブさんの実力ならワイバーン程度にやられたって事は無いと思うけど。

「ああ、ノルブなら最初の襲撃の時に怪我をした町の連中や衛兵達を治療してるよ」

ああ成る程、ノルブさんは僧侶だもんね。

それにしてもこういう時に真っ先に人々を助けに行けるなんて、ノルブさんは良い僧侶だなぁ。

前世で出会った欲塗《よくまみ》れのエセ僧侶達とは大違いだよ。

僕も微力ながらノルブさんのお手伝いをしようかな。

「リリエラさん、僕達も町の人達の治療を手伝いま……」

と、倒したグリーンドラゴンの上で休憩していたリリエラさんに視線を向けると、何やら妙な事になっているのに気付いた。

「あ、あの女の子ドラゴンを倒したぞ……」

「ドラゴンスレイヤーだ……」

「それに槍を持ってるぞ……」

「ドラゴンを倒せる槍使いの乙女ってもしかして……」

何やら町の人達がリリエラさんを見ながらブツブツと呟いている。

「え？　何？　何なの？」

リリエラさんも訳が分からないと困惑している。

「間違いない！　あの方こそ龍帝流空槍術の後継者、伝説の最後の竜騎士、龍姫様だっ!!」

「はぁっ!?」

「龍姫様ってホントに居たんだ!!」

「あれが伝説の龍帝流空槍術なのか！」

「戦っている時の龍姫様、キラキラと輝いて綺麗だったわ！」

「「「龍姫様ーっ！」」」

「え？　え？　え？　どういう事!?　なんの事!?」

町中が興奮に包まれるなか、リリエラさんだけが事情を理解できずにポカンとしていたのだった。

うん、僕達にも分かんない。

「まぁでも、リリエラさんの初めての竜殺し達成記念だし、僕達も祝っておこう。リリエラさんおめでとーっ！」

「「おめでとーっ！」」

つられてジャイロ君達もリリエラさんを祝う。

「やめてー！　良く分かんないけど崇《あが》めないで拝まないであとレクスさん達まで交ざらないでーっ!!」

第90話　龍峰とドラゴン狩り

「はー、ここは静かで良いわねぇ」

リリエラさんは顔を隠していたフードを外すと、人気のない山の麓で心底リラックスした様子で深呼吸をする。

なぜ僕達がこんな所に居るのかというと、それは今朝にさかのぼる。

◆

「それじゃあ今日は冒険者ギルドに行って昨日のグリーンドラゴンとワイバーンの素材の鑑定を頼むとしようか」

「兄貴、仕事の依頼は受けないのかよ?」

とジャイロ君が手を挙げて質問してきたので僕もそれに答える。

「この国に来たのは修行の為だからね。基本依頼は受けず倒した魔物の素材買い取りでお金を稼ぐ方針だよ」

「なるほど、確かにその方が修行になりますね」

本当は他の国にはないその土地固有の珍しい依頼とかを受けて、冒険者としての経験も積みたいんだけどね。

でもリリエラさん達は、自分たちが納得できるだけの強さを、足手まといにならないだけの力を持ちたいと言っているから、そっちが優先だ。

仲間がもっと強くなりたいってやる気に満ちているんだし、僕も全力で応援しないとね！

「……なんだか今悪寒が」

「奇遇ねリリエラ、私もよ」

何故かリリエラさんとミナさんがブルリと体を抱きしめながら震える。

もしかして風邪かな？

風邪はひき始めが肝心だから、あとでエルダーヒールをかけてあげよう。

あれならかすり傷だろうと不治の病だろうと一発で治るからね！

「じゃあ行こうか」

僕達は宿を出て、従業員さんに教えてもらった冒険者ギルドを目指した。

そしたら……

「なぁ、あれって龍姫様じゃね？」

「え？　龍姫様？」

「本当、龍姫様よ！」

と、リリエラさんを見て町の人が騒ぎ出したんだ。

騒ぎは瞬く間に広がっていき、道行く人全てがリリエラさんを凝視する。

「な、なな……!?」

うーん、龍姫っていったい何なんだろう？

もしかしてこの国ではドラゴンを倒した女の子の事をそう呼ぶのかなぁ？

でも様って付けてるし、何だか尊敬の念も感じるんだよねぇ……

「ん？」

そこで僕は人々の視線に籠る感情に、尊敬や感謝といった感情とは正反対の感情が交ざっている事に気づいた。

「……殺気？」

間違いない、誰かが殺気を送ってきている。

でも誰が、何の為に？

うーん、さっぱりわからないな。

この龍姫様騒ぎが原因なんだとは思うんだけど。

でも、前世の記憶でも龍姫なんて言葉は聞いた事がないんだよなぁ。

龍帝なら頻繁に聞いたけど。

「ねぇレクスさん」

とそこでリリエラさんが僕を呼ぶ。

「はい、何ですかリリエラさん？」

「ええとね、良く考えたらこの時間のギルドって、冒険者達が新しい依頼をチェックする為に混んでいるじゃない。だから先にこの国に来た目的である修行を優先しない？」

「修行をですか？　でも魔物素材の買い取りは良いんですか？」

「魔物素材はレクスさんが作ってくれた魔法の袋があるから腐る心配はないでしょ？　それに私達はお金の心配もないじゃない。だったら修行を優先した方が良いわ。買い取りの査定を頼むにも、ジャイロ君達が倒したワイバーンの群れは査定に時間もかかるでしょうから、夕方に修行から帰ってきたら査定だけ頼んで翌日お金を受け取ればいいわ」

「成る程、確かにそれは理にかなっていますね」

リリエラさんの言うとおり、朝の冒険者ギルドは混んでいた記憶しかない。

そう考えるとリリエラさんの提案は時間を効率的に使える良いプランだ。

「って言ってるけど、要は変に騒がれるのが嫌なだけよね」

「まぁ分かる」

ミナさんとメグリさんはリリエラさんが修行を強く勧める姿をそんな風に納得していた。

ああ成る程、それも理由だったのか。

人に見つめられて恥ずかしがるなんて、リリエラさんは本当に恥ずかしがり屋さんなんだね。

でもまぁそれなら、リリエラさんの為にも町の人達の興奮が収まるまで修行に専念するのが良いかもね。

……あと、さっき感じた殺気の正体も気になるしね。

◆

そんな訳で僕達は龍峰にやって来た訳です。

よっぽど修行がしたかったのか、町を出たリリエラさんはすぐさま飛行魔法で浮き上がりこの龍峰へと飛び出したんだ。

よっぽどドラゴンと戦いたかったんだね。

僕もリリエラさんの気合に応えないと！

「さぁレクスさん、どんな修行をするの!?」

「気合十分ですねリリエラさん。今日の修行はこの龍峰で限界までドラゴン狩りです！」

「なるほど！　分かっ……」

とそこで、気合満々に第一歩を踏み出したリリエラさんの動きが止まった。

「「「「えっっ!?」」」」

皆が目を丸くしてこちらを見つめてくる。

「ドラゴン狩りですよ」

そして皆が一歩後ずさる。

「「「「イヤイヤイヤ無理無理無理っ!!」」」」

え？　何で？

「いきなりドラゴン狩りからなの？　こうもっと段階を踏んだりしないの？　ドラゴンの倒し方のレクチャーとか、ドラゴンの前にワイバーン狩りで慣れるとか」

「そうですよレクスさん。作戦とかは立てなくていいんですか？」

「作戦？」

リリエラさんとノルブさんの言葉に、ジャイロ君達もウンウンと頷く。

「ええ、ドラゴンの弱点とか、どういう場所でドラゴンを迎え撃つとか、そういった打ち合わせをする必要があると思うんですが」

成る程、確かに冒険者ならそういう事前の打ち合わせは大事だよね。

「そうだね、まずドラゴンの弱点は首かな」

「首……ですか？」

「うん、首を切れば倒せる」

「……あの、もう少し素人にもやりやすい弱点を……」

あれ？　首を切るってすっごい簡単な方法だと思うんだけどなぁ。

うーん、でもノルブさんが求めるのはもっと簡単な、それこそ子供がドラゴンに挑むような戦い方って事なのかな？

ああそっか、ノルブさんは僧侶だもんね。

困っている人の力になる事こそ自らの役割と考えている彼だからこそ、今後僕達の様な戦士が居ない状況、つまり戦えない人しか居ない状況が来てもドラゴンを倒せる手段を知っておきたいって事なんだね。

「そうだね、だとすればまずは……うん、実戦でやって見せるとしようか」

「実戦？」

「ほら、ちょうど向こうから来てくれたみたいだからね」

と、周囲を見回すと、僕達のもとへ数えきれないほどのドラゴンが向かってきていた。

「「「「ド、ドラゴン!?　それにあんなに沢山!?」」」」

皆の声がハモッた。

「さっきドラゴンを待ち受ける場所って言ってたけど、龍峰はドラゴン達の縄張りだからね。一歩でも中に入ったらあいつ等に察知されるよ。そしてドラゴンは空を飛びブレスで周囲の地形諸共メチャクチャにするから、地の利を取るのはあんまり意味はないかな」

そう言って僕は剣を抜いて臨戦態勢を取る。

「それじゃあドラゴン対策を実践してみるとしようか」

僕は正面のドラゴンに向かって駆け出す。

「ドラゴン退治の方法その1、まず翼を切る！」

僕はドラゴンの背中に飛び乗ってその翼を根元から切断した。

「グギャァァァァァ!!」

「キュウッ!!」

すかさずモフモフがドラゴンの足元へと向かい翼を咥えて後方に戻っていく。

うん、素材回収ご苦労様。

「ドラゴンは不利になると空に逃げるから、さっきも言った通り地の利を得ても大抵は無意味になるんだ。だからもし地の利を生かしたいのなら、翼を真っ先に狙う事。翼さえ使えなくなれば、空から一方的に攻撃されることもなくなるしね。これが最初の対策かな」

と説明していると、周囲のドラゴン達が強い魔力反応を示し始めた。

うん、ドラゴンの攻撃の代名詞ブレスだね。

「そして次はブレスを吐けないように口を塞ぐ!!」

僕は近くにあった岩を手ごろなサイズにカットして、ドラゴン達の口の中に連続して放り投げた。

「「「グモァッ!?」」」

瞬間、ドラゴン達の口の中で大爆発がおきる。

うん、ブレスが口の中で炸裂して一石二鳥だ。

「あっ、しまった！」

「ど、どうかしたんですか!?」

僕のうっかりにノルブさんが何事かと声を上げる。

「頭を爆発させたから頭部の素材の質が悪くなっちゃったよ！」

「そ、そんな事ですか」

いやいや、買い取り価格に影響するし、重要な事だよ。

あー、しまったなぁ。

「まぁともあれ、ドラゴン相手の対策はこんな感じかな。翼を切って上から一方的に攻撃される危険を減らして、広範囲に広がるブレスを封じればもう、ちょっと鱗の堅いトカゲだからね。あとは煮るなり焼くなりって所さ。まだ心配なら足を狙うなり目を狙うなりしてさらに動きを封じる感じかな」

そういって僕はドラゴン達の首を切り落としていく。

「こんな感じだから、皆もやってみようか。あの数なら一人10体は倒せるから、綺麗に素材を得る為の練習台にはぴったりだね」

僕はやって来るドラゴンの第二波を指さしながら二人に言った。

「いやさすがに無理じゃね？」

「ちょっと僕達には難しいかと」

「私魔法使いだから首を切るのはちょっと……」

「流石《さすが》に一人でドラゴンを相手にするのは無理過ぎ……」

「というか、一人10体ってつまり10対1で戦えって事よね!?」

けれど皆は絶対無理だと首を横に振って後ずさる。

「えー？　皆の実力ならグリーンドラゴンの10体くらい行けると思うけどな。実際リリエラさんは昨日グリーンドラゴンを倒した訳だし。……あっ、何体かブルードラゴンも混ざってるけど誤差だよね」

「「「「それ全然誤差じゃないっ！」」」」

「ブルードラゴンって、グリーンドラゴンの上位種じゃないですか！」

「うん、たかだかグリーンドラゴンのいっこ上だよ」

「たかだかって……」

ノルブさんは心配性だなぁ。

「大丈夫だよ。皆身体強化魔法の上位の属性強化が使えるようになってるし、当たらない様に避けながら攻撃すれば楽勝だって」

「そ、それは出来る人の意見だと思いますよ……」

うーん困ったなぁ。

とはいえ、ここで嫌がる皆を無理やり戦わせるのも、今後の修行を考えると良くはないか。

「なら僕がサポートするよ」

「サポート？」

「そう、補助魔法で皆を強化するんだ」

そういって僕は皆に範囲強化魔法をかけていく。

「ハイプロテクション！　ハイアームズブースト！　ハイアンチブレス！　ハイフィジカルブースト！　ハイマナブースト！　ブレイブハート！」

複数の身体強化魔法が皆の体を覆っていく。

「お、おおっ!?　こりゃあ!?」

「す、すごい魔力が体を包んでいきますよ!?」

「これだけの魔法を私達全員に!?」

「うわわっ、急に体が羽みたいに軽くなった!?」

「私の属性強化よりも力強さを感じるんだけどコレ!?」

強化魔法で強化された皆が驚きの声を上げる。

「皆の身体能力と防御力、それに攻撃力に魔法威力を強化したよ。あとおまけにブレス対策の防御魔法もかけたから、これならドラゴンと互角以上に戦えるよ！」

ちょっと過保護かもしれないけれど、まずは自分が勝てるという事を実感してもらわないとね。

そこから少しずつ強化魔法を減らして行けば、いずれは自分の力だけでドラゴンに勝てると気づけるだろうから。

「おいノルブ、これならいけるんじゃね？」

「え、ええ。自分でも驚くほどに力が増しています、これならいけるかも……」

「はぁ、しゃーない。ここまでお膳立てされたら戦うしかないか」

「いざとなればレクスが助けてくれる……よね？」

「うう、町では自力で1体は倒せたし、レクスさんのサポートがあればきっと、多分、もしかしたら……」

皆がこれならいけるとやる気を見せてくれる。

うんうん、ついでに勇気の出る魔法もかけておいてよかったね。

「それじゃあドラゴン退治の続きと行こうか！」

「おうっ!!」

「はいっ!!」

「ええ！」

「わかった」

「こうなったらやってやるわよ！」

「ギュウッ!!」

◆

「はぁっ!!」

ジャイロ君がグリーンドラゴンの背中に飛び乗ってその翼を切断する。

「すっげぇ！　自分の体じゃないみたいに軽いぜ！」

「ぐぅ!?」

ノルブさんがグリーンドラゴンの尻尾の一撃を受けて吹き飛ばされるも、土埃の中から怪我一つないノルブさんが姿を現す。

「凄い、傷一つついていない……」

「せいっ!!」

メグリさんが風の属性強化で速度を上げ、ジャイロ君に羽を切られたグリーンドラゴン達の足の腱を次々と切り裂いていく。

「喰らいなさい！　レクスから教えて貰ったばかりの魔法、フリーズスフィア！」

ミナさんが放った魔法がグリーンドラゴンの顔面に当たり、ブレスを放とうとした頭部を氷漬けにする。

そして反撃の手段を断たれたグリーンドラゴンの首を、リリエラさんが切り落とした。

「いける！　これならいけるわ！」

よしよし、皆にかけた強化魔法は問題なく機能しているみたいだね。

「ギュアァァァァ!!」

おっと、こっちにも来たか。

こんどはグリーンドラゴンの上位種のブルードラゴンだね。

とはいえ、所詮はグリーンドラゴンの上位種程度、僕は次々とブルードラゴンの首を刎ねていく。

「それっ!!」

「モグモグモグモグッ!!」

そしてモフモフが地面に落ちたブルードラゴンの羽にかじりつく。

「って、こら！　間髪容れずに羽を食べたらだめだろモフモフ！」

「キュッキュッ！」

つぶらな瞳で美味しい！　みたいな顔をしても誤魔化されないぞ！

うーん、どうもモフモフは手羽先が好きみたいなんだよねぇ。

あれ？　それじゃあさっき翼を咥えていったのは、素材の回収の為じゃなくておやつを確保する為だったのか。

やれやれ、仕方のない奴だなぁ。

今後は食べ過ぎて太らない様にちゃんと躾けないと。

「グルォォォォォォンッ!!」

とその時、怒りに震える雄叫びが龍峰に轟いた。

直後龍峰の奥から新たな敵が姿を現した。

その体は黒曜石の様に黒く、ルビーの様に赤い目は怒りによって燃え盛る炎の様に輝いていた。

「あれは……ブラックドラゴン!!」

まさかこんな外縁部にブラックドラゴンが現れるなんて。

いつもならもう少し奥に行かないと現れない筈なのに。

それになんだか怒っているような気が……

ドラゴンは実力主義の上に個人主義だから、格下のグリーンドラゴンやブルードラゴンが何頭やられても気にもしないはずなのに。

うーん、そういえばグリーンドラゴン達もやたらと数が多いうえに妙に殺気立っている。

もしかして繁殖の時期にでも来ちゃったかな?

「あ、あのレクスさん……ブ、ブラックドラゴンって、まさか黒魔の黄昏《たそがれ》の元凶となったあのブラックドラゴンですか!?」

「うん？　黒魔の黄昏って何？」

ノルブさんが震え後ずさりながらチラリとブラックドラゴンに視線を向ける。

あっ、でも目が合わない様に微妙に視線を外してる。

「こ、黒魔の黄昏というのはリグ……」

「グルォォォォォォンッ!!」

「ちょっとうるさいっ!!」

僕はノルブさんの語りを雄叫びで邪魔したドラゴンの首を一跳びで切断し戻ってくる。

そしたら何故かノルブさんはキョトンとした目でこっちを見たまま固まっていた。

ドラゴンの雄叫びにびっくりしたのかな?

まぁアイツ等の雄叫びってうるさいもんね。

「それでノルブさん、続きは?」

「……え?　あ、はい。黒魔の黄昏とはリグンドの町で起きた凄惨な事件の事です。その町で暮らしていたある邪悪な魔法使いが古《いにしえ》の魔物を操る研究をしていたそうなんですが、事もあろうにその技術でドラゴンを操ろうとしたそうなんですよ。結果その実験は失敗し、リグンドの町はドラゴンの怒りを買って魔法使いともども滅ぼされてしまったそうです」

うわー、魔法使いの失敗で町が巻き込まれたのか。それは酷い話だなぁ。

しかもドラゴンの制御も出来ないなんて、相当にヘッポコな魔法使いだったんだろうな。

「で、その時のドラゴンがブラックドラゴンだったんですが……」

と、そこで話を切ったノルブさんは僕の後ろを指さす。

「ブラックドラゴン、倒されちゃってますね」

あっ、さっき切ったのブラックドラゴンだったのか。

まぁブラックドラゴンだし良いか。

所詮はブルードラゴンのいっこ上程度の強さだしね。

「えーっと……やったね、ブラックドラゴンならそこそこ良い素材になるよ」

「……マジかよ兄貴」

「ブラックドラゴンって確か国家が滅ぶレベルの災害扱いされる魔物なんですけど……」

ははは、ノルブさんはおかしな事を言うなぁ。

ブラックドラゴンが１００体集まったって滅ぶ国なんか無いよ。

「さぁ、皆の装備を良くする為にもっとドラゴンを狩るよー！」

「「「「お、おおーっ!!」」」」

「キューーッ!!」

第91話　ドラゴンスレイヤーと上位竜

ふと目を覚ますと、下級竜達が騒いでいた。
ふむ、どうやら我等の縄張りに何者かが侵入したと見える。
少し騒がしいが、すぐに静かになるであろう。

む？　貴様が興味を示すとは珍しいな。
ふむ、鱗がざわつく嫌な感じがすると？
確かにな、我もあまり良い気分ではないか。
だが我らに仇《あだ》なせる者など、それこそ魔人くらいの……
……いや、何でもない。
黒竜も動いたようだ。
アレが動いたのであれば、大抵の侵入者は狩られるであろう。

うむ、その通りだ。
小僧共に任せておくが良い。

ふっ、貴様も心配性だな。

◆

だがいつまで経っても下級竜達の騒ぎは収まらなかった。
やれやれ、暫くここを留守にしている間に随分と下級竜達の質も落ちたものだ。
む？　黒竜達中級の竜も動いているのか？
それでまだ侵入者を狩れていないとは、嘆かわしい限りだな。

何？　お前が動く？
やめておけ、お前が動いたら侵入者どころかこの龍峰の形が変わるぞ。

……ふぅ、仕方がない。
我が出てやろう。

此度《こたび》の侵入者は随分と逃げ足が速いと見える。

我が子の狩りの練習台にはちょうど良い。

では、行ってくるぞ。

ゾクリ！

ん？　何だ？　今の途轍もない悪寒は？

◆

「だぁぁぁぁっっ!!」

ジャイロ君がグリーンドラゴンの首を切り落とす。

「よっしゃ単独でドラゴンスレイヤー達成だおらぁぁぁぁっ!!」

練習を始めて一時間、遂に単独でグリーンドラゴンを倒したジャイロ君が、勝利の雄叫びを上げる。

「おめでとうジャイロ君！」

「サンキュー兄貴!!」

ドラゴンスレイヤーを達成したジャイロ君は凄く嬉しそうだ。

あー、僕にもああいう時代があったなぁ。

やっぱドラゴンを倒すとなんか強くなったって気がするんだよね。

まぁそのあとにもっと強いドラゴンとか魔物とか人間とかと出会って「あっまだまだ上が居るんですね」って分かって急に冷静になるんだけどね。

うん、僕はなった。

「たぁっ!!」

次いでメグリさんが単独でのドラゴンスレイヤーを達成する。

メグリさんはその速さを生かしてドラゴンのさまざまな場所を切り裂き、属性強化で威力を増した自らの攻撃がドラゴンに通じると分かったら、足を狙うのを止めて急所である首だけを狙う様になった。

「ふふ、状態の良いドラゴン素材。とってもお金になる」

ドラゴンの首を狩るメグリさんはとっても嬉しそうだ。

「喰らいなさい！　サンダーストーム!!」

ミナさんが雷の上位魔法で近くに居たグリーンドラゴン達を纏めて攻撃する。

けれど慌てて発動したからか、術式の構成が甘くて一撃で倒す事は出来なかった。

うーん、惜しい！

「もう一発！」

そして二発の魔法を放ってようやくグリーンドラゴン達に止めを刺すミナさん。

「はぁはぁ……信じられない、本当に私だけでドラゴンを倒しちゃったわ……」

「おめでとうございますミナさん。ミナさんの実力ならもっと効率的に大量のドラゴンを倒せますよ」

「そ、そうなの？　ちょっと信じられないんだけど」

そして残るノルブさんに目を向けると、ノルブさんは複数のグリーンドラゴンに囲まれていた。

「「「グルォォォォン」」」

「ホ、ホーリーウォール!!」

ノルブさんの発動した防御魔法はグリーンドラゴン達の攻撃を完全に防ぎきる。

「よ、よし！　てやぁ！」

そして強化魔法をほどこされたメイスでグリーンドラゴンの足を執拗に叩くと、グリーンドラゴンは溜らずバランスを崩して地面に倒れる。

「今だ！」

ノルブさんは思いっきりメイスを振りかぶりグリーンドラゴンの脳天を叩き割った。

「や、やった、やりました……っ！」

ノルブさんの戦闘スタイルは鉄壁の防御を敷いて相手を1体ずつ丁寧に倒していくものの様だ。

きっとあれは範囲防御魔法で戦えない人達を守る事に専念しながら戦う為の練習なんだろうね。

「はははっ！　これで俺達は本物のドラゴンスレイヤーズだぜぇーっ！」

あ、そういえばジャイロ君達のパーティ名ってドラゴンスレイヤーズだったね。

「その恥ずかしい名前は止めなさいっての！　だいたい私達がドラゴンに勝てるのもレクスのかけてくれた強化魔法のお陰でしょ！」

興奮するジャイロ君をミナさんが窘める。

でもまぁジャイロ君達なら、僕の強化魔法が無くても実力でイケると思うけどね。

今回の戦いで自分達はドラゴンに勝てるって実感をもてただろうし。

「そう言えばリリエラさんは？」

町での戦いでグリーンドラゴンを倒したリリエラさんだから心配はないだろうけど、今はどんな感じかな？

僕は戦場を見回してリリエラさんを捜す。

「ギュウギュウ!!」

モフモフがグリーンドラゴンの群れに襲われている光景を目撃した。

けれど、モフモフに悲愴感はなく。むしろ逆に小さな体を生かしてグリーンドラゴン達を翻弄している。

「ギュッギュッ！」

「グギャァァァァッッ!!」

そして隙をついてグリーンドラゴン達の背中に跳び乗り、羽を根元から食いちぎっていた。

ドラゴンの羽の踊り食いかな？

まぁモフモフは心配いらないか。

リリエラさんはっと……ああ居た居た。

リリエラさんはブルードラゴンの群れと戦っていた。

氷の滑走魔法でブルードラゴンの攻撃を華麗に回避し、身体強化魔法でドラゴンの巨体の背中に跳び乗ると翼を魔法で凍らせて飛べなくする。

成る程、あれなら戦闘中に翼を切り取らなくていいから素材を傷めなくて済む。

良い戦い方だね。

そしてそのまま頭部へと走っていき、真上から槍でドラゴンの頭を貫いて内部を魔法で凍らせた。

ブルードラゴンは苦しむ間も無く絶命して地面に崩れ落ちる。

「リリエラさんお見事！　ブルードラゴン狩りも達成ですね！」

うん、この手際ならブラックドラゴンもいけるんじゃないかな？

「レクスさんのかけてくれた強化魔法のお陰よ。自分一人じゃこれ程スムーズに倒せはしないわ」

あっはっはっ、リリエラさんは謙虚だなぁ。

とその時だった。

周囲にいたドラゴン達が突然動きを止めて龍峰の奥に顔を向けたんだ。

「な、なんだ!?」

戦いの最中に動きを止めたドラゴン達にジャイロ君達も困惑する。

ドラゴン達は龍峰を見たまま姿勢を変え、まるでひれ伏すような態度をとる。

この反応はあれだね。

「皆、上位のドラゴンが来るよ！　気を付けて！」

「「「「上位のドラゴン!?」」」」

さすがに上位のドラゴンが相手だと皆も苦戦するだろうからね。

「レクスさん、上位のドラゴンって何が来るの？」

リリエラさんも動きを止めたドラゴン達との戦闘を止めて戻ってくる。

「分かりません。ただここはドラゴンの聖地ですから、どんなドラゴンが出てきてもおかしくないですよ。もしかしたらミスリルドラゴンくらい出てくるかも」

「ミ、ミスリルドラゴン!?　全身がミスリルに覆われているという伝説のドラゴンですか!?」

ん？　ミスリルドラゴンの体がミスリルに覆われているのは事実だけど伝説ってほど珍しくも無いと思うけどなぁ。

……あっ、もしかしたらこの時代では乱獲されて数が減っているのかも。

肉と骨と内臓だけでなく、ミスリルが大量に手に入るからミスリルドラゴンは歩く鉱山と呼ばれて大人気だったからなぁ。

「「「「グォォォォォォォォォン」」」」

「うぉっ!?」

「ド、ドラゴン達が!?」

ドラゴン達がまるで王を迎える楽団の様に咆哮を奏で始める。

「来るよ皆！」

そして姿を現したのは、天空をそのまま形にしたかの様な存在だった。

それは天を統べる嵐の王。

空の暴虐を司る存在。

「バハ……」

「グギャァァァァァァァァァァッッッ!!」

「ムー……ト？」

僕達の前に姿を現した上位のドラゴン、バハムートは悲鳴のような雄叫びを上げるとそのまま一目散にあさっての方向に向かって飛んで行ってしまった。

その足に子供のバハムートを掴んで。

「「「「え？」」」」

「「「「グアッ？」」」」

僕達だけじゃなく周りのドラゴン達も、え？　なに？　どうしたの？　って感じで首を傾げて飛び去って行くバハムートを眺めていた。

「これはえーっと……」

何がおきたのか良く分からないんだけど、とりあえず……

「ドラゴン狩り再開しようか」

せっかくなので動きを止めたまま呆然としているドラゴン達を狩る事にした。

◆

ギャアアアアアアア!!

人間！　なんであの人間!?

なんで我の故郷に居るの!?　ストーカーなの!?

逃げるぞ我が子よ！

我死にたくなぁぁぁぁぁいっ!!

第92話　皇《おう》の目覚めと鉱石竜

嵐龍の気配がこの龍峰より離れた。
これはどういう事か？
あれは我らが住まう地に侵入した者を狩りに向かった筈。
逃げた？　まさか。
あれは慈悲無き嵐の化身、アレが逃げるなど神々を前にしてもあるまい。
だが下級竜達の騒ぐ気配は静まる様子がないのも事実。
……何かが、起きている。
そして胸の奥で蠢くざわつきと忌々しい気配は未だ消える気配はない。
赤竜達が向かっている様だが、黒竜が太刀打ちできぬ相手ではどうにもなるまい。
そのうえ嵐龍までもが姿を消したと言う事は……
我が、出るより他……あるまいな。
ふむ、我が直接出向くなど、実に数百年ぶりか。

我が出向く以上、問題はすぐに解決するであろうが、我の翼を煩わせるのだ。

多少なりともこの無聊《ぶりょう》の慰めとなって貰うぞ侵入者。

簡単に、壊れてくれるなよ？

◆

「うん、皆随分ドラゴンと戦うのにも慣れてきたね」

バハムートが姿を消した後、僕達は再びドラゴン狩りを再開した。

僕の補助魔法で皆を援護しつつ、体力と魔力が尽きたら回復魔法で回復して再びドラゴンとの戦いに戻ってもらう。

とにかく連続してドラゴンと戦う事で、ドラゴンとの戦いの経験値を少しでも多く積んでもらう。

「これなら皆のドラゴンに対する苦手意識もすぐに消えるね」

というのも、リリエラさん達は既に十分な力を持っているにもかかわらず、ドラゴンを過剰に恐れていた。

それは先日の町での戦いからも明らかだ。

「上位のドラゴンならまぁ分からなくもないけど、最下級のドラゴンであるグリーンドラゴン程度に怯えるのはいくら何でも警戒し過ぎだと思うんだよね」

相手を見くびらないのは良い事だけど、必要以上に及び腰になったら逆に危ないしね。

実際にはただの空飛んでブレスを吐く大きなトカゲだからなぁ。

とその時、僕は龍峰の奥から新手が向かってきた事に気づく。

「この速さは……アイツか！」

ちょうど良いタイミングで良い奴が来てくれたね。

僕は飛行魔法で皆よりも高い位置に浮き上がると、拡声魔法でリリエラさん達に声をかける。

「皆、今から新手が来るよ！」

そう告げた瞬間、凄い音が龍峰に鳴り響いた。

「なっ!?　なんだ!?」

突然鳴り響いた音にジャイロ君達が警戒する。

「今のは僕の展開した防御結界に敵がぶつかった音だよ」

そしてそのわずか後に、巨大なものが地面に落ちる音がする。

「今度は何!?」

「皆、あそこに落ちたモノを見て」

そう言って地面に落ちた巨大なものを指さす。

「……な、なんだアレ？　緑色でキラキラと光ってるけど……」

僕が指さした先には、太陽の光を受けてキラキラと輝く巨大な緑色の物体があった。

「エメラルドドラゴンだよ」

「エメラルドドラゴン？　なんだそりゃ？」

「聞いた事のないドラゴンね」

おや、ジャイロ君達はエメラルドドラゴンを知らないのか。

「あれはね、全身が宝石で出来たドラゴンなんだ」

「宝石っ!?」

宝石と聞いてメグリさんがキラキラとした目でエメラルドドラゴンを見つめる。

あーそう言えば宝石系のドラゴンって装飾品の素材として狙われやすいから、保護指定ドラゴンにした方が良いんじゃないかって言われていたんだっけ。

鉱石系のドラゴンってだけでも生きた鉱山って呼ばれる程だから、ミスリルドラゴンといっしょで乱獲が激しかったもんね。

だとしたらこの時代でもエメラルドドラゴンは保護対象として狩るのを禁止されているだろうから、皆が知らないのも無理はないね。

特に貴重な素材を採取できる一部の保護対象の魔物は、意図的に絶滅扱いにして生息地だけじゃなく情報そのものを秘匿されるケースが少なくないからね。

「あれはね、ミスリルドラゴンと同じで体が希少鉱石の鱗に覆われたドラゴンなんだ」

「そんなドラゴンが居たんですね……」

「そしてそれはあいつだけじゃないよ」

僕が上を指さして皆の視線を誘導すると、空の彼方に赤いシルエットと黄色のシルエットが見えた。

「あれもエメラルドドラゴンと同じ宝石竜だね」

色からしてルビードラゴンとトパーズドラゴンかな？

「あれも宝石っ!!」

メグリさんが嬉しそうに二頭のドラゴンを見つめている。

もう恐怖の対象というより、お宝を見る目だ。

うんうん、コイツ等の接近を許して正解だったね。

鉱石系ドラゴンの価値を知れば、皆むやみにドラゴンを恐れなくなるだろう。

「あいつ等が来るまでまだ時間があるから、ちょっと説明しておこうか」

そう言って僕は地面に倒れたエメラルドドラゴンの上に降りて生死を確認する。

うん、瀕死の重傷だからとどめを刺しておこう。

「体が宝石や鉱石で出来たドラゴンは自らの体を魔法の触媒に出来るから中級～上級のドラゴンに分類されるんだ。ただその強さは体を構成している宝石の価値と純度で変わるから注意してほしいんだ」

「純度？」

「うん、鉱石竜は鉱石の純度が高い程に能力が上がるんだ。だから過去に楽勝で勝てたからって油断していると、今度は高純度の鉱石竜と戦って大苦戦なんて事もあるから気を付けてね」

「わ、分かったぜ兄貴」

ジャイロ君達が神妙な顔で頷く。

「鉱石竜退治は実入りが良いから、未熟な冒険者や密猟者が相手の力を計り損ねて全滅する事もたまにあるんだよね」

まぁそんなヘマをするのは本当に未熟な、お金を求めて焦っていたり自分の力を過信している様な連中ばかりなんだけどね。

「欲をかいてうかつに手を出したら大やけどをするって事ね」

「ですね、今の僕達では手を出さない方が無難かと」

「うう、残念」

あれ？　何でそうなっちゃうの？

油断しなければ良いだけなんだよ？

いけない、怖がらせちゃったみたいだな。

ここはちゃんと鉱石竜の力を教えてそんなに怖がらないで良いよって伝えないと。

「例えばこのエメラルドドラゴンは風属性の強力な魔法を本能で使いこなすドラゴンで、魔法で音を消し、風よりも速いスピードで突撃してくる事から暗殺竜とも呼ばれているんだ」

「あ、暗殺竜!?」

その二つ名を聞いてノルブさんがギョッとなる。

大丈夫、名前だけだから。

「このエメラルドドラゴンも、あの尖った峰のあたり……大体５㎞くらい先かな。そこから音もなく一瞬で距離を詰めて僕に襲いかかってきたんだよ。時間にして３、４秒くらいだったかな？」

「ぜ、全然気づかなかった……」

まぁそれがエメラルドドラゴンの戦い方だからね。

「というか、たった数秒であんな遠くからここまで来られるの!?　何その異常な速さ!?」

大丈夫、所詮人間に認識できる程度の速さだから。

「探査魔法で相手の接近を感知して防御魔法で迎撃するのが一番良いんだけど、魔法の探査範囲が狭い人は反応を感じた時にはもう目と鼻の先まで接敵されているから危ないんだよね」

「それ、完全に初見殺しじゃないの!?　第一あんな遠くから一瞬で近づける相手じゃ探査魔法で感知するのなんて無理でしょ!?」

「いや、魔法使いなら普通に出来るよ」

「無理無理無理無理」

何故かミナさんが無茶言うなと言って手をパタパタと振って否定する。

えー？　魔法の専門家なら数百キロ単位で探知する事も出来るし、修行中のミナさんでも十分イケると思うんだけどなあ。

「大体防御魔法で迎撃ってどういう意味？　攻撃魔法の間違いじゃないの？」

お、ミナさん良い所を突くね。

エメラルドドラゴンは対策さえしておけば迎撃は容易だから恐れる相手じゃないんだよね。

「うん、エメラルドドラゴンの襲撃対策として、発動した場に固定されるタイプの防御魔法を展開しておくといいんだ。そうすると襲ってきたエメラルドドラゴンが、自分から地面に猛スピードでぶつかっていく様に防御魔法にぶつかって自滅するから」

簡単に言えば自分と相手の間に見えない壁を建てるようなものだ。

それだけで簡単にエメラルドドラゴンは倒せるんだから、多少慣れて来た冒険者にはカモと言っても過言じゃない。

「いやそれをするにはあの峰まで届くような探査魔法を使える必要があるんで……って、ちょっと待って。それじゃあエメラルドドラゴンを倒したレクスは、あんな遠くにまで届く探査魔法が使えるって事!?」

「うん」

「しれっと肯定した!?」

そんな驚く事じゃないと思うけどな。

いつもはそこまで遠い場所を探査する事は無いけれど、ここはあらゆるドラゴンが居ると言われる龍峰だからね。

当然エメラルドドラゴン対策に探査範囲は広げておくさ。

「そんな訳で、未熟なパーティにとっては鬼門扱いされるエメラルドドラゴンだけど、そこさえ乗り越えれば倒すのは難しくないから、鉱石竜狩りは一人前のドラゴン狩りの登竜門とも言われているんだ」

突然の危険に即座に対処出来るかの良い練習にもなるしね。

「ちなみに……レクスが初めてこのドラゴンと遭遇した時はどうだったの？」

「え？　僕が初めてエメラルドドラゴンと戦った時？　えーっと確か……」

ミナさんに聞かれて僕は前世の記憶を思い出す。

あー、あの時はちょっと失敗しちゃったんだよなぁ。

言うの恥ずかしいなぁ。でも、失敗したらどうなるかをちゃんと教えないと皆の為にならないもんね。

「僕の時はね、修行で訪れた場所の景色に見とれてたらうっかり接敵されちゃって、慌てて剣で真っ二つにしちゃったんだよね」

おかげで注意力が散漫だ！　って師匠達に怒られたんだよなぁ。

「そんな速さの相手に目前まで近づかれたのに……真っ二つ？」

「うん、真っ二つ」

僕が答えると、リリエラさんとミナさんが額に手を当てて溜息を吐く。

あらら、勿体ない事をしたと呆れられちゃったかな？

「そんな速さの相手を即座に切り捨てる事が出来るとか、無茶苦茶だわ……」

「そんな事が出来るのなら、ドラゴン退治も簡単に思えるわよねぇ……はぁ」

「まぁレクスさんですからねぇ」

あれ？　どういう反応なのこれ？

ただ速いだけの相手だよ？　音を消して近づいて来るだけだから、探査魔法は欺けないんだよ？

「流石兄貴だぜ！　どんなドラゴンでも真っ二つでやっつけちまうんだな！」

「宝石で出来たドラゴン狩り放題……！」

逆にジャイロ君とメグリさんはドラゴンを狩れるのなら何でもいいみたいだ。

「やっぱりドラゴン退治は危険よねぇ。レクスさんが居るからこそ安全に出来るのであって」

「そうね、正直言ってレクスが居なかったら最初のドラゴンとだってまともに戦えたかどうか」

いやいや、皆自己評価低すぎだよ。

「……ねぇ、そうなると今からやって来るドラゴンも結構強いのよね？」

と、リリエラさんがこちらに向かってきている二頭のドラゴンに警戒心を強めながら質問してくる。

「そうですね、あの姿から見るに赤い方は……!?」

とその時だった。

突然龍峰の向こうから強い気配を感じたんだ。

「「「「っっっっ!?」」」」

リリエラさん達もその気配を察して大きく体を震わせる。

「な、なな何よコレ!?」

「か、かかか体が勝手に震えて……」

リリエラさん達だけじゃない。

周囲を飛び回って威嚇を続けてきていたグリーンドラゴン達も尻尾を丸めて怯えの色を見せている。

それどころかこちらに向かってきていた二頭の鉱石竜までも驚きでフラフラと旋回している。

「……この気配、ただの上位竜じゃないね」

「ど……どういう事？」

リリエラさんが体を震わせながら質問してくる。

「ドラゴンは大別して下級中級上級の三つの等級に分けられるんだ。でも、ごく一部でこの等級には入らないドラゴンも居る。それが特級龍さ」

「「「「特級龍!?」」」」

探査魔法で感じていたドラゴン達の反応は最初ここまで強くはなかった。

でもその中の1体から感じる波動が突然強くなったんだ。

おそらくは実力を隠していたんだね。

「そして周囲のドラゴン達の反応を見るに、アイツはドラゴン達にとっても特別なドラゴンみたいだよ」

そう言って僕は龍峰の中腹から飛び立った黄金に輝くドラゴンを指さす。

「間違いない、あれは最強のドラゴン……ゴールデンドラゴンだ！」

第93話　黄金なりし龍の王

「あれは最強のドラゴン、ゴールデンドラゴンだ」

「……」

レクスさんの呟きを聞いた私は、それが死刑宣告だと思った。

ゴールデンドラゴン。

神話に語られるドラゴンの中で最も有名にして最悪の存在。

その力はあらゆるドラゴンの中で最強を誇り、神々にすら等しいとまで言われる文字通りのドラゴンの王。

誰もがその名を聞けば、おとぎ話の存在だと一笑に付すだろう。

私もそうだった。

でも今の私は、私達は……とても笑う事などできなかった。

だって、私達の目の前には、そのゴールデンドラゴンが翼をはためかせて空を覆っていたのだから。

「あ……」

言葉が出ない。

それの気配を感じただけでも体が勝手に震えて止まらなかったのに、本物を見ればどうなるのかなんて言うまでもない。

ああ、レクスさんの言葉に今更ながらに納得した。

このドラゴンからすれば、私達が倒したドラゴンなど確かに雑魚だろう。

このゴールデンドラゴンこそが、真実本当の意味で人々に恐れられる恐怖そのものの姿なのだから。

意識が今にも飛びそうになるのを必死で堪えようとするけど、寧ろこのまま意識を失って二度と目を覚まさない方が幸せなんじゃないかと囁いて来る自分が居る。

一度その姿を見てしまった私は、もはや視線を逸らす事も出来ずに光り輝くその姿を見つめ続けていた。

まるで光がドラゴンの形をとったかのようなその姿は、文字通り神がこの世に降りて来たと錯覚するほどの神々しさだ。

そしてその光の体の中で、唯一瞳だけが色をもって私達を見つめている。

まるでつまらない物を眺めるかのように。

そして、ゴールデンドラゴンの体にもう一つの色が姿を現した。

三日月が横を向いた様な形のそれは赤々と輝いていて、私は最初それが口だとは気づかなかった。

そして赤い三日月が輝きを増していくにつれ、私はこれから自分が死ぬんだと理解する。

だってその輝きは、形を持った死そのものだったのだから。

体が脱力する。

私の中の本能が、逃げる事など不可能だ、大人しく諦めて死を受け入れろと言っているのが分かった。

あれは人が触れて良い存在じゃない。

そもそも近づく事すらおこがましい存在なんだと。

私達は、死を以てそれを思い知らされることになるんだ。

ああ、せめて死ぬ前にもう一度お母さんに会っておきたかったな。

もう視線を動かす事も出来ないけれど、皆も同じ事を考えていると思う。

どうしようもない死を前に、未練も執着も消えていく。

ただ一つ、一回で良いからレクスさんに恩返ししたかったなぁと思いながら……

「というかお前、ちょっと眩しいぞっ！」

無造作にゴールデンドラゴンに近づいたレクスさんが、文句と共にその巨体を殴り飛ばした。

真下から綺麗にアッパーを喰らったゴールデンドラゴンの神々しい巨体が、クルクルと回転しながら宙を舞い、そして頭から地面に墜ちる。

そしてゴールデンドラゴンはビクビクと数度痙攣したあと、ガクリと翼を落として意識を失った。

レクスさんに殴られて……

…………

「「「「…………え？」」」」

私達は目をゴシゴシと擦り、目の前で起きている光景を何度も瞬きしながら見返す。

ゴールデンドラゴンが殴り飛ばされた？

神に等しいと言われた存在が宙を舞って頭から地面に落ちて気絶した？

ゴールデンドラゴンが……倒され……た？

「「「「…………ぇ」」」」

「「「「えぇぇぇぇぇぇぇぇぇっっっっっ!?」」」」

なになになに!?

何が起きたの!?

私達の前に神話の魔物ゴールデンドラゴンが現れたと思ったら、殴られて吹っ飛んで気絶してるんだけどぉぉぉぉぉっっ!?

「ちょっ!?　レクスさん!?　なにしてるんですか!?」

「え？　ああいや、ちょっと眩しかったんでつい」

ついって……相手は神話の存在なのよ？

伝説と呼ばれていても、現実に存在するSランクの魔物とは訳が違うのよ!?

ああ、眩暈《めまい》がしてきた。

神話の魔獣が無造作に殴られて気絶するなんて。

「しかしこのゴールデンドラゴンは弱いなぁ」

などと言いながらレクスさんは椅子の上にでも立つかのような気軽さでゴールデンドラゴンの上に乗る。

「待って、待ってレクスさん。そのドラゴン神話の存在なんですけど……なんでそんなに無造作にあつかえるの?」

「え？　コイツが神話のドラゴン？　あはは、そんな訳ないですよ。そりゃあ親はそこそこ強いですけど、コイツはまだまだ子供ですし」

いやいや、いくら子供だからって……って、え？

「「「「子供っっっ!?」」」」

ゴールデンドラゴンが子供と言われ、私達は驚きで意識を失いそうになった。

「た、確かに。生き物は親から生まれますから、子供が居るなら親が居ると考えるのは当然といえば当然かもしれません」

うんまぁそうなんだけどね。

でもね、子供と言われるこのゴールデンドラゴンですら、見ただけで死を覚悟したのよ？

そんなドラゴンに親が居るなんて……もうどれだけの強さか想像もつかないわ。

それこそ見ただけで死ぬんじゃないの!?

「ねぇ、それなら親が帰ってくる前に逃げた方が良いんじゃないの？　このゴールデンドラゴンより も強……」

と、そこまで言って私は言葉を止めた。

「どうしたのリリエラ？」

ミナが目ざとく私の様子がおかしい事に気づく。

「ねぇ、さっきレクスさん、ゴールデンドラゴンが強いって言ってたわよね」

「え？　ああ、そう言えば言っていたわね。それがどうしたの？」

「気付かない？」

「何が？」

どうやらミナはレクスさんに毒され過ぎてその言葉の意味を理解できなかったみたいね。

「あのね、レクスさんが強いって言ったのよ。これまで戦ったドラゴンを雑魚扱いして、Sランクの魔物を狩り続けたレクスさん『が』よ？」

「……っ!?」

私の言いたい事を察したらしいミナがハッとなってこちらを見つめてくる。

良かった、分かってくれたみたいね。

見ればメグリやノルブもこちらを見て同じ顔をしている。

「すっげぇぜ兄貴！　ま、まさか神話の魔獣を倒しちまうなんて……俺、兄貴について来てよかったぜぇぇぇぇぇぇっっ!!」

……まぁ彼は放っておこうかな。

説明している時間が惜しいわ。

「レクスさんが苦戦する相手と言う事は、私達にとっては苦戦どころか一瞬で死にかねない相手よ。分かるわね？」

コクリと頷くミナ達。

「それで、どうするの？」

「まず親が居るという事は、父親と母親の二頭のゴールデンドラゴンが居ると考えるのが妥当ね」

「「「にっっっ!?」」」

あんなのが二頭、それも私達が遭遇した個体をはるかに超える力の持ち主が二頭。

「そんなの、間違いなく死ぬわ」

「レクスの事だから、一頭は自分が受け持って、もう一頭は私達全員で闘えば勝てるって言いそう」

「「「言いそう」」」

メグリの言葉に私達の思いが一つになる。

っていうかレクスさんなら絶対に言う。

「だから良い？　何でも良いから理由を付けてここから出るの。親が帰ってくる前に全力で。あと私達の顔を覚えられたら困るからそこで気絶してるゴールデンドラゴンが起きる前に」

ゴールデンドラゴンの習性は分からないけれど、相手は誇り高いドラゴンの王。

場合によっては自分に恥をかかせた私達に復讐する為に追って来るかもしれない。

逃げるなら今しかないわ！

「分かったわ。なんとしてもレクスの説得を成功させないと」

「責任重大」

「嘘はよくありませんが、事はパーティ全員の命に係わる問題。自分以外の人間の命がかかっているのですからしかたありませんね」

意外とノルブは融通が利くのねぇ。

まぁこんな非常識な体験を何度もしていれば、そりゃあ少しくらい融通が利くようになるか。

「それじゃあ行くわよ皆！」

「「「ええ／うん／はいっっ!!」」」

不退転の決意を胸に私達は立ち上がる。

ガブリッ
そして見た。

私達が説得しようとしたレクスさんの向こうで、白い駄ペットがゴールデンドラゴンの翼に噛みついた姿を。

「モグモグ」

「グギャァァァァアッッ」

なんという事だろう、ゴールデンドラゴンが噛みつかれた痛みで目を覚ました。

バッチリ起きた。

「「「なにしてんのぉぉぉぉぉっっっっっ!!」」」

第94話　黄金龍対駄ペット

我は突然の激痛で目が覚めた。

何が起きた？　何故我は意識を失っていた？

目覚めたばかりの意識は霧がかかったように曖昧だ。

だが、そんな我であっても目の前の存在が敵だと言う事は分かった。

白く矮小な姿をしたソレは、しかし明らかに敵だと我の本能が告げていた。

これは滅ぼさねばならない存在だと。

我に流れるドラゴンの血脈《ち》がそう強く叫ぶのだ。

思い出せない事などどうでもよい。

今はただ目の前の敵を滅ぼすのみ。

我はあらゆるものを切り裂く黄金の爪を白き敵に振り下ろした。

だが敵は弱々しい見た目に似合わぬ速度で我が爪を回避すると、そのままの勢いで我に突撃してきた。

愚かな、その様な矮躯《わいく》で我に傷を与えられるとでも……ぐはっ!?

なんという事か、敵の突撃は我の予想以上の威力を以て我の強靱なる鱗の内側に強い衝撃を与えてきた。

「ギュッギュッギュッ！」

敵が不敵に嗤う。

くっ、相手の見た目に惑わされたか。

どうやらこの敵はその見た目からは想像もできない程の力を持っているらしい。

己が血脈《ち》の警告を軽んじた我が軽率であったか。

だが、二度の油断はせぬ！

我はドラゴンらしく戦うべく、空へと舞い上がる。

だが何故か片方の翼が痛む。

見れば我が翼が何者かに食いちぎられた痕があるではないか！

さてはあの敵の仕業か！　許さん!!

我は更なる怒りを抱くと、地上に向けて威力の低いブレスを吐き散らした。

王である我ならば、下級竜と違ってわざわざ力を溜めずともブレスを放つ事が可能だ。

必殺の一撃を放つのであれば多少の溜めは必要であるが、この程度のブレスなら呼吸をするも同然に放てる。

もっとも、その程度の威力であっても黄金たる我が放つブレスは下級竜などが放つものよりも余程強力なのであるが。

翼を持たぬ相手では到達できぬ高みより、回避不可能な範囲にブレスを放ち続ける。

矮小なモノには到底抗えぬ圧倒的な暴力を無造作に振るう。

これが王者にのみ許された戦い方よ。

ふふ、恨むなら翼を持たずに生まれた己の不幸を呪うがよい。

そして我に手傷を与えた褒美として、貴様には我が贄《にえ》となる栄誉を授けよう。

もっとも、我がブレスで一掃された大地に肉片が僅かでも残っていればの話だがな。

ふはははははっ!!

「キュウゥゥッ!!」

だがなんという事だろう。

それは向かってきた。

ブレスの弾幕を突き抜けて、傷だらけの体で我に向かってきたのだ。

翼を持たぬ身で空を駆けながら。

「ギュウウウン!!」

虚を衝かれた我の翼に敵が突撃し、再び激痛が走る。

二度も手傷を受けた驚きと痛みで我は無様にも地上へと落下してしまった。

「ギュフフッ」

そしてそんな我を敵が嘲笑《あざわら》う。

我を、上から、嘲笑ったのだ。

もう許さぬ！

その体、肉片一つ残さぬと知れ！

遊びは終わりだ。

ここからがドラゴンの真の戦いよ！

我は全身に魔力を巡らし、目の前の敵を引き裂く事にのみ集中する。

これまでは縄張りであるこの地を破壊せぬ様力を抑えてきたが、もはやそのような事はどうでもよい。

ドラゴンの誇りを傷つけた事を後悔させてくれるわ！

全身に力が満ちた我は、己が肉体を普段とは比べ物にならない程の速度で動かせる。

そして即座に敵の背後に回り込むと、無防備な背中を両の爪で切り刻んだ。

敵の白い毛皮が鮮血に染まるが、我はもう油断はせぬ。

予想通り負傷を意に介さず反撃してきた敵の攻撃を我は前足で受け止める。

ズシリと巨岩を手にした様な衝撃だ。

だが来ると分かっていれば耐えられぬ攻撃ではない。

我はそのまま受け止めた敵を地面に叩きつける。
そしてそのまま体重をかけて地面に押しつける。
前足の裏に激痛が走る。
爪か牙か、反撃しているのだろう。
だが逃しはせぬ。
このまま押し潰し、磨り潰してくれるわ。
しかし不意に抵抗がなくなり痛みが薄れる。
直後我は背後にかすかな音を感知し、即座に横に跳ぶ。
我が居た場所を白い影が雷の如き速度で通り抜けた。
ふん、地面を潜って我の後ろに回り込んだか。
だが我の感覚を甘く見過ぎだ。
「ギュウウ！」
敵はその瞳を怒りに染め、我を殺すと目で語ってくる。
ふん、それはこちらも同じよ。
「ギュウウッ!!」
次の攻撃は真正面からの殴り合いであった。
互いの拳が互いの拳を弾き、拮抗し、叩き落とし、叩き落とされる。

回避など不要、避ける暇があったら一撃を加えろ。

我らはただただ殴り合った。

ふ、ふふ……

自然と笑みが零れる。

見れば敵も同じく笑みを浮かべている。

「ぎゅっ、ぎゅぎゅ……」

……分かるぞ、その気持ち。

貴様も全力で戦えることが心地良いのだろう?

最強の存在である事を運命づけられたが故に、周りの全てが自分についてこられない事が退屈だったのであろう?

強者の傲慢と言われるだろう。

だが、我等は互いに求めて居たのかもしれない。

己が全てを賭けて戦う事の出来る好敵手の存在を。

……面白い!

数百年を生きた我がこの様に滾《たぎ》るとはな!

ならばこの戦い、心行くまで堪能しようぞ!!

そして永劫に続くかと思う程の殴打の応酬の末、刹那に生まれた攻撃の途切れを機に我等は互いに下がる。

くく、少しばかりはしゃぎ過ぎた様だ。

攻撃の応酬をしている時は夢中で気づかなかったが、我等の体は予想以上の傷を負っていた。

ううむ、これ以上戦いを続けるのは無理な様だな。

ならば、最後は最強の一撃を以て決めるとする。

見れば敵も同じ考えのようで、その小さき体に膨大な魔力が練り上げられてゆく。

くくく、最後まで気が合うな。

我もまた、ただ一撃の為だけに魔力を練り上げる。

ドラゴンの最強の攻撃、それはもちろんブレスをおいて他にない。

先ほどの様な気の抜けたブレスの乱打などではなく、全身全霊を込めた最強の一撃だ。

互いの魔力が頂点まで高まり、後はただ解き放つ時を待つだけ。

ああ、どちらに転んでもこれで終わりか。

これ程の魔力の高まりとあっては、お互いにただでは済まない。

ぶつかり合った自分の攻撃が相手の攻撃に押し負ければ、その瞬間自らの放った魔力は相手の魔力に飲み込まれ、己が力で自らを滅ぼす事だろう。

だが……それも良かろう。

それが最高の戦いを提供してくれた素晴らしき敵への敬意と言うものだ！

ゆくぞ！
「ギュルオォォォォンッッッ!!」
我と敵の攻撃が同時に放たれる。
自分でも驚くほど練り上げられたブレスの威力に、我は勝利を確信する。
そして互いの攻撃が激突した。
その瞬間に感じる凄まじい抵抗。
おお、なんという圧力か!?
我がブレスに勝るとも劣らない威力！
だが我も負けぬ！
ぬぉぉぉぉぉっ！
「ギュオォォォォォッ!!」
互いに残った魔力を振り絞って攻撃を放ち続ける。
これで、最後だぁぁぁぁぁ!!
…………
そして、我は全ての力を使い切った。
全てを振り絞った。
もはや翼の先一つ動かぬ。

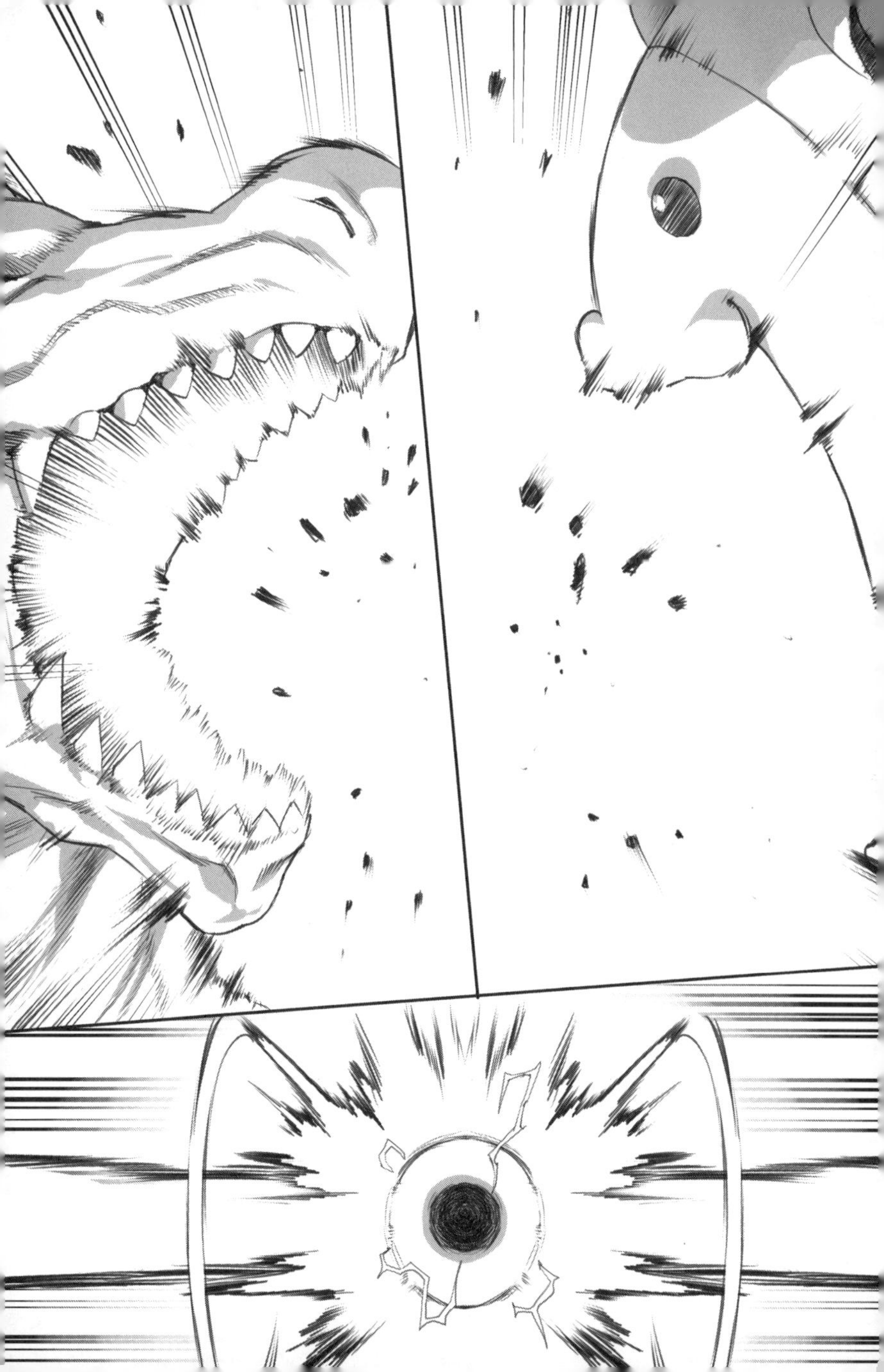

さぁ、後は結果に身を委ねるだけだ。
我は互いの放った最後の一撃を見つめる。
そしておかしな事に気づいた。
我の放ったブレスと敵の放った攻撃が丁度我等の中間で止まっていたのだ。
そして攻撃はそのまま中間で二つの魔力球となって静止した。
何だ？　何が起こっている？
我のブレスにはこのような現象など起きぬぞ？
これが敵の攻撃なのか？
だとすれば我の攻撃は完全に敵に取り込まれてしまったのか？
我は勝利を確信したであろう敵を見る。
「……ギュウン？」
あ、向こうも分かってない感じだ。
何コレ？　と言いたげに首をかしげている。
ではこれは一体……？
「まったく、危ないなぁ」
と、その時、二つの魔力球の間から声が聞こえて来た。
何故か怖気の走る声が。

「ギュッ!?　ギュキュー一ッ!?」

と、その声を聞いた敵が、突然驚きと焦りと恐怖を混ぜた様な叫び声をあげる。

何だ？　何か知っているのか？

「こんな攻撃がぶつかったら、この辺りがめちゃくちゃになっちゃうし、どっちかが大怪我しちゃうぞ。えい！」

気の抜けた声と共に、我等の魔力球が上空高くへと弾き飛ばされる。

え？　弾き飛ばされた？　どうやって？

「ダブルインパルスブレイク！」

更にその後を小さな光の矢が追跡し、先行して飛びあがった魔力球を貫いたと思ったら、魔力球が音もなく霧散した。

……

えっ!?　霧散!?

何っ!?　何今の!?

我等の渾身の魔力が込められた魔力球がふっと消えたんだけど!?

我は何か知っているのなら教えろと敵に視線を戻すと、敵は先ほどまでの誇り高き姿が見る影もない程に怯え震えていた。

「キュ、キュゥ〜」

消え入りそうな鳴き声を上げながら、我等の攻撃が突如止まった中間の空間を見つめる。

その眼差しに従って我も視線を動かすと、そこには一人の人間の姿があった。

「やれやれ、二人共ボロボロじゃないか。モフモフの遊び相手に良さそうと思ったけど、ドラゴンの素材は貴重なんだから、あんまり傷つけちゃだめだぞ。ハイエリアヒール!!」

人間がおもむろに魔法を放つと、膨大な癒しの魔力が周囲を舞い踊る。

そして敵のみならず我の受けた傷も癒していった。

「よし、これできれいになったね」

人間はあっけらかんとした様子で笑っているが、そもそも人の天敵たるドラゴンである我を癒すなど愚の骨頂。

自分を殺そうとした敵を癒すなどもう一度襲い掛かって下さいという様なものだ。

我等ドラゴンが矮小な人間相手に心を許すなどありえる筈もない。

だというのに何故だろう?

我はその人間を見ると震えが止まらなかった。

ただの人間の子供の様なその生き物が、とてつもなく恐ろしい存在に見えていたのだ。

そう、先程まみえた弱々しい人間共と同じなのに全く違う。

……ん?　人間?

…………っ!?

そこで我は思い出した、思い出してしまった。

我が縄張りに侵入してきた不届きな人間を駆逐しようとした時に聞こえてきたあの声を。

『というかお前、ちょっと眩しいぞっ!!』

その声を聞いた直後、我は凄まじい痛みと共に宙を舞って意識を失った事を。

つまりこの人間が我を……

「キュウンッ!!」

聞いた事もないような甲高い鳴き声に視線を戻すと、先程まで死闘を繰り広げていた敵が、腹を見せて全面降伏の姿勢をしながら媚びた声を上げていた。

あまつさえ漏らしている。

何だその情けない姿は!?

貴様それでも先ほどまで我と死闘を繰り広げていた好敵手か!?

とは思わなかった。

うん、世の中には絶対勝てない相手っているよね。

命を懸けて全力を振り絞った戦いがしたい？

それで死んでも本望？

いやないない。

そんなの本当の強者を見た事の無いヤツの言う事ですよ。

「ギュウン！」

だから我も敵に……いや友に倣ってこの身を地に伏した。

我、敵じゃないですよ。

第95話　皇の帰還

「よし、これで角も整ったぞ！」

モフモフとゴールデンドラゴンのじゃれ合いを止めた後、僕はゴールデンドラゴンの角と鱗を削って整えていた。

「グルルルゥ……」

伸び放題生え放題だった角と鱗が整って、ゴールデンドラゴン自身もさっぱりした感じだ。

「なんか悲しそうな鳴き声ね……」

え？　そんなことないと思うけど？

前世でも竜騎士達が角や鱗の手入れをした時に同じような声を上げていたし。

「キュウッ」

見ればゴールデンドラゴンの足元でモフモフがさっぱりしたな、といった感じで前足をポンポンと軽く叩いている。

「ゴールデンドラゴンの光は体表の角や鱗に含まれる発光物質と自身の魔力が反応して生まれるん

です。だからこうやって手入れをすれば発光は抑えられるんですよ」

さっきまでは本当にピカピカと眩しくてたまらなかったもんなぁ。

でも手入れをした事で、今のゴールデンドラゴンの体は適度な発光に抑えられている。

やっぱ手入れは大事だよね。

毛並みならぬ鱗並みって感じかな。

「本来ならゴールデンドラゴンの体の手入れは親が教えるものなんですけど、このゴールデンドラゴンは角も鱗も伸び放題で、親に手入れの仕方を教わった様子もないんですよね」

「じゃあこのゴールデンドラゴン、親が居ないのかしら？」

「事故か他の魔物との縄張り争いに負けたか、理由は分かりませんがおそらくそうだと思いますよ」

「そっか……」

心なしか、ほっとした様子のリリエラさん達。

「でもある意味では運が良かったかもしれませんね。ゴールデンドラゴンはなかなか優秀な素材になりますし、手入れをしていなかったおかげで結構な量の鱗が手に入りましたよ」

前世だと一部の地域じゃあ素材竜を殺す事は禁止されていて、殺さずに倒した後で素材を削り取ったら逃がすっていう狩猟ルールが制定されてたらしく、冒険者さん達が狩りに来ても綺麗にトリミングされた素材竜ばかりで骨折り損だったと聞いた事もある。

おかげで当時の冒険者さん達は少しでも多く鱗を削りつつ綺麗な見た目を維持する為に、トリマーの技術を磨くのに切磋琢磨していたらしいんだよね。

そう考えると現代はドラゴンの個体数も回復したみたいで、狩るのが楽だなー。

「神話に出て来るドラゴンなのに単なる便利素材扱いかー」

実際素材竜って呼ばれてましたから。

「それもレクスらしい。あと削り取った鱗がキラキラでとっても綺麗。まるで金の塊」

メグリさんにとってゴールデンドラゴンの鱗は素材というよりも宝石みたいな扱いなんだね。

「実際、ゴールデンドラゴンの鱗は金で出来ていますからね」

「「「「金!?」」」」

金と聞いて、皆が目を丸くする。

「厳密にはただの金じゃなく、ミスリルの様な魔法的な触媒になる魔法金といった物質なんですけどね」

「つまり凄い金！」

「あはは、そんな感じです」

◆

ゴールデンドラゴンを降したからか他のドラゴン達が襲ってこなくなったので、僕達はこれまで倒したドラゴンを魔法の袋に詰める作業に没頭した。

「これで最後だね」

最後のドラゴンの死骸を魔法の袋に納めた頃には太陽も随分と傾いていた。

「さて、そろそろ暗くなってきたし帰るとするかな」

「そうね。もう一生分ドラゴンと戦ったわ」

リリエラさんが心底疲れたと溜息を吐く。

「ああ、俺達本当に竜殺しになったんだよなぁ……」

リリエラさんの言葉に、ジャイロ君が未だ興奮冷めやらぬ様子で呟く。

「しかも兄貴は伝説のゴールデンドラゴンを舎弟にしちまうし、ほんっとうに兄貴は凄ぇぜ！」

いやいや、そんな大層な相手じゃないよ。

所詮はゴールデンドラゴンの子供だしね。

「それにしても、信じられない位ドラゴンの素材も集まったわね」

魔法の袋を呆れた様な表情で眺めながら、ミナさんがそんな事を呟く。

「お宝が沢山！　ぜったい凄いお金になる！」

確かにメグリさんの言う通り、何故かこの時代ではグリーンドラゴンの素材ですら金貨数千枚もの大金で取引される。

おかげで僕も家を買えるくらいの大金持ちになっちゃったんだよね。

やっぱり前世で構想が練られていたドラゴンの狩猟制限が実行されたからなんだろうな。

もしかして、皆がドラゴンをヤバイヤバイって言うのも、国が狩猟制限のために広めた方便だったりするのかもね。

「それじゃあ帰ろうか」

「グルルルォォ……」

僕達が帰ろうとしたその時、ゴールデンドラゴンがうなり声をあげた。

そして僕の前に来ると頭をペタンと地面に付けたんだ。

「グォゥ」

「もしかして、町まで送ってくれるの？」

「グルゥ」

どうやらそうらしい。

もしかしたら、鱗の手入れをしてもらってサッパリしたお礼なのかもしれないね。

「そうだなぁ、僕は大して疲れていないけど、皆はもう疲労困憊って感じだし折角だから乗せて貰おうかな」

「「「「えっっっ!?」」」」

「いやいやいやいや！　それはマズイと思うわレクスさん!!」

「そ、そうよレクス！　ドラゴンに乗るとか危ないわよ！」

「大丈夫ですよ二人共。馬車みたいなもんですから」

「いやいや、馬車違う。絶対違う。危険度が段違いに違う……」

馬車が苦手なのか、メグリさんが脂汗を浮かべながら首をブンブンと横に振る。

あっ、ドラゴンは空を飛んでいるから、万が一落ちたら大変って言いたいのかな？

「大丈夫ですよメグリさん。いざとなれば皆飛行魔法が使えるじゃないですか」

「ち、違う、そ、そういう意味じゃ……」

「うぉー！　伝説のゴールデンドラゴンを馬車代わりにするなんて！　さすが兄貴っ!!」

「アンタは黙ってなさい馬鹿！」

「おぼぉっ!?」

うわ、興奮して声を上げたジャイロ君の脇腹に、ミナさんの鋭い肘撃ちが叩き込まれた。

魔法使いなのに良い動きしてるなぁ。

ミナさん格闘戦もイケるかもしれないね。

「だからね、えーっと……そう！　ドラゴンよ！　ドラゴンが町にやってきたら皆パニックになるわ！」

「そ、そうですよ。つい先日もドラゴンが襲ってきたばかりなんですから、そこにドラゴンのボスであるゴールデンドラゴンがやってきたら……ええと、ほら子供がビックリして怪我をするかもしれないじゃないですか！」

成る程、さすがノルブさんだ。

いくらゴールデンドラゴンの子供が大した事がなくても、小さい子はそんな事分からないもんね。

大きな生き物が突然目の前に現れたら慌てて逃げ出そうとして転んでしまうかもしれない。

小さい子が怪我しない様にという心遣い、さすがは冒険者になってまで多くの人を助けようとする僧侶だけの事はあるね！

「分かりました」

「分かってくれましたか……」

「じゃあ町の近くで下ろして貰いましょうか」

「「「分かってなぁーいっっっっ!!」」」

「ほらほら、皆早く乗って。もうモフモフは乗っていますよ」

見れば既にモフモフはゴールデンドラゴンの頭の上に乗って準備ＯＫだ。

「いやほら、私達飛行魔法使えるし……」

「駄目ですよ。皆はまだ夜の空を飛んだ経験はないじゃないですか」

そう、夜の空を飛ぶのは危険なんだ。

「夜の空は暗いから、飛行能力を持った魔物や背の高い木、それに山の峰なんかにぶつかる危険があるんです」

「そうなの？」

「はい。だから夜間飛行は専門の訓練を積んで慣れた人間でないと危ないんですよ。何より暗い夜空は地面と空の区別が付きにくいですから、調子に乗ってスピードを出していたらうっかり地面に激突するなんて危険もあるんです」

それが原因で前世では暴走飛行魔法集団、通称暴空団がよく地面に激突して医者に運ばれていったなぁ。

「ここから徒歩で町まで戻るのはキツイぜ兄貴」

ジャイロ君が遥か彼方に見える町を見て嫌そうに呟く。

「確かにドラゴンとの連戦の後に徒歩で帰るのは辛いかも……」

ドラゴンに乗るのが嫌そうなメグリさんも、帰りの道のりを見て呻く。

「だからゴールデンドラゴンに町の近くまで運んでもらった方が良いですよ」

「う～～～～～～ん」

リリエラさんとミナさんが眉間にシワを寄せて唸る。

「ええと皆さん、ここは間を取って町からある程度離れた場所で下ろして貰うのはどうでしょうか？」

とそこでノルブさんが折衷案を出す。

「ま、まぁそれなら……」

「私達が乗っていたと分からない距離ならアリ……かな？」

リリエラさんとミナさんが何とか納得した事で、ようやく僕達はゴールデンドラゴンに乗って帰る事になった。

◆

すっかり暗くなった夜空を、光り輝くゴールデンドラゴンが駆ける。

「うぉー！　すげー！　滅茶苦茶速ぇーっ！」

「キュウキュウ！」

ジャイロ君が興奮した様子で叫ぶと、ゴールデンドラゴンの頭の上に居るモフモフも上機嫌で鳴き声を上げる。

「グルォォウ！」

ゴールデンドラゴンも自分の翼を褒められて上機嫌に鳴き声を上げる。

そしてバッサバッサと翼を羽ばたかせて速度を更に上げた。

「うぉ!?　まだ速くなるのかよ!?」

更にスピードが上がった事で、ジャイロ君が驚きの声を上げる。

「キュキュウ!?」

「グルル」

モフモフが驚きの声を上げると、ゴールデンドラゴンはニヤリと笑って更にスピードを上げる。

「ねぇ、こんなにスピードを出して大丈夫なの？　夜に飛ぶのは危ないんでしょ？」

「ああ、大丈夫ですよ。ゴールデンドラゴンは自身が発光して周囲を照らすから、夜空を飛ぶには便利なんですよ」

灯りいらずのゴールデンドラゴンってね。

「伝説のドラゴンを松明《たいまつ》みたいに言われても……」

まぁ実際、前世でもレッドドラゴンの様な灯りを自前で用意できるドラゴンは夜間の乗り物として重宝されていたんだよね。

「ところでそろそろ町も近くなってきたし、このあたりで下ろしてもらった方が良いんじゃない？」

と、リリエラさんが心配そうに言ってきたので、僕はゴールデンドラゴンに着陸の指示を出す。

「この辺で下ろしてくれるかい？」

「グルォォォ！」

ゴールデンドラゴンが分かったと返事の雄叫びを上げると、その体が地面に近づいてゆく。

そして地面に4本の足が接触したのだけれど、ゴールデンドラゴンの体は止まることなく地面を削りながら前へと滑っていく。

「ちょっ、これ大丈夫なの!?　なんか滑ってるんだけど!?」

うん、これは調子に乗ってスピードを出し過ぎたのが原因だね。

「というか町！　町にぶつかる!!」

ミナさんが慌てた様子で前方の町を指さして叫ぶ。

確かに、このままだと町を守る防壁にぶつかってしまうね。

「大丈夫ですよ、チェインエアリアルクッション!!」

僕は前方に大きな空気のクッションを縦に複数並べて生み出すと、ゴールデンドラゴンをそこに突っ込ませた。

空気のクッションに飛び込んだ事でゴールデンドラゴンの速度が大きく落ちる。

けれどこの巨体を止める程の力はなく、ゴールデンドラゴンはすぐに空気のクッションを突き抜けてしまう。

しかしゴールデンドラゴンの体はすぐに次のクッションにぶつかる。

こうして連続して適度な抵抗の空気のクッションにぶつかる事で、背中に乗っている僕達が吹き飛ばされる事無く段階的にゴールデンドラゴンは速度を落としていった。

そしてゴールデンドラゴンは、無事町の入り口手前でその巨体を止める事に成功したのだった。

「うん、丁度いい位置で止まったね」

ゴールデンドラゴンが体を伏せて僕達が下りやすい姿勢をとる。

「送ってくれてありがとう」

そう言って頭を撫でてやると、ゴールデンドラゴンが嬉しそうに唸り声を上げる。

「グルォォウ」

「じゃあ宿に戻りましょうか」

名残惜しそうなゴールデンドラゴンから離れ、町へと向き直る。

そして門から見える町の中には、何故か時が止まったかのように動きを止めている町の人達の姿があった。

「あれ？　どうしたんですか皆さん？」

町の人達だけじゃない、門の外で護衛をしている衛兵さん達まで固まっていた。

何コレ？　まるでバジリスクの石化の邪眼でも喰らったみたいな固まりっぷりだ。

「あのー、どうしたんですか衛兵さん？」

「……」

けれど衛兵さん達はこちらの質問に全く答えない。

まさか本当に何者かの攻撃に遭ったのか!?

僕達が町を離れている間に大変な事が起きたのかもしれない！

「……ゴ」

ん？　今声が聞こえたような？

「ゴ、ゴゴゴゴ……」

あ、門の奥にいるお爺さんが喋った。

良かった、何者かの攻撃を受けて動けなくなったわけじゃないみたいだ。

でもだとしたら町の人達はなんで動かないんだろう？

「ゴール……デン……ゴールデン、ドラゴンじゃぁぁぁぁぁぁぁぁぁぁぁっ!!」

「「「「う、うわぁぁぁぁぁぁぁぁぁぁぁぁっ!!」」」」

お爺さんの言葉に続くように、町の人達が一斉に叫び声を上げる。

「あー、やっぱりこうなったかー」

「これは言い訳が大変ですねぇ」

何故か後ろでリリエラさん達がしみじみと呟いている。

「皆ものすごい興奮っぷりだけど、金になる素材竜がやってきたから喜んでいるのかな？」

素材竜は１体いればひと財産だからなぁ。

「「「いや違うからっ!!」」」

え？　違うの？

「りゅ、龍帝様じゃ！　龍帝様が遂に蘇られたのじゃぁぁぁぁぁぁぁっ!!」

「「「「え？　何ソレ？」」」」

お爺さんが発した突然の言葉に思わず僕達は声をそろえてしまう。

えーと、何？　どういう事？　なんで龍帝の名前が出てくるの？

第96話　隠れ蓑と買取依頼

「りゅ、龍帝様ぁー！　どちらに行かれたのですかぁー!?」

僕達を捜して町の人達、主にお年寄りの人達がウロウロと動き回っている。

「うーん、参ったなぁ」

僕は今まさに僕を呼んでいたお爺さんの横を通り過ぎながら独りごつ。

「何でこんな事になっちゃったんだろう」

「「「何をいまさら」」」

後ろを見るとリリエラさん達がジト目で僕を見ている。

「ゴールデンドラゴンなんかに乗ってきたらトラブルになるのは目に見えていたでしょうに」

「あはは、まさかあんなにスピードを出すとは思っていなかったもんで。やっぱり本職の竜騎士でないとドラゴンは上手く操れませんね」

竜騎士はドラゴンと契約を結ぶ事でドラゴンを手足の様に操るという。

だから契約を結んでいない僕じゃあそこまでドラゴンを上手く従える事は出来ないのは当然だ。

「そうじゃないから。問題はそこじゃないから」

あれ？　違うんですか？

「っていうか、私としてはこんな騒ぎになっている街中を堂々と歩いているのに誰にも気づかれないこの状況の方が気になるんだけど」

と、ミナさんが言う通り、僕達は騒ぎになっている街中を普通に歩いていた。

「さっきも言いましたけど、姿隠しの魔法を使っていますからね」

そう、僕達は今姿隠しの魔法で自分達の姿を隠していた。

ゴールデンドラゴンを見た人達は突然パニックに陥って僕達を龍帝と勘違いした。

そしてゾンビの大群もかくやと言った様子で群がってきたので、僕はゴールデンドラゴンに龍峰に帰るよう伝えると、飛行魔法で皆と共にその場から飛び去った。

そして町の外の人気のない場所まで避難した後で、姿隠しの魔法を使って町の中に戻って来たのだった。

ちなみにこの魔法は以前リリエラさんの故郷の人達を騙した詐欺師を追跡する時に利用した魔法だったりする。

「目の前に居るのに気づかれないなんて、とんでもない魔法ね」

「この魔法が心無い人間に悪用されたらと思うと、ぞっとしますねぇ」

「まぁその心配はないでしょ。こんなデタラメな魔法、レクスくらいしか使えないから」

「いやいや、皆も練習したら使える様になるよ」

「無理だと思います……」

ノルブさんはそういうけど、皆無詠唱魔法にも慣れて来たし、こういう変則的な魔法にチャレンジしても良い頃だと思うんだよね。

「スゲェぜ兄貴。攻撃魔法だけじゃなく、こんな魔法まで使えるのかよ！」

「敵地で単独活動する事を考えると、こういう魔法も覚えておいた方が良いよ」

「うん、偵察の為にぜひ覚えたい」

ジャイロ君達は感心したり興奮したりと忙しいね。

「でもぶつからない様に気を付けてね。接触すると見つかっちゃうから」

「まぁそのくらいのリスクが無いとこんなデタラメ魔法信じられないわよね」

なんて事を話しながら僕達は無事宿へ戻る事に成功したのだった。

◆

そして翌日、僕達は興奮冷めやらぬ街の人達に見つからぬよう、姿隠しの魔法を使って冒険者ギルドへとやって来た。

目的はドラゴンの素材の買い取りだ。

「冒険者ギルドへようこそ」

外の喧騒なんて知らないとばかりに、受付嬢さんは落ち着いた様子で僕達を迎える。

さすが冒険者ギルドの職員、これだけ町が騒ぎになっても、自分達は職務に集中って訳だね。

まぁ、たかがゴールデンドラゴンの子供に乗って来たくらいで騒ぐような職員も居ないだろうからね。

前世でもゴールデンドラゴンと契約した竜騎士が普通に馬車気分で町までやって来ていたもんなぁ。

「すみません、魔物素材の買い取りをお願いしたいんですけど」

「かしこまりました。それではそちらの査定台に買い取り希望の素材をお並べ下さい」

ああ、このあたりいつものやり取りって感じで落ち着くなぁ。

「ええと、ちょっと数が多いので解体場の方で査定をお願いしたいんですけど」

「まぁ、査定台に乗らない程だなんて随分と頑張られたんですね。解体場はあちらの扉の向こうにありますから、この木札を解体場の職員に渡して査定を頼んでください」

僕は受付嬢さんが差し出した年季の入った木札を受け取る。

よく見ると木札には番号が書かれている。

「ありがとうございます」

「うふふ、これからも頑張ってくださいね」

◆

扉を開けて解体場へと入ると、強い血の匂いが鼻を刺激する。

僕は近くに居た職員さんに木札を掲げながら査定を申し込む。

「すみません、魔物素材の査定をお願いします。ちょっと数が多くて申し訳ないんですが」

「ん？　見ない顔だな。新入りか？」

「ええ、この町は初めてです」

「ほう、初めてで解体場査定とはなかなか気合の入った連中じゃねぇか」

「何で解体場で査定を頼むと気合が入っている扱いになるんでしょう？」

「解体場を使うって事は、大物を狩ったか大量の獲物を狩って来たっていう事よ。普通の冒険者はそんな大物を狩るなんてめったにないし、魔法の袋を持っていなかったら大量に獲物を狩るのも難しいわ。だから解体場を使う程の冒険者っていうのは、一種の目安になるのよ」

と、リリエラさんが教えてくれた。

「成る程、さすがリリエラさんですね。情報通だ」

「いやいや、こんなのギルドで仕事をしていれば自然に身につく知識だから」

謙遜するなぁ。

「お前等の木札の番号は……7番か。7番ならそこの一角だな。壁に7って書いてあるだろ？　並べ終えたら中に戻って待ってろ。お前等は7番だから結構時間がかかるぞ。なんなら飯を食いに行っても良いかもな」

ああ成る程、木札の番号は受付番号だけじゃなく、素材を置く場所の表示も兼ねているんだね。そして解体を待っている相手に待ち時間まで教えてくれるんだから親切な職員さんだね。

「じゃあ並べようか皆」

「「「「はーい」」」」

◆

「さて、次でひとまずは終わりだな」

今日は珍しく朝から解体場が混みあっていた。

おそらく例の祭りに参加する連中が最後の仕上げとして魔物相手に調整を行っていたからだろう。

「おかげでギルドに素材が集まるのは良いんだが、俺達解体師にしわ寄せが来るのはなんとかならねぇもんかねぇ」

どうせ運ばれるのはそこそこの強さの魔物程度。

本番の祭りがある以上、無理して怪我をしたくないのは分かるんだがなぁ。

「どうせならドラゴンでも狩ってこいってんだ」

そういえば、数日前に町にはぐれドラゴンが襲来したって話があったな。

まぁ俺達ゃ解体作業に手一杯で外の事なんざさっぱり気づかなかったが。

しかもその時襲ってきたドラゴンはたった一人の女冒険者に退治されたって話だが、本当なのかねぇ。

町の爺ぃ共が龍姫の再来だって興奮していたが。

「もし本当なら、ウチに解体依頼が来そうなものだがな」

こないって事は、ドラゴンを倒したって話も眉唾モンだろうな。

精々ワイバーンあたりだろう。

まぁワイバーンを単独で討伐しただけでも結構な実力者なのは間違いないんだが。

「なんてボヤいても始まらねぇか。さっさと残りの解体を終わらせて酒でも飲みに行くか」

そして俺は最後の解体依頼の場所へと向かう。

「確か7番だったな」

7番の広場を見ると、なにやらカラフルな山がそびえたっている。

「おうおう、随分と張り切って狩ったもんだ」

とはいえ、最後にこの量は気が滅入るねぇ。

「ええと……こいつはドラゴンか。それもブルードラゴンやレッドドラゴンまで居やがるなぁ。おいおい、あの黒いのはもしかしてブラックドラゴンか？」

見ればそこに積まれていたのはすべてがドラゴンだった。

まぁ中にはワイバーンの姿もあったが、こいつも普通の人間から見たらドラゴンみたいなもんだ。

あと山の麓になんか金色に輝く鱗のような形をした金塊も置かれている。

おいおい何だこりゃ？

「しかしドラゴンの山とはなぁ。どうせならドラゴンでも狩ってこいとは言ったがこの数は……」

とそこで俺は妙な違和感を覚えた。

なんだ？　何がおかしいと思ったんだ？

確かに山盛りのドラゴンは面倒な仕事だが、多い日の仕事量を考えれば決して多すぎるって訳でもない。

まぁ体がでかいから大変なのは確かだが。

「普通にドラゴンの解体だよなぁ……ん？　ドラゴン？」

俺はもう一度山を見る。

緑のドラゴン、青いドラゴン、赤いドラゴン、宝石みたいな鱗のドラゴン、黒いドラゴン……そして金色の鱗。

「ドラ……ゴン？」

そう、ようやく俺はそれに気づいた。

この7番の広場に置かれた魔物は、全てがドラゴンだったという事に。

「え？　ちょっと待て。え？　ドラゴン？　これ、全部、本物の、ドラゴン？」

俺は更にもう一度7番の広場を見返す。

ドラゴンだ、全部ドラゴンだ。

疑いの余地なくドラゴンだ。

「ド、ドドド……」

見れば周囲の連中も仕事の手を止めてキョトーンとした顔でこっちを、正しくはドラゴンの山を眺めている。

ああ当然だ。

だって、これを見たら誰だって二度見する。いや三度見する。

あまりにも異常な光景過ぎて頭がそれを異常だと認識できなかったんだからな。

だから俺は、自分の頭にこれが現実だと教える為に、こう叫んだ。

「ドラゴンの山ぁぁぁぁぁぁぁぁぁっっ!?」

そう、これは、ドラゴンの、山、だった。

第97話　解体師と弟子入り志願

素材を並べ終えた僕達は職員さんにアドバイスされた通りに町に出て食事をとっていた。

とはいえ、僕達は変に目立ってしまったので、食事はフードを被りながらだ。

うーん、食べにくいなぁ。

あっ、でもこれって、大剣士ライガードの彼方への逃亡の物語のエピソードに似ているなぁ。

悪党に濡れ衣を着せられたライガードが真犯人を捕まえるまでの逃避行の間、フードを被りながら食事をとって悪態をつくシーンがあるんだよね。

へへっ、ちょっとしたライガード気分だね。

「しっかし食いにくいなぁ」

「しょうがないでしょ。我慢しなさい」

やっぱりジャイロ君達もフードを被りながらじゃ食べ辛いみたいだ。

「ねぇレクス、あの姿を消す魔法使ったら？」

とメグリさんが姿隠しの魔法を要求してくる。

「でもあれを使うなら密着しないと駄目ですよ？」

ご飯を食べる時に密着していたら食べづらくないかなぁ？

「フードを被ったままよりはマシだと思う」

「そうね、食事くらいは気楽に食べたいわ」

リリエラさんも同意を示し、皆もウンウンと頷く。

「まぁ皆がそう言うのなら」

僕達は椅子を動かして密着すると、姿隠しの魔法を発動させる。

「ふー、これで落ち着いてメシが食えるぜ！」

さっそくジャイロ君がフードを脱いで食事を再開する。

「ちょっとジャイロ、肘がぶつかってるわよ！」

「おお悪ぃ悪ぃ」

まぁそうなるよね。

体がぶつかってちょっと不便だったけど、たまにはこういう食事も面白いよね。

まぁその途中、突然何人かの人達が店に飛び込んできてビックリしたけど。

その人達はこっちを見た後「しまった逃げられたか！」「捜せ、食事から湯気が漂っている、まだ近くに居る筈だ！」とか言っていたんだよね。

誰かを捜していたらしいけど、上手い事逃げられちゃったみたいだね。

何故かその会話を聞いたリリエラさん達が、急に無口になったのが気になったけど。

◆
「さて、そろそろ査定も終わっている頃かな」

食事を終えた僕達は、再び冒険者ギルドへと戻って来た。

「あれ？」

戻って来たんだけど、なんかギルド内の空気がおかしい。

妙に浮足立っていると言うかなんと言うか。

「すみませーん、さっき査定を頼んだ者ですけどー」

とりあえず僕は受付に向かい、さっきの受付嬢さんに7番と書かれた木札を見せる。

「はー……ぃ」

あれ？　顔を上げた受付嬢さんが木札の番号を見た瞬間、バジリスクに石化されたみたいに動きを止めちゃったぞ？

「ど……」

「ど？」

「どど……」

「どど？」

なんか受付嬢さんがどしか言えなくなってるんだけど何事？

「どこに行っていたんですかぁぁぁぁぁ!?」

「え？　ご飯食べに行っていました」

「うちの職員が町中捜しまわったんですよー！　何処を捜しても見つからないってギルド中で大騒ぎだったんですからーっ！」

あー、魔法で姿を消していたからなぁ。

「やっぱりさっきのって」

「レクスを探していたのね」

あれ？　リリエラさん達は気づいていたの？

「とにかく！　すぐに解体場に行ってください！」

受付嬢さんの剣幕に驚いたのか、ギルドに来ていた冒険者さん達の視線がこちらに集まってくる。

うーん、悪目立ちしているなぁ。

ここは大人しく解体場に行くとしよう。

◆

「すみませーん、さっき解体を頼んだ者ですけどー」

受付嬢さんに言ったセリフをもう一度言いながら僕は木札を近くにいた職員さんに見せる。

そしてその人も動きが止まった。

「き……」

今度はきかー。

「来たぁー！　7番が来たぞぉぉぉぉぉぉっ!!」

「「「「何だとっ!?」」」」

職員さんの叫びを聞き、一斉に解体場の職員さんと冒険者さん達がこちらを見る。

「おい本当に7番なのか!?　コイツ等ガキだぞ!?」

「いや本当に7番の札です、間違いありません！」

「見せろ！」

上役らしい職員さんが木札をマジマジと見つめる。

「本当に7番だ……」

「じゃあアイツ等がアレを？」

皆一体何を興奮しているんだろう？

「おい、お前等がアレを狩って来たのか？」

と職員さんが指さしたのは、僕達が積み重ねたドラゴンの山だった。

うん、7番の置き場にはとても置きされないから、積み上げて山にしておいたんだよね。

あとゴールデンドラゴンの鱗や角は上に積むとバランスが悪いから、その横に置いてあったりする。

「はい、昨日龍峰で狩って来たドラゴンです」

「おいおいマジかよ!?」

「フカシじゃねーのか?」

「ランク上げの為に買ったんじゃねぇの?」

「馬鹿っ、生のドラゴンをまるまる一頭、それを山盛りなんてどこで買うんだよ!? とんでもねぇ金がかかるし、そもそもこれだけの数のドラゴンを誰が狩るんだよ!? 素材の一部じゃなくてまるまる一頭なんだぞ!?」

と遠巻きに眺めていた冒険者さん達がそんな事を言う。

いやいや、大半は下級のドラゴンですから。

上の方に上級のドラゴンを積んでるから上級のドラゴンばかりに見えるけど。

「いや待て、あの女ってあれじゃないか? 数日前に町を襲ったドラゴンを倒した女!」

「例の龍姫か!?」

「うあぁ……まだ覚えられてたぁ」

リリエラさんが頭を抱えるけど、ほんの数日前だからなぁ。

「横の連中も一緒になってワイバーンを狩っていた連中だぞ」

「けどワイバーンとドラゴンじゃ討伐難易度が段違いだろ!?」

んー、そんなに違わないと思うけどなぁ。

誤差の範囲では？

「あの木札を持った奴は見覚えが無いが、アイツ等といっしょに居るって事は、あいつも只者じゃないって事か？」

「ふっ、遂に時代が俺達ドラゴンスレイヤーズを認めたって事だな」

と冒険者さん達の畏怖の眼差しを受けたジャイロ君が気分良さそうにニヤニヤと笑みを浮かべる。

ドラゴンスレイヤーズの名前はもう恥ずかしくなくなったのかな？

「面倒事に巻き込まれやすくなっただけよバカ！　うう、私達まだCランクなのに。絶対厄介事に巻き込まれるわ」

あー、実力を過大評価されるって面倒ですもんね。

僕も冒険者になったばかりの頃に急にランクが上がってビックリしたもんなぁ。

「あー、お前等が例の龍姫の関係者か。それならまぁ……あるのかもな。いや実際にあるから受け入れるしかねぇんだが」

何やら疑問に思って勝手に納得されてしまったけど、納得したのなら良いのかな？

「とりあえずこのドラゴンの山だが、量が多くてとてもじゃないが解体しきれねぇ。場所も人数も足りねぇからな。そんな訳で全部解体するのに数日、いや数週間はかかる。ドラゴ……グリーンドラゴンは過去の大討伐で狩られたボロボロになった個体を1体だけ解体した事があるが、このブラックドラゴンに至っちゃ普通の刃物が通らねぇ。まずこいつを解体できる刃物を用意するところからやらないといけねぇから、査定はさらにその後になっちまうぞ」

「あー、それだと内臓が傷んじゃいますね」

いくらドラゴンの素材でも、そのまま放置すると傷んじゃうからね。

「いや貴重なドラゴンの素材だ。魔法使いを雇って冷凍魔法をガンガンに掛ける事になるだろうな。その分金がかかっちまうが、これだけドラゴンがありゃあ冷凍代を差っ引いても十分な儲けになるだろ」

うーん、それでもやっぱり鮮度が落ちちゃうよねぇ。

解体に使える刃物を用意してもらうまで魔法の袋に戻すのも手だけど、それまで収入が無いのは……僕は十分なお金があるから良いけど、ジャイロ君達には辛いだろう。

「だったら僕が解体しますよ」

「お前が!?」

「ええ、魔物素材の解体は昔からやっていましたし、ドラゴンの鱗や皮に通す事の出来る刃物もありますから」

「そうか、ブラックドラゴンを倒せるんなら、ブラックドラゴンを切れる剣を持っていて当然か……だがドラゴンの素材を素人解体に任せるのは……」

ああ、自分の領分に踏み込まれるのはプロとして気分が悪いって訳だね。

自分の仕事に誇りを持って妥協しない仕事をする職人は信頼できるって、前世の知り合いの鍛治師も言っていたなぁ。

とはいえ、こっちも生活がかかっているからね。

「じゃあ試しに一頭、グリーンドラゴンを解体させて貰えませんか？　その手際を見て任せるか判断してください」

「いやしかしそれでもドラゴンの素材だぞ!?　失敗したら大金がパァだぞ!?」

後ろに控えている解体師さんや冒険者さん達もウンウンと頷いている。

「でもまぁ、グリーンドラゴンは山ほどありますから」

僕の言葉を聞いて、上役さんが山積みにされたドラゴンを見る。

「……いやまぁ、確かにそうなんだが……うーん、本人が言うなら良い……のか？」

とりあえず納得して貰えたみたいなので、僕は積まれていたグリーンドラゴンの中で一番状態の悪い物を選んで解体をする事にした。

「じゃあ解体を始めます！」

「お、おい、やっぱりだな……」

僕は昔から使ってきた解体用の刃物を取りだすと、グリーンドラゴンの鱗と鱗の間に刃を通す。

そして躊躇《ためら》う事無く一気に刃を引いてグリーンドラゴンの皮を切り裂いた。

「うぉぉ！　なんて躊躇いの無い解体だ！」

悩みながら切ると切り口が歪むからね。

「というかドラゴンの皮ってあんな簡単に裂けるのか!?」

「刃の通し方にコツがあるんですよ」

そして深く突き刺し過ぎて内臓を傷つけないように注意しながら解体を続ける。

「なんて鮮やかな解体の手口だ！　ドラゴンの巨体がまるでスライムを切るかのような軽やかさで解体されていくぞ！」

「とんでもない切れ味の刃物だ！　それにあの少年、ドラゴンの解体だというのに全く気負いがない！　まるで何百体もドラゴンを解体してきたかのような鮮やかさだ！」

その通り。前世で僕は知り合いの解体師に討伐した魔物素材を自分で解体する術を徹底的に叩き込まれたからね。

魔物によっては倒した直後から急激に素材が傷むものもいるから、お前も解体ぐらい出来るようになれって言われてさ。

だから練習台としてグリーンドラゴンを山ほど解体したなぁ。

そして食材を大切にするためと言われて、合格を言い渡されるまでえんえんと解体した魔物の肉料理しか食べる事を許されなかった。

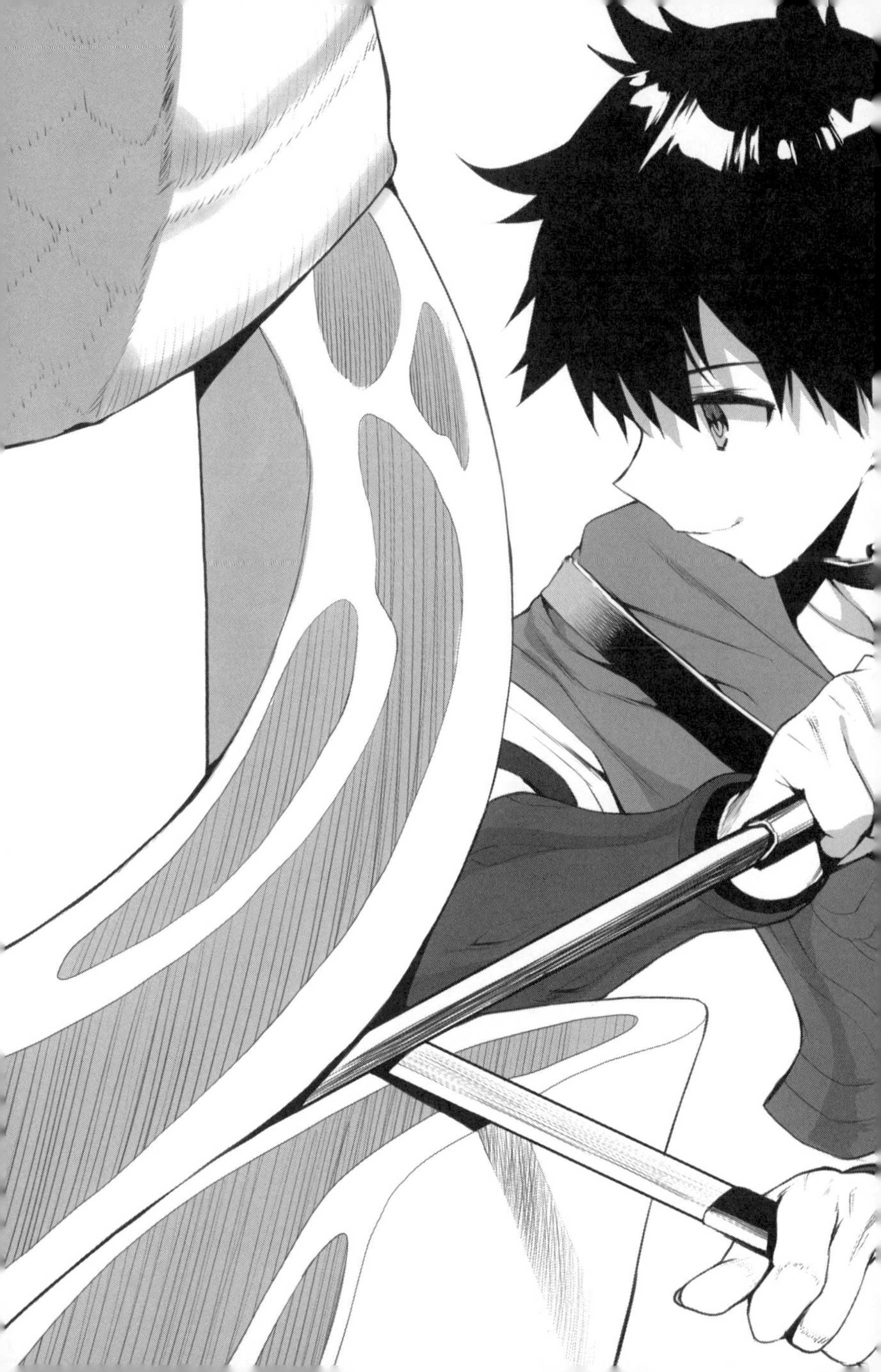

別の食材を食べたければ、今扱っている素材を完璧に解体しろっていう酷い修行だったよ。

そんな訳で、僕は慣れ親しんだグリーンドラゴンの解体をすぐに終えた。

「終わりました」

僕の言葉を受けて、解体師さん達が解体されたグリーンドラゴンの素材に群がる。

「す、すごい……なんて速さだ」

「速いだけじゃない。この切り口を見ろ！　切断したとはとても思えない綺麗な切り口だぞ！　まるで最初からこういう形状だったのかと勘違いしそうな程だ」

「まるで熟練の解体師の仕事……いや、伝説の解体師、解体王パーフェロの再臨だ！」

ん？　なんか知り合いの解体師に似ている名前だなぁ。

まぁ他人の空似ならぬ名前似だろうね。

「こんな感じですがどうでしょう？」

僕は解体師の上役さんに確認を取る。

「……」

しかし上役さんは呆然とした眼差しで解体されたグリーンドラゴンを見つめるばかりだ。

「あのー、どうでしょうか？」

もう一度聞くと、ビクリと体を震わせてようやくこちらに向き直る。

「……た」

「はい？」

ん？　何を言ったんだろう？

上役さんの声が小さすぎて聞き取れなかったよ。

「お……した」

上役さんがブルブルと震えながら再び呟くけどやっぱり聞こえない。

「あのー、ちょっと声が小さくて聞こえ……」

「おみそれしましたぁぁぁぁぁぁぁっっっっ!!」

と叫ぶや否や、上役さんは突然僕に土下座を始めた。

「ええっ!?　一体何っ!?」

いやホント何!?

「これ程の腕前を持つお方を試すような真似をして、誠に申し訳ございませんでしたぁぁぁっ!!」

「え？　いやそんな、僕なんて大した腕じゃないですよ。僕の師匠の方がずっと綺麗に解体出来ますから」

「「「「そんな化け物がこの世にっっ!?」」」」

うん、気持ちは分かるよー。

あの人の解体技術は本当に化け物じみていたからねー。

あの人に比べれば僕の解体技術なんて、まぁこんなもんかレベルだったからね。

「解体場の長を任されたなんて自惚《うぬぼ》れて、俺は何て馬鹿だったんだ！　世の中には上どころじゃない、文字通り天上の技術の持ち主が居たのかっ!!」

いやー、そこまで自分を卑下しなくても良いんじゃないかなー。

「お願いします！　どうか俺を貴方の弟子にしてください！」

「「「ええ!?」」」

上役さんの言葉に解体師さん達が驚きの声をあげる。

僕も驚いた。

「何を言ってるんですか解体長！」

「そうですよ！　アンタはこのギルドの解体場のリーダーなんですよ！」

そうそう、もっと言ってやってください皆さん。

「馬鹿野郎！　こんな鮮やかな腕を見せられたら、恥ずかしくて解体師を名乗れるかよ！」

いや、そこまで言わなくても。

「勿論分かりますよ！」

分かるの!?

「気持ちは俺達も一緒ですよリーダー！」

「アンタだけ弟子入りなんてズルいですよ！」

なんだか雲行きがおかしくなってきたんですけど。

皆さん上役さんを説得するつもりじゃなかったんですか？

「「「「弟子入りするなら俺達も一緒ですよっ！」」」」

「そっちなの!?」

「お前等……」

「へへっ、そういう事ですよリーダー」

ちょっと待って、なに感動的な流れにしているの？

「ああ、分かったぜ。俺達は同じ解体場の一員だからな」

分からないで下さい。

「「「「師匠！　どうか俺達を弟子にしてくださいっっ!!」」」」

なんて事だろう。

あろうことか、ギルドの解体師さん達が全員僕に弟子入りを申し込んで来た。

全員で綺麗な土下座を披露しながら。

「あのー……」

「お願いします！　俺達は師匠の腕前に惚れこんじまったんです！」

「ドラゴンの国の解体師なのに、ドラゴンもまともに解体できないなんざ解体師の恥です！」

「弟子入りが許されないのなら、俺達は解体師を辞める覚悟です！」

「ちょっ、そんな覚悟持たないで下さいよ！」

うわー、どうしよう……。

これ下手したらギルドから物凄く叱られる案件だよ。

お前の所為《せい》で職員が大量辞職したぞー！　って。

「……兄貴」

とそんな時、後ろからジャイロ君が話しかけて来た。

振り向くと、ジャイロ君はとても爽やかな笑顔を僕に向けて来た。

「何ジャイロく……ん？」

「分かるぜ、コイツ等の気持ち」

え？　分かるの？

「何しろ、俺も同じ気持ちで兄貴の舎弟になったんだからな」

あ、そういえばそんな事もあったねぇ。

「だからよ、コイツ等も兄貴の舎弟にしてやってくれよ！」

「いや舎弟じゃなくて弟子だから」

僕はどうしたもんかと皆に視線を送る。

するとリリエラさん達は慈しむような眼差しを僕に向けてきた。

「まぁさっさと教えてあげれば良いんじゃない？　その方が早く済むわよ」

「私達もレクスに教わっている立場だものね、強くは言えないわ」

「自らの力をさらなる高みへと近づけたいという事ですからね。邪《よこしま》な理由でもありませんし、弟子にしても良いのではないかと」

「レクスの技術なんだから、レクスが決めればいいと思う」

「まぁ結局はそれよね」

　えー、つまり自分で決めろと……

「「「お願いします師匠!!」」」

　僕は師匠なんて言う柄じゃないし、そもそもそんな凄い腕前でもないんだけどなぁ。

　ただ、このまま断ると解体師を辞めるって言ってるし、それはそれで冒険者ギルドに迷惑がかかってしまう。

「……ブラックドラゴンの素材を解体する技術だけですよ」

「っ!?　師匠、それじゃあ!?」

「今回討伐したドラゴンの素材を解体する技術を教えるだけなら、構いませんよ」

　リリエラさんも言っていたように、さっさと教えた方が面倒事は片付きそうだからね。

「「「ありがとうございます師匠っっっ!!」」」

　こうして何の因果か、僕は冒険者ギルドの解体師さん達の臨時師匠になってしまったのだった。

第98話　解体作業開始？

「それじゃあブラックドラゴン解体教室を始めます！　皆さん準備は良いですか？」

「「「「へいっ！」」」」

僕の問いかけに、解体場に集まった解体師さん達が元気よく返事をする。

っていうか……

「あの、なんか人数が多い気がするんですが。あと明らかに解体師さんじゃない格好の人達も居ますよね？」

うん、どう見ても冒険者にしか見えない格好の人達が居るぞー。

「どういう事なんですか？」

僕は先頭に居た解体師の上役さんに声をかける。

「あー、それがだな……」

と、上役さんは申し訳なさそうに頬をかきながら事情を説明し始める。

「実は昨日のやり取りを見ていた冒険者達から話が漏れたらしくてな、ついさっき自分達もドラゴンを倒す冒険者の解体技術を学びたいと大挙して来たんだ……」

それでこの大人数なのかぁ。

けどこれじゃあ解体場がパンパンでまともに解体を教える事が出来ないよ。

「これはちょっと人数が多すぎますよ。それに僕が教えるって約束したのは解体師さん達だけですし」

「だよなぁ。俺達も説明したんだが、連中聞かなくてな」

自分でもそう思っていたのか、上役さんが溜息をつく。

「ただ、ここで追い返すと、それはそれでトラブルの元なんだよなぁ」

うーん、冒険者さんと言えば、荒くれ者の別名って言われるくらいだからねぇ。

「おーいまだ始まらないのかよー！」

待ちきれなくなった冒険者さんが声を上げると、他の冒険者さん達もそうだそうだと騒ぎ始める。

「どうしたもんかなぁ」

どのみちこんな混雑具合じゃまともに教える事も出来ないよ。

そんな風に困っていたら、リリエラさんがポンと肩を叩いて来る。

「どうしたんですかリリエラさん？」

「私が何とかしましょうか？」

「え？　何とか出来るんですか!?」

なんとリリエラさんがこの状況を何とか出来ると言ってのけたんだ。

「ええ、凄く簡単な方法で何とか出来るわ。ええと、貴方が解体場の責任者で合っているのよね？」

と、リリエラさんが上役さんに確認を取る。

「ああ、一応ここの親方を任されている」

「なら話は早いわ。私の会話に合わせてくれる？」

「ああ、この状況を何とか出来るのなら手伝うぜ」

「うん、ギルド側も手伝ってくれるのなら何も問題ないわね」

おお、凄く頼もしいですよリリエラさん！

「じゃあ私が仕切って良いわねレクスさん？」

「はい、よろしくお願いしますリリエラさん！」

僕が任せると、リリエラさんも頷いて前に出る。

「それじゃあこれからドラゴンの解体教室を始めるわ！」

「おお、ようやくか！　待ちくたびれたぞ！」

え？　素直に始めちゃうんですか!?

「じゃあ皆参加費の金貨２００枚を支払って貰いましょうか」

そう言ってリリエラさんは掌を前に突き出した。

「「「「「……」」」」」

一瞬冒険者さん達がポカーンとした顔でえっ？　となる。

そして……

「「「「「はっ？」」」」」

「はっ？　じゃないわよ、はっ？　じゃ。参加費よ。参加費を出しなさい」

「いやいやいや、なんだよそれ!?　参加費なんて聞いてねぇぞ！」

うん、僕も聞いてない。

「当たり前でしょう、あのブラックドラゴンを解体する技術なのよ。普通の魔物を解体するのとは訳が違うの。そんなのを解体する技術なんて、解体師の奥義に決まっているでしょう？」

いや別に奥義とかじゃないんですけど。

「嘘をつくなよ！　俺達は解体師が弟子入りする所を見ていたんだぞ！　その時は参加費なんて一言も言っていなかったぞ！」

「そうだそうだ！」

昨日の会話を聞いていたらしい冒険者さん達がリリエラさんの発言に異を唱える。

ええと、大丈夫なんですかリリエラさん？

するとリリエラさんは呆れたと言わんばかりに両肩をすくめて溜息を吐いたあと、こう言った。

「あのねぇ、ギルドのお抱え解体師達が纏めて教えを乞うのよ？　そんな騒ぎが起きたのなら、当然後でギルドの上役を交えて詳しい話をするに決まってるじゃない。その時にちゃんと参加費をギルドが支払う約束がされたのよ。そうでしょ親方さん？」

「ああ、今回の解体訓練についてはギルドが正式に契約を結んでいる」

上役さん、いや親方さんの部下である解体師さん達も驚きの声を上げる。

実際にはそんな契約結んでないしねー。

「ほ、本当なのかよ……？」

昨日の会話を見ていたと言った冒険者さんが疑わし気につぶやく。

「あら？　それじゃあ貴方達は私達とギルドとの話し合いも見ていたの？」

「う、いやそれは……」

「でしょう？　大体貴方達は昨日の話を聞いていただけで飛び入り参加しようとしているのよね？　そんな人達が無料でブラックドラゴンを解体する技術を学べるとでも思っているの？」

ここが勝機と確信したリリエラさんが畳みかける様に冒険者さん達に口撃をかける。

「そういう訳だから、参加費の金貨２００枚を自分で用意できない人達は帰りなさい。これ以上文句を言うなら、参加費を支払っているギルドが黙ってないわよ」

「うう……」

冒険者ギルドからの介入もあると言われては、冒険者さん達も諦めてすごすごと解体場から去っていく。

そして解体場はさっきまでの混雑具合が嘘の様に閑散とした光景になったのだった。

「いやスマン、俺達の不手際で迷惑を掛けた」

親方さんが申し訳ないと頭を下げて来る。

「ええ、だから後で借りは返してもらうわよ」

と、リリエラさんが笑顔で返す。

「僕からも有難うございます、リリエラさん」

僕はこの状況を華麗に解決したリリエラさんに感謝の言葉を送る。

するとリリエラさんはニヤリと笑みを浮かべてこう言った。

「ふふ、ああいう手合いを追い出すには金がかかると思わせるのが一番なのよ。どうせ連中、解体のどさくさに鱗とかをちょろまかす気だったたんだろうし」

別に鱗の一枚や二枚程度全然問題ないんだけどなぁ。

「あとはアレね。安い店にはガラの悪い客が集まって荒れるけど、高い店には大金を支払う余裕のある人間しか集まらないから、トラブルも少なくなるって寸法よ。だから高い授業料を請求したの」

「成る程、だから参加費を請求した途端に皆居なくなったんですね」

言われてみれば前世で貴族とかに招待された高級レストランとかでは騒ぎが起きた事が無かったなぁ。

まぁお店の雰囲気とかそのへんは、貴族達が口にする欲望丸出しの会話のせいで全く楽しめなかったんだけどね。

しかし、これが独力でBランクにまで上り詰めた冒険者の処世術なんだね。

こういう事を勉強する機会が無かった僕としては、とっても勉強になるなぁ。

「それに金貨２００枚と言ったら、大物の魔物を倒せるような上位ランクの冒険者でもないとポンとは出せない金額だしね。もしこの金額を支払えるとしたら、Aランクかお金を貯めていたBランク。あとはたまたま運よく大物を仕留めて懐が温かいCランクがギリギリって所かしら」

「え？　そうなんですか？　僕Fランクの時に金貨２０００枚くらい貰いましたけど」

「うん、レクスは例外ね。普通のFランクは冒険者になったその日にドラゴンの買い取りなんて頼まないものね」

と、ミナさんからツッコミが入る。

「ああ、兄貴の偉業はトーガイの町の伝説になってるからな！」

「いやー、グリーンドラゴン程度なら誰でも討伐できますって。アイツ等ゴブリンみたいにポコポコ湧きますし」

「「「いやドラゴンは湧かない」」」

え？　そんな事は無いと思うけど。

「もしくはレクスの知っているゴブリンが私達の知っているのとは違うゴブリン」

「チャンピオンとかロードとかつく方のゴブリンでしょうねぇ」

なんてメグリさんとノルブさんがゴブリンの名前を付け足しているけど、ゴブリンなんて皆同じような強さだと思うんだけど。

なんて事を思っていたら、こちらを見ていたリリエラさんが小さく笑みを浮かべる。

「ふふっ、これで一つくらいは借りが返せたかしらね？」

……あっ、そういうことだったのか。

リリエラさんが僕のパーティに加入した理由は、故郷のお母さん達の病気を治療して貰った恩返しをする為だ。

本当なら、故郷の皆の病気が治り、故郷の村を襲った魔物を撃退した事で、リリエラさんが冒険者を続ける理由はなくなっていたんだから。

そして今回のトラブルの解決は、リリエラさんにとって絶好の活躍の機会だった訳だ。

だから僕はリリエラさんにこう告げる。

「はい、バッチリ返してもらいました！」

うん、こういう処世術は本当に参考になりますよ、リリエラさん。

ああでも、もしもリリエラさんが全ての借りを返したと納得したら、その時はどうするんだろう？

パーティ解散かな？

それはそれで仕方ないんだけど、そうなったらちょっと寂しいなぁ。

「キュッキュ」

と、そんな事を思っていたら、足元に居たモフモフが自己主張をしてきた。

「ああ、そうなってもモフモフはずっと一緒だよね」

「キュッ！」

あはは、可愛い奴だなぁ。

「それじゃあ改めて解体を……」

「待ってくれ」

始めますと言おうと思ったら、僕の前に幾人かの冒険者さん達がやって来た。

全員出て行ったと思ったんだけど、まだ何人か残っていたみたいだね。

「なぁに？　解体に参加したいのなら参加費がいるわよ？」

とリリエラさんが威嚇する様に前に出ると、冒険者さん達が頷いて大量の金貨が入った袋を差し出してきた。

「ギルド貯金から引きおとしてきた参加費だ。これで解体教室に参加したい」

「え？　あ、えーっと……？」

リリエラさんがどうしようとこっちを見て来る。

うーん、まさか本当に参加費を支払おうとする人がいたとは驚きだ。

たかがブラックドラゴン程度の解体教室なのに。

「ええと、本当に良いんですか？　金貨２００枚って結構なお金ですよ？」

僕が確認を取る様に聞くと、冒険者さん達は躊躇いなく頷く。

「昨日の話は俺達も聞いている。大量のドラゴンを討伐する程の実力者が開催する教室なら、間違いなく我々の糧となる技術を学べるだろう」

ええと、買い被りじゃないですかねぇその評価。

ブラックドラゴンですよブラックドラゴン？

黒いだけで普通のドラゴンですよ？

「へぇ、分かってるじゃない」

とミナさん達がうんうんと頷く。

「ああ、兄貴の凄さが分かるとはなかなか見どころのある連中だぜ」

いやジャイロ君、たかがドラゴンの解体教室だからね？

「レクスさん、あの人達多分Bランク以上の冒険者よ」

とリリエラさんが耳元でささやいてくる。

ちょっとくすぐったいです。

「そうなんですか？」

「ええ、装備といい身のこなしといい、さっきまでたむろしていた連中とは格が違うわ」

成る程、僕には大差ないように見えるけど、きっと一流の冒険者特有の空気って奴があるんだろうな。

さて、どうしたものかなぁ。

こっちの言い分を受け入れてちゃんと参加費を出してきたし、無下に断るのも悪いしねぇ。

うーん、まぁ所詮ブラックドラゴンを解体する程度の技術だし、Bランク以上の熟練者が参加するっていうのなら、きっと何かしらの意図があっての事なんだろうな。

「分かりました。貴方達の参加を……」

「ちょ、ちょっと待ってくださいぃぃぃぃぃぃ！」

参加を受け付けますと言おうとしたその時、またしても僕の言葉は遮られた。

声の主は解体場の入り口からヨタヨタと息を切らして駆け寄ってくる。

「君は……？」

やって来たのは、僕達とそう年が変わらないであろう女の子だった。

手にした槍は壮麗な装飾がほどこされており、フルプレートでは無いものの要所要所に金属を使用した軽鎧を着こなしている姿に僕は何故か懐かしいものを感じた。

この恰好、どこかで見たような気が……

「あ、あの！　私リューネっていいます！」

その少女、リューネは乱れた呼吸を深呼吸で静めると、手にしていた布袋を僕の前に突き出す。

「さ、参加費を持ってきました！　わ、私も参加させてくださいっ！」

そして、この少女との出会いが龍国ドラゴニアでの僕らの冒険に、大きく影響を及ぼす事になるのだった。

第99話　ドラゴンを解体しよう

「では改めてブラックドラゴンの解体講座を始めます」

あの後、上位ランクの冒険者と飛び入りで入って来たリューネという女の子を交えて、僕達はドラゴンの解体を再開する事となった。

「ただいきなりブラックドラゴンを解体すると練習にならないので、練習用の教材にはグリーンドラゴンを使います」

「「「ド、ドラゴンを教材に!?」」」

「ほ、本当に良いのか!?　ドラゴンの素材はひと財産だぞ!?」

ん？　グリーンドラゴンを教材にするなんて普通だと思うけどなぁ。

「ええ、ブラックドラゴンはグリーンドラゴンとブルードラゴンの上位種であり、素材竜の様に採取に気を遣う必要のない普通のドラゴンです。なので基本的な構造が似ているグリーンドラゴンを解体の練習台に使うのが適切だと判断しました」

「ブラックドラゴンが普通？　相手は国だって滅ぼせる魔物だぞ!?」

ブラックドラゴンが国を亡ぼす？

それ同じ黒系だからってダークネスドラゴンと間違えてませんか？

強さのケタが二つくらい違いますよ？

「金貨200枚で本物のドラゴンを解体の教材として提供して貰えるとは。やはりこの講座受けて正解だったな。寧ろ金貨200枚でも安いくらいだ」

「そうね、今後もしドラゴンの合同討伐に参加できる機会があったなら、私達のパーティはドラゴンの解体経験ありとして分け前が優遇されるわ」

「しかも生き物としてのドラゴンの仕組みを調べる絶好のチャンスだ。戦う時にどこを狙うべきかの参考にもなるだろう」

金貨200枚を支払って解体講座に参加した冒険者さん達は、この講座に単純なドラゴン解体の場としてだけではなく、他の目的も持って臨んでいたみたいだ。

さすが熟練の冒険者、抜け目がない。

「皆さんはドラゴンと戦った経験はないんですか？」

僕はドラゴンを前に興奮する冒険者さん達に話しかける。

「ああ、俺達は鱗拾いが主な収入源だからな」

「鱗拾い？」

なんだろうそれは？

「龍峰の近くを飛ぶドラゴンがたまに落とす鱗なんかを捜す常設依頼があってな、それを主に請け負う冒険者の事を鱗拾いって言うのさ。ドラゴンの縄張りの近くで活動するから危険は多いが、状態の良いドラゴンの素材を手に入れる事が出来たら結構な儲けになる。この辺りの冒険者で鱗拾いをやっていない奴はまず居ないだろうな」

へぇ、そんな常設依頼があったんだ。

わざわざ落ちている鱗を拾うなんて面白い依頼だ。

あっ、もしかしたら逃げ足の速いライトニングドラゴンや特殊な防御能力を持つプロテクトドラゴンの素材を集める為の依頼なのかな？

あいつ等倒しにくい上に数が少ないから、狩ると怒られるんだよね。

貴重なドラゴンだから再生する素材だけ採って逃がしてあげなさいって。

成る程、素材竜と同じで、前世の僕が死んだ後に貴重なドラゴンの討伐禁止令が出て、代わりに鱗集めみたいな抜け鱗を回収する依頼が出る様になったって事だね。

ただ、ドラゴンがたまたま落とす鱗っていっても、龍峰で多いのはグリーンドラゴンかブルードラゴンだろうから、そこまで実入りの良い仕事じゃないっぽいなぁ。

何しろ空から落ちて来た事で傷もつくだろうし、ドラゴンが落とすって事は、毛づくろいならぬ鱗づくろいでひっかいた鱗だもんね。

「だが鱗拾いだからって弱い訳じゃないぞ。この辺りの魔物はドラゴンが近くに居ても縄張りを確保する事の出来る強力でやっかいな存在だし、他人の手に入れた鱗を狙う鱗剝《うろこは》ぎと言われる盗賊も少なくない。ある程度の実力を持った冒険者でないと鱗拾いは命の危険の方が大きいんだ」

成る程、どうやら鱗拾いっていうのは、新人にとっては一攫千金、熟練者には安定した小遣い稼ぎみたいな立ち位置の仕事なのか。

より龍峰に近くまで接近出来て、状態の良い鱗を手に入れる事の出来る冒険者が熟練者みたいな感じで、このあたりの冒険者の登竜門みたいな扱いとみた。

「とはいえ、ドラゴンそのものを狩ってくるヤツからしたら大した事ないだろうけどな」

「いえいえ僕達が狩って来たのは殆どが最弱のグリーンドラゴンばかりですから。熟練の冒険者なら誰だって倒せますよ」

それなりの強さだったバハムートはなんか急に逃げて行っちゃったし、ゴールデンドラゴンに至っては子供だったからなぁ。

きっとこの人達は貴重で殺しちゃいけないドラゴンの素材狙いなんだろうね。

「……最弱だから、か。流石ドラゴンを教材に使う冒険者は言う事が違うな」

「じゃあ解体に戻りましょう。まずは普通に解体してみてください。でっかいトカゲを解体する要領でかまいませんよ」

「いや、ドラゴンとトカゲは全然違うだろ……」

と、解体師さんの一人がそんな事を言うけど、僕に解体を教えてくれた人は『ドラゴンの解体なんざどれも大した違いはねぇよ。素材の流れに沿って刃を入れればなんでも切れる』とか言ってたし。

まぁ実際、慣れてきたら最弱のグリーンドラゴンの解体はトカゲ系の魔物と大差ない印象だった。

「すまない、俺達はドラゴンを解体した事がないいんだ。だから最初に君の解体を手本として見せて欲しい」

と言ったのは、さっきの冒険者さん達だ。

成る程確かに初めての解体で二の足を踏む気持ちは分からないでもない。

僕も初めての解体は緊張したからね。
2、30体も解体したら慣れて来たけど。
「俺達にも見せてくれよ。俺達ゃ昨日のアンタの解体を直接見てないんだ」

と、他の解体師さん達も手本が見たいと言ってきたので、僕はグリーンドラゴンを1体解体して見せる事にする。

うんうん、皆やる気に満ちていて良いなぁ。

「それじゃあまずグリーンドラゴンの鱗を剥がします。グリーンドラゴンの鱗の根元、皮とくっついている部分にはナイフが刺さりやすい場所があります。ここにナイフを突き刺すと簡単にナイフが入ってペリペリッと捲れます。こんな感じに」

と言って僕はグリーンドラゴンの鱗を軽く持ち上げて、鱗と皮の間にナイフを突き込む。

すると簡単に鱗が剝がれた。

「おお!?　凄いな、こんな大きな鱗が一瞬で剝がれたぞ!?」

まぁこれはコツの問題だからね。

僕は皮がある程度の広さ露出するまで繰り返し鱗を剝がして見せる。

「ここか？　いや違うな」

「どこも硬いぞ？　どうやったらあんなに滑らかにナイフが入るんだ？」

皆自分のドラゴンを使って鱗剝がしを試みるけど、なかなか上手くいかないみたいだ。

まぁこういうのは回数をこなす事でコツが分かるので、今は次の手順を見せよう。

「次に皮を切ります。このように鱗を剝がした皮を見れば、ナイフの入りやすい場所が分かるので、そこにナイフを突き立てます」

そう言って僕はグリーンドラゴンの皮にナイフを突き刺す。

「ドラゴンの皮に軽々とナイフを突き刺した!?」

「嘘だろ!?　アイアンリザードの皮でも刃を入れるのは大変なんだぞ!?」

え？　アイアンリザードってあの鉄とは名ばかりの全然固くないトカゲの魔物？

うん、まぁ気のせいかな。

「皆さんも試しにナイフを入れてみてください。まだ幾つかナイフを突き立てる事の出来る場所がありますよ」

そう言って僕は鱗を剝いだグリーンドラゴンを指さしてから一歩下がる。

「よ、よしやってやるぜ！」

「いや俺が先だ！」

皆我先にとグリーンドラゴンに殺到する。

「はいはい順番順番、一人一突きね」

すかさずリリエラさんが解体師さん達を纏め上げて列を作る。

あー、こういう時に自分の気付かない事をしてもらえると、パーティを組んで良かったなぁって心底思うよ。

「くそ、駄目だ」

「うわっ、硬ぇ!?」

「これ本当に皮なのか!?　柔らかいのに刃が通らないぞ!?」

「あんなに簡単そうだったのに……」

参加していた冒険者さん達もグリーンドラゴンの皮にナイフを突き立ててるけど上手くいかないみたいだ。

と、その時、解体場に歓声が上がる。

「あ、あの、通りました……」

と、言ってきたのはさっきギリギリで解体講座に参加を申し込んできた女の子だ。

確か名前はリューネさんだったっけ。

「おお、やるなぁ嬢ちゃん！」

「よく突き刺せたな」

解体師さん達はグリーンドラゴンの皮にナイフを突き立てたリューネさんを褒め称える。

「あ、ありがとうございます！」

リューネさんは解体師さん達の賞賛に困惑しつつもお礼を言っている。

なんだか微笑ましい光景だなぁ。

さて、それじゃあ解体の続きだ。

僕はリューネさんと交代すると、さっき自分が突き刺したナイフを握る。

「ナイフを突き刺したら、皮の流れに合わせて刃を流していきます」

僕は繊維の流れに逆らわない様にナイフを撫でる様に走らせる。

「お、おお!?　何て綺麗な切り方なんだ!?」

「素晴らしい、やはり昨日見た光景は見間違いなんかじゃなかった……」

「これが親方に解体王の再来と言わしめた神懸かった解体か……確かにその通りだ」

「ああ、解体の仕事を始めて数十年、これほど美しい解体は見た事が無い。まさに芸術だ」

いやいや、普通に流れに沿って解体しているだけですから。

「ええとですね、どんな素材にもよく見ると切りやすい場所があるんですよ。だからそこにナイフを突き立てれば、後はするすると刃を滑らせる事が出来ます。例えばこの鱗の様に」

グリーンドラゴンの皮を剥ぎ終わった僕は、そんな事を説明しながら手に取ったグリーンドラゴンの鱗にナイフを突き立てる。

「うぉっ!?　ドラゴンの鱗が一突きで割れた!?」

「マジかよ!?　ドラゴンの鱗って鉄よりも硬いんだろ!?」

まぁ所詮は鉄より硬い程度だし。

それに職人が本気になったら、ドラゴンの鱗よりも硬くしなやかな鉄を鍛える事も出来るからね。

その時、僕はひと際強い視線を感じた。

と言っても視線に敵意は感じない。

目を動かすことなく、視界に入った光景から視線の主を捜すと、その人物は直ぐに見つかった。

リューネさんだ。

彼女は自分の視線を隠す事もなく、何やらものすごく興奮した様子でこちらを見つめている。

何か気になる事でもあるのかな？

「では皆さんドラゴンの皮を剥ぐところまでやってみて下さい。分からない所があったらその都度教えます」

「もっと間近で鱗を剥ぐところを見せてくれよ！」

「皮にナイフを突き刺しやすい場所の見極めをもう一度教えてくれ！」

「鱗を切る方法を教えてくれ」

教えると言った瞬間、皆が殺到してきたんだけど、それをリリエラさんとミナさんが制止した。

「はいストップ！　レクスさんはまずやってみてと言ったのよ。質問は上手くいかなくなってから！」

「け、けどよう、ドラゴンの素材だぜ？　下手なナイフの入れ方をしちまったら素材が台無しになっちまうよ」

と解体師さんの一人が呟くと、他の皆もうんうんと頷く。

「大丈夫ですよ。グリーンドラゴンの素材はまだまだたくさんありますから、いくらでも失敗して構いませんよ」

「「「い、いくらでも!?」」」

僕の失敗しても良い宣言に、解体師さん達の顔がギョッとなる。

「はい、いくらでもです。山積みになる程ありますから！」

「……そ、そういえばあの一角に無造作に積まれてたんだよなぁ」

と、解体師さん達が昨日ドラゴンの素材が山積みにされていた場所を見つめる。

まぁ今は一旦魔法の袋に回収してあるから、教材用のグリーンドラゴンが一頭置いてあるだけなんだけどね。

「おうお前等！　恥ずかしいマネしてねぇで覚悟決めやがれ！」

そう言ったのは、解体場の親方さんだ。

「お師匠はこのドラゴンを教材として好きなだけボロボロにして良いって仰ってくださったんだ！　だったら素直にその好意を受け取って解体しやがれ！　俺たちゃお師匠の技を伝授してもらう為にここに居るんだぞ！　師匠の命令には絶対従う！　それが工房の掟ってもんだ！」

「親方……」

「それにだ、あのブラックドラゴンを解体する技術を教える為にお師匠がわざわざ用意されたんだぞ。そりゃつまり、ボロボロにするまで解体し尽くしても全然足りねぇって暗に言われてるって事だ！」

「「「っっっ!?」」」

親方さんの言葉に、解体師さん達がハッとなる。

「技なんてもんは、一日二日で覚えきれるもんじゃねぇ。師匠はそれを本物のドラゴンを教材に使う事で、最大限の緊張を保ったまま体に覚え込ませろって仰ってるんだ！」

え？　何それ？

そんなつもり全然なかったんですけど？

「成る程さすが親方！」

「全然考えつかなかったぜ！」

えっと、僕も考えつきませんでした。

というか、普通に素材が余ってたから提供しただけなんだけど。

「だからお前等！　お師匠の期待に応える為にも、死ぬ気で解体すっぞ！」

「「「「へいっ」」」」

えーっと、なんというか誤解に誤解を重ねて解体師さん達はグリーンドラゴンの解体に専念しだした。

「成る程、そこまで考えてグリーンドラゴンの素材を。流石ドラゴンを狩る事の出来る冒険者は考え方のスケールが違う」

ああ、冒険者さん達もなんか変な勘違いを。

う、うーん……怪我の功名、と考えれば良いのかなぁ？

「いやー、さすが兄貴だぜ。そこまで考えていたなんてな！」

いや、考えてないからねジャイロ君。勘違いしないでホント。

「けどまぁ、おっかなびっくりやられて素材を無駄にされるよりは、真剣な方が良いんじゃないの？」

とミナさんがフォローしてくれる。

「まぁそうかもしれませんね」

うん、真剣になってくれる分には良いよね。

「うふふ、これでドラゴンの素材の解体料金がタダになる」

と、メグリさんがニマニマと笑みを浮かべながら解体師さん達を見つめていた。

うん、今回提供したグリーンドラゴンの大半はリリエラさんとジャイロ君達ドラゴンスレイヤーズが倒したものなんだ。

朝、今回の解体講座の教材として使う為に、ちょっと龍峰でグリーンドラゴンを2、30体狩りに行こうとしてたら、メグリさんから自分達のドラゴンを使わないかと提案されたんだ。

せっかくジャイロ君達が初めて討伐したドラゴンを他人の練習台にするのはどうかと思ったんだけど、代わりに解体料金をタダにしてくれれば良いとメグリさんは言ったんだ。

ジャイロ君達にも確認を取ったんだけど、メグリさんの説得を受けていたらしくすんなりＯＫが出た。

うん、手回しが良いね。

そしてこの申し出にはギルド側からも願ってもない話だと言われて即ＯＫ。

そんな訳で今解体されているのはジャイロ君達の討伐したドラゴンなんだよね。

「初めてドラゴンの解体をする人ばかりなら、どのみち普通に解体を依頼しても大差はない。寧ろレクスの指導を受けて解体するんだから、碌に知識のない状態で解体するよりもよっぽど状態が良い。しかもお代はタダ！　これは乗るしかないビッグウェーブ！」

凄い、メグリさんがいつもからは考えられない長文かつ早口で喋ってる。

「あの子、お金が絡むと口数が多くなるのよね」

成る程、薄々分かってはいたけれど、メグリさんはお金大好きっ子なのかー。

◆

「よっしゃ！　解体終わったぜ！」

「こっちもだ！」

「ちょっ、ちょっと待ってくれ！　もう少しで終わるから！」

次々に解体師さん達から皮の解体まで終わったとの報告が寄せられる。

まだの人達ももう少しだ。

僕は皮を剝ぎ終わった解体師さん達の所を回って解体した素材の状態を調べていく。

「ふむふむ……」

「ど、どうだ？」

解体師さん達は期待半分といった様子で聞いて来る。

何故半分なのかというと、それは皮の切断面を見れば一発だった。

「切断面がかなりザラついていますね」

「……やっぱりか」

そう言われるのが分かっていたんだろう。解体師さん達は悔しそうに自分達の剝いだ皮を見る。

「くそっ、何がいけないんだ!?　同じように剝いだつもりなのに!?」

確かに、いくらなんでもこれは状態が悪すぎる。

解体師さん達も冒険者さん達も同じ様に切り口が汚い。

「あの、出来ました……」

と、その時リューネさんが自分の剝いだ皮を持って来た。

「はい、確認しますね」

僕はリューネさんが解体した皮を確認する。

「……おっ？　結構綺麗だ」

「「何っ!?」」

僕の言葉に解体師さん達が反応してこちらに殺到してくる。

「本当だ！　俺達の皮よりも切り口が綺麗だぞ!?」

「どういう事だ!?　お嬢ちゃん解体師なのか!?」

解体師さん達がリューネさんに詰め寄る。

「い、いえ。私は普通の冒険者です」

「普通の冒険者が俺達よりも上手く解体できたってのか!?」

これは驚きだ。

確かにギルドのおかかえ解体師さん達よりも若いリューネさんの方が綺麗に皮を剝離できたなん

て。

僕はもう一度解体師さんたちの剝いだ皮とリューネさんの剝いだ皮の違いを調べる。

「ん？」

そしてある一つの結論にたどり着いた。

「なるほどそういう事でしたか」

「何か分かったのか!?」

解体師さん達が耳ざとく僕の呟きを聞き取る。

「ええ、とても簡単な事でした」

「何が原因だったんだ!?」

「説明するのは簡単なんですが、体験してもらうのが一番でしょう。明日の朝にそれをやってもらいますので、今日の講座はこれで終了します」

なおも説明を求める解体師さん達をリリエラさん達に任せ、僕は親方さんにあるお店の場所を聞く。

「親方さん、工房の一角を貸して貰える鍛冶屋のお店はありますか？」

「ああ、それならギルドを出て右に暫く行った先にあるぜ」

「ありがとうございます」

よし、場所も分かったしさっそく明日の準備をしに行こうか！

第１００話　違いの分かる切れ味

「おはようございます皆さん」

翌朝、僕達は解体教室の続きをする為に冒険者ギルドの解体場に来ていた。

「今日は昨日に続いてグリーンドラゴンの解体の続きをしてもらいます。そして今日の講座からは、解体台に置いてある解体用ナイフを使ってドラゴンの素材を解体してもらいます」

皆の視線が自分達のそばにある解体台に置かれたナイフに吸い寄せられる。

「これを使うのか？　……って随分と軽いな」

ナイフを手に取った解体師さん達が、その軽さに驚きの声を上げる。

「しかも薄いぞ。本当にこんなナイフでドラゴンの解体が出来るのか？」

疑わし気にナイフを手に取った解体師さん達がグリーンドラゴンの皮にナイフを突き立てる。

すると……

「うぉっ!?　何だこりゃ!?　ナイフが何の抵抗もなく刺さったぞ!?」

「刺さると言うか、まるでシチューの中に沈んでいくみたいな手ごたえの無さだ!?」

予想外のナイフの切れ味に、解体場が困惑の声に包まれる。

「これが昨日、皆さんとリューネさんの解体したドラゴンの皮の切り口が違った理由です」

「「「「これが!?」」」」

「おいおい、一体どういう意味なんですかい!?　まさかあっちの嬢ちゃんが持っていたナイフの方が、俺達の解体ナイフよりも切れ味が良かったからとか言うつもりなのかよ?」

と、解体師さんが少し離れた場所で解体をしているリューネさんを指さす。

「はい、その通りです。リューネさんと皆さんが解体したドラゴンの皮の切り口の差は、単純に道具の差が原因だったんです」

「え?　マジで!?」

まさか冗談めかして言ったセリフが正解だとは思ってもいなかったらしく、解体師さんが驚きの表情になる。

「リューネさん、ちょっと来て貰えますか」

「え?　あ、はい!」

僕はリューネさんと近くに居た解体師さんに来てもらう。

「お二人が昨日ドラゴンの皮を解体したナイフを貸して貰えますか?」

「え?　は、はい」

「お、おう」

二人から解体用に使ったナイフを受け取ると、僕はテーブルの上に置かれたグリーンドラゴンの皮を切る。

そしてその光景を皆が見つめる。

「「「「これは……!?」」」」

「嬢ちゃんのナイフで切った切り口はそこそこ綺麗だが、モックの奴のナイフで切った切り口はボロボロだ」

「まさか本当に得物の差なのか？」

グリーンドラゴンの皮の切り口を見て、解体師さん達が困惑しながらこちらを見て来る。

「ご覧頂いた通り、リューネさんのナイフの方が切れ味が良い事が確認できました。今回は皮の目を見ずに無造作に切ったので、切り口の滑らかさは単純に刃物の差だけです」

「マジかよ……」

解体師さん達が呆然としながらリューネさんのナイフを見る。

「けど俺達は本職の解体師だぜ!?　多少道具の質が良いからって、そこまで切り口に差が出るのか!?」

うん、確かに大して違いの無い道具ならそこまでの差は出ない。

寧ろ解体師さん達の鍛え上げた技術で道具の有利なんて簡単に吹っ飛んでしまうだろう。

でも……

「リューネさんのナイフは皆さんの使っている解体用ナイフに比べると、素材も製法もかなり上の技術で作られています。それこそ石のナイフとミスリルのナイフくらいの差がありますね」

「「「そんなに!?」」」

解体師さん達が驚きの声を上げてリューネさんを見る。

「あ、あの……確かに私のナイフは先祖代々伝わって来た家宝と言っても差し支えの無い品ですが、そんな事が見ただけで分かるんですか?」

とリューネさんが驚いた顔で聞いてくる。

「ええ、刃を見ればすぐにわかりますよ。このナイフの刀身は……いや、そのあたりは個人の秘密ですから、僕が勝手に喋って良い事じゃないですよね。とにかく皆さんの解体用ナイフよりも良い品だという事です」

うん、特別凄い素材って訳じゃないけど、それでも他人の持ち物の事をベラベラと語るのは失礼だろう。

「す、凄い、見ただけでそこまで分かっていたなんて、なんて鑑定眼……やっぱり貴方は……はっ!?」

と、何かを言いかけたリューネさんが慌てて口を閉じる。

「どうかしましたかリューネさん?」

「い、いいえ、何でも!」

「さて、話を戻しますけど、そうした理由から僕は、皆さんがグリーンドラゴンの皮を綺麗に切れなかった原因がシンプルに道具そのものにあると判断したんです」

僕は皆に配った物と同じナイフを手に取る。

「道具と言うのは使用する素材と加工技術が重要です。質の低い素材と拙い技術で作られた道具では粗末な物しかできません。それを技術で補う事も出来ますが、素材の質が低ければ腕で補うにも限度というものがあります。例えるなら、どれだけ綺麗に削り上げた木刀でも鉄の塊を切る事は出来ないのと同じです」

「けど兄貴なら木刀でも切れそうだよな」

「うん、切れるよ」

「「「「切れるのかよっ!?」」」」

ジャイロ君の疑問に答えたら皆から総ツッコミを喰らってしまった。

「まぁそれはあくまで技を使って切っているのであって、普通に木刀で叩いても切る事は出来ないですよねって話です」

「いや、俺木刀で鉄の塊を切れるって話の方が気になるんだが」

「俺もだよ」

「まぁそれは今回の講座には関係ないので、置いとくとしましょう」

「「「置かれるとそれはそれで気になる！」」」

そんな声は置いておいて、今は講座の続きだ。

「適切な道具を用意するというのはかなり大事な事なんですよ。これは割と真面目な話で、技術を信奉する人には道具の質を蔑《ないがし》ろにする人が少なくないんです。技を極めれば質の低い道具でも十分な仕事が出来ると無条件に信じちゃう人が多いからです」

何故か結構多いんだよね、そういう人達。

便利な道具は甘えだーとか言って。

「けどそれは大きな間違いです。大切なのは技術と道具の質のバランス。道具だけ優れていれば道具に振り回され、腕だけが優れていれば道具が腕について行けずに壊れてしまう。どちらかだけ優れていても、その真価は発揮できないんです」

実際の話、僕もそこらへんが原因で全力を出せないところはあるんだよね。

手に入る素材がいまいちだから、うっかり壊さないかと心配だよ。

まぁ身体強化魔法の延長で強靱化効果を付ければ大分強度はあがるから、ゴールデンドラゴンくらいなら今の装備でも十分戦えるけど。

ああそうだ、折角ゴールデンドラゴンの素材が手に入ったんだから新装備でも作ろうかな。

せっかくだから皆の分もまとめて。

「まぁ言わんとする事は分かるな。上位の冒険者になれば、より強い敵と戦うために自然と装備を買い替える事になる」

と解体講座に参加した冒険者さん達が同意の声をあげる。

「ああ、俺達も客から預かった素材を綺麗に解体する為に、それなりの道具はそろえているからな」

親方さんもまた同意してくれる。

「あー、そう考えると、ドラゴンの解体って抵抗しないドラゴンを攻撃する様なもんだよな。そんで抵抗しないっつっても、相手はドラゴンなんだからこん棒程度の攻撃じゃびくともしねーって訳だ」

おお、ジャイロ君が良い事を言った。

「うん、ジャイロ君の言うとおりだよ。解体に使う道具は解体師にとっての武器だからね」

「やった！　兄貴に褒められた！」

「はいはい、良かったわね。だからあんまり飛び跳ねるんじゃないわよ」

僕に褒められたジャイロ君がすごく嬉しそうにはしゃぎ、それをミナさんがたしなめている。

「そんな訳でですね、今回はグリーンドラゴンの鱗や皮を綺麗に切る事が出来る様に、ブラックドラゴンの素材を使った解体用ナイフを用意させてもらいました」

そう言ってグリーンドラゴンの鱗を真っ二つに切断する。

「成る程、グリーンドラゴンよりも上位のドラゴンであるブラックドラゴンの素材で作ったナイフなら、グリーンドラゴンの皮を綺麗に切る事が出来てもおかしくはないか」

「そうか、そういう事だったのか。確かにそれなら納得だ」

「……」

「「「「って、ブラックドラゴンの素材を使ったナイフゥゥゥゥゥゥッ!?」」」」

「はい、切れ味はそこそこ良いでしょう？」

「いや良いって言うか良過ぎるんだが……じゃなくて、ブラックドラゴンの素材を使ってるってマジか!?」

「ええ、使っていますよ」

「いや使ってるって、そもそも俺達はブラックドラゴンの解体の為にこの講座を受けたんだが……それを素材として使ったたって……」

ああ、それで驚いていたのか。

「大丈夫ですよ。解体用のブラックドラゴンはちゃんと残してありますから。今回用意したナイフに使ったのは新しく狩ってきたブラックドラゴンです」

「なるほど、それなら安心……ってちょっ!?　オイ!?　マジか!?」

「ええ、昨日の夜にちょちょっと狩りに行ってきました」

「ちょちょっとって、マジか……」

マジです。

「あれ、確かブラックドラゴンって町を簡単に滅ぼせるヤバい魔物だったよな？」

「ああ、その筈なんだが……」

「それをちょっとで狩ってこられるモンなのか？」

「それにその後にこの大量のナイフを作ったんだよな？　これ全部作るのにどれだけ時間かかるんだ？　ブラックドラゴンを倒すだけでもかなりの時間がかかるんじゃねぇのか？」

「というか、ブラックドラゴンが住んでるのって龍峰だろ？　昨日の講座が終わった後に馬を走らせたとしても今日の朝に間に合わねぇだろ。どうなってるんだ!?」

僕がブラックドラゴンを狩ってきたと言ったら、なぜか解体師さん達がどよめき始めた。

んー、ただのブラックドラゴンを狩っただけなんだけどなぁ。

「そりゃあ当然の事よ！」

とそこでジャイロ君が大きな声を上げる。

「そりゃどういう意味だボウズ!?」

「はっ、何しろ兄貴はSランク冒険者だからな！」

「Sランク!?　最高ランクの冒険者のあのSランクか!?」

僕がSランクだと聞いて、解体師さん達が驚きの声を上げる。

「その通り！　そしてSランクの兄貴だからこそ、ブラックドラゴンが相手だろうと速攻倒して町まで戻ってきて人数分ナイフを用意できるのさ！」

「な、成る程。Sランクの冒険者と言えば、Sランクの魔物と互角に渡り合える凄腕。中には強力な古代のマジックアイテムを切り札に持っている者もいると聞いた事がある」

「そうか、Sランク冒険者ならやれるかもしれないな！」

いや、別にブラックドラゴンくらいなら、Sランク冒険者でなくても倒せると思いますよ？

「ああ、こんどはSランク冒険者が風評被害に……」

「こういうのも風評被害って言うのかしらねー」

横で何故かリリエラさんが悲しそうな目で解体師さん達を見つめている。

その横に佇むミナさんはなにやら達観した空気だ。

「とまぁそういう訳ですので皆さん、新しいナイフを使ってグリーンドラゴンを沢山解体してください。グリーンドラゴンの解体に慣れれば、基本的にドラゴンの解体は問題なく出来るようになりますから」

「「「「おうっっっ!!」」」」

解体師さん達が意気揚々とグリーンドラゴンの解体に戻っていく。

皆今まで使っていた解体用ナイフよりも切れ味の良い道具を手に入れて、興奮気味だ。

新しい装備を手に入れると、気分が高揚するよね。

「な、なぁ……ちょっと良いか？」

と、そんな時に話しかけてきたのは、金貨２００枚を支払って解体講座に参加した冒険者さん達だ。

「はい、何か解体で分からない所でも？」

「いや、そうじゃなくてだな……頼みがあるんだ」

「頼みですか？」

「ああ」

冒険者さん達は真剣な顔で僕を見つめて来る。

「アンタの作ったこのナイフなんだが、俺達に売ってくれないか？」

「え？」

「俺達もドラゴンの鱗から作られた武器を持っているが、このナイフはそれとは比べ物にならない程の切れ味だ」

そう言って冒険者さんは腰に携えたショートソードを僕に見せる。

「これは……グリーンドラゴンの鱗を削り出した剣ですね」

「ああ、名のある鍛冶師に数か月かけて作ってもらった剣だ。だがアンタの作ったナイフには遠く及ばない切れ味なんだ」

それもそうだろう。

このショートソードの刃先はボロボロだ。

いくら鱗を削り出しただけの剣とは言え、もうちょっと仕上げに気を遣おうよ。

これじゃあ僕が片手間に作ったナイフの方が切れ味が良いのも当然だ。

本当に名のある鍛冶師の仕事なんだろうか？

こんなのに金を使うくらいなら、ゴルドフさんに頼めばもっといいドラゴン素材の武器を作ってくれるのに。

「いや分かっている。これ程の出来のナイフ、それもブラックドラゴンの素材を根気よく加工した品だ。そうそう簡単に譲れるものじゃない。だが冒険者として、このナイフは間違いなく切り札として使えると確信しているんだ。だから……」

「あ、良いですよ、差し上げます」

「だろうな、だがそれでも……って、え？」

「ですから差し上げます。冒険者の皆さんだけでなく、解体師の皆さんにも」

「「「「…………」」」」

その瞬間、解体場から音が消える。

「「「「えぇぇぇぇぇぇぇぇぇっ!?」」」」

「ちょっ、本気か!?　ドラゴンの素材で作った品なんだぞ!?」

「しかも龍峰から外に出る事なんてめったにないブラックドラゴンの素材で作った品なんだぞ。これを手に入れるのにどれだけ金を積めばいいか分かんねぇようなシロモノなんだぞ!?」

皆が本当にそれでいいのかと目を白黒させながら聞いてくる。

でもグリーンドラゴンを解体できればそれでいいかって程度の出来だからなぁ。

正直お金をもらって売るような出来じゃない。

「冒険者の皆さんは金貨200枚を支払ってくださいましたし、解体師の皆さんの講座代も冒険者ギルドが支払ってくれます。なら、このナイフは講座に使う為の経費で作ったような物です。なので皆さんに差し上げますよ」

「ま、ままま……」

「「「「マジかぁぁぁぁぁぁぁぁっっっ!?」」」」

冒険者さん達がヨロヨロと後ずさって驚愕の表情を見せる。

「いやー、分かるわ。すごくよく分かる。私の時もそうだったものね」

と、リリエラさんがしみじみとした口調で語る。

「さらっととんでもないモノをなんでもないモノの様に差し出してくるのよねー」

いえ、本当に何でもないものですよ？

十一章前半おつかれ座談会・魔物編

グリーンドラゴン	(・ω・)ノ「冒頭討伐ー（挨拶）」
ワイバーン	(・ω・)ノ「討伐ー（挨拶）」
ブルードラゴン	(・ω・)ノ「討伐ー（挨拶）」
ブラックドラゴン	Σ(ﾟДﾟ)「ドラゴンしか討伐されていない!?」
グリーンドラゴン	_(:3 」∠)_「ここはドラゴン（を狩れる）パラダイス、龍国ドラゴニア」
ブラックドラゴン	(;´д｀)「それ楽園じゃなくて地獄だろ！」
ブルードラゴン	(;´д｀)「相手が悪いよー」
バハムート	:(´д｀」∠):_「人間怖い人間怖い……」
ブラックドラゴン	(;´д｀)「トラウマを刺激されてしまったか」
エメラルドドラゴン	_(:3 」∠)_「防御魔法に勝てませんでした」
ブルードラゴン	(;´д｀)「ああ、たまにガラス窓が見えなくてぶつかる鳥いるよね」
ゴールデンドラゴン	_(:3 」∠)_「まったく情けない連中め」
ブラックドラゴン	_(:3 」∠)_「あっ、速攻ぶっとばされて鱗をトリミングされた人だ」
ゴールデンドラゴン	(ﾟﾟ'ωﾟ'):「あんな滅茶苦茶な奴に勝てるかぁーっ！」
ワイバーン	_(:3 」∠)_「凄まじい速さの手のひら返し」
エメラルドドラゴン	_(:3 」∠)_「クルックルですな」
ゴールデンドラゴン	(;´д｀)「目が覚めたら覚めたで、ライバルとの戦いが一瞬で茶番にされた」
グリーンドラゴン	_(:3 」∠)_「そもそも、そのライバル自体が茶番の化身でしたからねー」

第101話　龍姫と弟子入り

「それじゃあ今日の講座はこれで終わりです」

「「「お疲れ様っしたぁぁぁ!!」」」

解体講座が終わると、解体師さん達が腰を90度曲げて挨拶をしてくる。

一緒に参加している冒険者さん達までだ。

ブラックドラゴンの素材で作ったナイフをあげてから皆こんな感じで、なんだかくすぐったいなぁ。

◆

「皆かなりグリーンドラゴンの解体にも慣れて来たし、そろそろブラックドラゴンの解体をさせても良いかもね」

「え？　もう？」

帰り道に僕がポツリと漏らした呟きをリリエラさんが拾う。

「元々ブラックドラゴンは強さが違うだけで、グリーンドラゴンと同じプレーンなドラゴンですからね。グリーンドラゴンの解体を繰り返す事で、ドラゴン素材への苦手意識を無くせば普通の魔物素材として問題なく解体する事が出来ますよ」

「そういうものなのね」

そういうものなんです。

「そう言えば疑問なんだけど」

と、ミナさんが会話に交ざって来る。

「トーガイの町でもレクスの狩ったドラゴンが冒険者ギルドに買い取られたのよね？　そっちはどうやって解体したのかしら？」

厳密には買い取ったのは王都のオークションに参加した人達だけどね。

「え？　そんな事あったの？」

ああ、まだその時はリリエラさんとは出会っていなかったもんね。

「ええ、たまたま遭遇したグリーンドラゴンを買い取ってもらったんですよ」

「その時はギルド中が大騒ぎだったんだから。竜殺しが現れたぞーっ！　って」

「ああ、あれが俺と兄貴の運命の出会いだったんだよなぁ。今でも覚えているぜ、兄貴の雄姿を！」

初めて出会った時の事だろうか？　それともイーヴィルボアから助けた時の事だろうか？

ジャイロ君が興奮した様子でその時の興奮を語りだす。

「へぇー、そんな事があったのね。まぁレクスさんなら全然不思議じゃないけど、何も知らない当時なら皆相当驚いたでしょうね」

「おうよ！　驚いたも驚いた！　ドラゴンは狩るわイーヴィルボアは一撃で仕留めるわ。果ては魔人まで瞬殺ときたもんだ！」

「あー、目に浮かぶわー」

その光景を想像したのか、リリエラさんが乾いた笑いを浮かべる。

「ああそうそう、ドラゴンの解体だけど、たぶん王都のオークション関係者がやってきて解体したんだと思うわ。あそこには珍しい素材が集まってくるから、特別な素材を解体出来るように貴重なマジックアイテムを幾つも所持しているって話よ」

へぇ、そんな貴重な道具まで使ってグリーンドラゴンを解体していたんだ。

商売人として、銅貨一枚でも高く売ろうっていう熱いこだわりがあるんだろうなぁ。

となるとそのオークション会場には、見た事もない凄いマジックアイテムが沢山揃っているんだろうね。

一度見てみたいもんだなぁ。

そんな会話をしながら、僕達は夕暮れに染まった町を歩く。

「それにしても、ここ数日で例の騒ぎも収まって来ましたね」

ノルブさんが言う例の騒ぎっていうのは、リリエラさんがグリーンドラゴンを倒した時に起きた龍姫騒動だ。

そういえば、龍姫って結局なんだったんだろう？

「うう、あの話はもういいわよ。今回の解体の件でギルドが気を利かせて解体師達に私達の事は伏せておくように動いてくれているみたいだけど、あんまり表で口にしない方が良いことに変わりはないわ」

と、フードを被ったリリエラさんが溜息を吐く。

どうも未だに顔を晒して外を歩くと龍姫と呼ばれてしまうみたいで、まだまだフードを外せないらしい。

槍を持った女冒険者さんは他にも居るみたいだけど、町の外から来た槍使いの女冒険者となると、数は絞られるみたいだね。

だからたまに金髪の槍使いの女冒険者さんが龍姫様と呼ばれて町の人達に囲まれている姿を見かける。

うん、良い感じに囮になってくれているなぁ。

「そういう意味ではレクスさんは運が良かったわね。夕暮れ時で薄暗かったから、直接会話をした門番以外にレクスさんの顔をはっきり見られた人間は少ないわ。それにあの時はゴールデンドラゴンがピカピカ光って眩しい上に目立っていたものね」

あー、そういう意味では助かったかも。

ゴールデンドラゴンには感謝しておくべきかな？

今度差し入れに何か持っていってあげようか。

「それよりも早くメシ食おうぜ兄貴！　腹減っちまったよ」

と、空腹が我慢できなくなったジャイロ君が早く食事にしようと声を上げる。

「そうだね、それじゃあどこか近くのお店に入ろうか」

そして僕らが手ごろな店に入ろうとしたその時だった。

「あ、あの！」

後ろから誰かが僕達に声をかけて来たんだ。

誰だろうと思って振り返ると、そこには見覚えのある姿があった。

「君は……リューネさん？」

そう、僕の解体講座にも来ていたリューネさんだ。

走って追いかけて来たのかリューネさんは息を荒げている。

「は、はい！　実は折り入ってお話ししたい事がありまして！」

「話ですか？」

一体なんだろう？　ドラゴンの解体の事でわからない事があったのかな？

「実は……」

リューネさんは呼吸を正すと、背筋を伸ばして真剣な顔になる。

「私を……弟子にしてください!! お願いします！」

そう、告げてリューネさんは深く頭を下げた。

リリエラさんに向かって。

「……え？ 私!?」

みたいですよ？

「お願いします！ 私も貴女の様に強くなりたいんです！」

「え？ そ、そう？」

貴女の様に強くなりたいと言われ、満更でもなさそうな顔になるリリエラさん。

「はい！ 龍姫の再来と呼ばれる貴女の様に強くなりたいんです！」

「へっ？」

「「「龍姫様っっっ!?」」」

リューネさんのその言葉を聞いた瞬間、町の人達が一斉に振り返った。

◆

「いやーははは、怖かったですねぇ……いやホントに」

「ひ、人の波に押しつぶされるかと思った……」

あの後、リリエラさんに向かって押し寄せて来た町の人達に押しつぶされそうになった僕達は、慌てて空を飛んで逃げた。

さすがにあのままリューネさんを放っておいたら大怪我するのは目に見えていたので彼女もいっしょにだ。

そして魔法で姿を消しつつ宿の部屋に戻って来た訳だ。

安心した反動か、ノルブさんとメグリさんがさっきの光景を思い出して体を震わせている。

うん、ヘタな魔物の群れよりも怖かったよね。

「あの、すみませんでした……」

自分の発言が原因で騒ぎが起きてしまったと、リューネさんが謝罪の言葉と共に頭を下げて来る。

「ああいや、気にしないで下さい。それよりもですね……」

僕はリリエラさんの方に視線を向けつつもリューネさんに質問する。

「何故リリエラさんに弟子入りしたいと？」

リューネさんは言った。

リリエラさんに弟子入りしたいと。

「は、はい！　私、龍姫様の再来と呼ばれる程の強さを持つあの方に弟子入りしたいんです！」

「ねぇ……その龍姫様って何な訳？」

リューネさんの言葉に、リリエラさんがうんざりした様に聞く。

そう言えば龍姫って人は一体何者なのかを僕らは知らないんだよね。

「え？　龍姫様をご存じないいんですか？」

リューネさんが信じられないと驚きの表情を見せる。

「うん、知らない」

「で、でも貴女は龍帝流空槍術の後継者なんですよね!?」

「え？　違うけど？」

「へ？　……い、いえ、そんな筈はありません！　あの槍捌きは間違いなく我が流派、龍帝流空槍術です！」

リューネさんがそんな筈ないと強く否定する。

というか今、我が流派って言った？

「龍姫様とは、この国の最後の竜騎士の名です」

龍姫の事を知らないと言った僕達に説明する為、リューネさんが龍姫とは何者かについて語り始める。

「かつてこの世界では人間と魔人が争っていました。それはこの国でも例外ではなかったそうです。寧ろわが国では、他国以上に魔人との戦いが激しかったと伝えられています」

あー、確かに前世の記憶でもドラゴニアは激戦区だった覚えがあるなぁ。

「それというのも、我が国がドラゴンと共に戦う竜騎士の国だったからです。竜騎士はドラゴンと戦い己の力を見せる事でドラゴンを従えます。そしてドラゴンに乗った竜騎士は空を統べる騎士の中の騎士と呼ばれる程の強さを発揮したのだそうです」

まぁ実際の強さはそこまで特別ではなかったけれど、ドラゴンに乗った騎士とか見栄えが良いからね。そういう意味では竜騎士は戦場の花形である騎士の中でも人気の職業だった。

なにより単純にドラゴンという強力な存在が人間の味方に付くと言う意味でも、ドラゴニアは魔人に危険視されていたんだ。

ああでも、竜騎士が見かけだけの職業だったわけじゃないよ。他国の騎士で同じくらいの階級に属する騎士達と比べるとそこそこ強いし、龍帝と呼ばれる竜騎士の王を始めとした上位の竜騎士はそれこそ騎士の中の騎士と言っても良いくらいに強く華々しい戦いをしていた。

まぁ他の国の騎士や職業にもバケモノみたいな人はいっぱいいたけれどね。

魔導王国の魔法騎士団や剣帝王国の魔剣師団とかね。

「龍姫様はそんな竜騎士達を統べる最強の竜騎士、龍帝陛下の寵姫《ちょうき》であり、ご自身も優れた竜騎士でした」

ふむ、つまり龍姫はかつてこの国にいた王妃、もしくは側室ってことなのかな？

でも騎士ということは、側室枠の方かな。

「龍帝陛下と龍姫様はそれはそれは深く愛し合っており、皆が羨むほど仲睦まじかったそうです」

「なんだか恋物語みたいな話ねぇ」

「ですがそんな二人の甘い日々も長くは続きませんでした。魔人の大軍団がこの国へと侵攻してきたのです。魔人達はドラゴンと共に戦う我が国に対抗する為、強力な魔物の群れを率いて襲ってきたそうです」

へぇ、僕が死んだ後でそんな事件が起こっていたんだ。

「竜騎士達はドラゴン達と共に戦いに赴きました。勿論同じ竜騎士である龍姫様も共に戦場へ行く事を望みました」

ウンウン。

気が付けば僕だけでなく、リリエラさんやミナさん達もリューネさんの話に聞き入っている。

「ですが龍帝陛下は龍姫様が共に戦場に出る事を許しませんでした。戦える者はそれこそ女であろうとも戦場に向かうというのに、何故自分だけ出てはいけないのかと龍姫様は憤りました。龍姫と呼ばれようとも、自分は騎士。ならば民の為に戦場に出るのは当然の事だと龍帝陛下に仰いました」

うん、これは龍姫が正しい。

僕等が生きていた時代は魔人と戦う為に男も女も戦える力を持つ者は戦場に出ていたからね。

あと性別とか関係なしに強い人は男女の区別なく強かった。

ホントウニツヨカッタヨ。

なんて思い出している間にもリューネさんの話は続く。

「それもその筈。実は龍姫様のお腹には龍帝陛下のお子がいらっしゃったのですから」

ああ、確かにそれなら一緒に戦う事は出来ないね。

この話の龍帝が僕の知っている龍帝と同じなら、それはかつてのドラゴニアの王ということなのだから。

王の子を身ごもった寵姫が戦場で戦う訳には行かないよね。

いや王の子でなくても妊婦さんが戦場で戦うのはマズイか。

「そして龍帝陛下は龍姫様に言いました。この戦い、我等竜騎士は誰一人帰ってこられないかもしれない。だが君がいれば、君さえ生き残ってくれれば龍帝流空槍術の継承者は失われずに済む。だからどうか後の世まで龍帝流を存続させてほしいと」

ふむ、龍姫にそんな事を頼んだという事は、龍帝はその戦いで自分達が生きて帰れない事を確信していたという事だね。

それが前世の僕が死んでどれくらい経った後の時代の話かは分からないけれど、相当大きな戦争があったって事はよくわかったよ。

「そうして龍姫様は国に残り、戦に出向いた龍帝陛下の帰りを待ち続けました。けれど遂に龍帝陛下達が戻る事は無く、龍姫様はこの国最後の竜騎士となったのでした」

リューネさんが話を終えると、部屋の中がシンと静まり返る。

かつてこの国でそんな出来事があったんだと皆感慨深い様な神妙そうな顔だ。

あれ？　でもそれだと辻褄が合わなくなるような？

「……ねぇ、今の話が正しいのなら、この国には龍帝流を使う竜騎士が居る筈じゃないの？　なのになぜ私に弟子入りって話になるの？」

そう、その通りだ。

皆も同じ疑問を抱いたみたいで、うんうんとリリエラさんの言葉にうなずいている。

「はい、その疑問こそ、私が貴女に弟子入りを願いでた理由なんです」

リューネさんは姿勢を正すと、リリエラさんの目をまっすぐ見てその理由を語った。

「実は、数百年前にこの国で質《たち》の悪い病が流行りまして、大勢の竜騎士達が亡くなってしまったそうなんです」

「流行り病で!?」

まさか病気が原因とは思わず、皆ぎょっとなる。

「はい、生き残った者達はまだ修行の途中で、龍帝流空槍術を極めるには至っていなかったらしく、その代以降の竜騎士達は不完全な龍帝流を受け継ぐ事になり、それが原因で弱体化した後継者達は強力な魔物との戦いに敗北し更に技術が失われていって……ついには私の代に残された龍帝流空槍術の技は全盛期の半分以下になってしまったんです」

そして弱体化に続く弱体化で、ついにはグリーンドラゴンにすら勝つ事が出来なくなり、今に至るのだとリューネさんは語った。

「だからお願いです！　貴女が受け継いできた龍帝流をどうか私に伝授してください！」

リューネさんは床に額を擦り付けてリリエラさんに頼み込む。

「って言われてもねぇ……」

リリエラさんはどうしたものかと肩をすくめる。

「私は龍帝流の継承者なんかじゃないし、ギリギリブルードラゴンを倒せる程度よ。人にものを教える事なんてとてもできないわ」

「そ、それでも！　それでも私よりは強いじゃないですか！　私なんてグリーンドラゴンどころかワイバーンすら倒せないんですよ！」

いや、それは胸を張って言う事じゃないと思うんだけど。

っていうか、竜騎士がワイバーンにも勝てないってヤバくない？

この町に来た時に竜騎士なんておとぎ話って言われていたし、この時代の竜騎士はどれだけ弱体化してるんだ？

「それに貴女の話が本当なら、貴女は王族って事になるんじゃないの？　さすがに一介の冒険者が王族にものを教えるなんて話、まわりが許さないでしょ？」

あ、そういえばそうだね。

リューネさんが龍姫の子孫という事は、彼女は王である龍帝の血を継いでいるって事だから。

「あっ、そこは気にしなくても大丈夫です。数百年前の流行り病で直系の人達は全滅していますし、私の一族自体、どれだけ龍姫様と血のつながりがあるかわかったものではありませんから。もしかしたら血のつながりの一切ない弟子の子孫の可能性もあるかもってお母様が言っていました」

それはそれでどうかと思うよ？

けどそうか、リューネさんの装備に見覚えがあると思ったら、前世で見た龍帝騎士団の騎士の装備に似ているんだ。

鎧の形が記憶とだいぶ違うのは、壊れた物を修理してきたからなのか、それとも女性用の鎧だからなのか。

でもよく観察すると装飾の模様や基本的な構造には共通点が多くあるんだよね。

懐かしさを感じたのもそれが原因だろう。

とはいえ、流行り病で後継者を始めとして多くの竜騎士が死んだのなら、残ったのは血のつながりのない弟子だけっていう可能性は高いかもね。

後継者達の暮らす本家の家から離れた場所に住んでいた弟子の子供なら、確かに流行り病の被害から逃れる事が出来た理由にもなる。

腕の立つ高弟は後継者の屋敷付近で暮らし、大した腕を持たない弟子が道場から離れた場所で暮らすとか普通にあったからなぁ。

「……だとしてもやっぱり貴女にものを教えるのは断らせてもらうわ。私もまだまだ未熟で、師匠から技を教わっている最中だもの」

「師匠……ですか？」

と、そこでリリエラさんがニヤリと嫌な笑みを浮かべる。

「ええそうよ、私に龍帝流を教えてくれたお師匠様が居るのよ」

あ、ヤな予感。

「い、居るんですか!?　龍帝流空槍術を極めた継承者が!?」

違いますよー、継承者じゃないですよー。

けれどリリエラさんはそんな僕の気持ちを無視してこちらを指さす。

「ええ、ここに居るレクスさんこそが、私に龍帝流空槍術を教えてくれた師匠なのよっ!!」

「……え、えぇーっ!?　こ、この方が!?　で、でもこの方ってさっきまで解体講座とかしてましたよね!?　私てっきり竜騎士の身の回りの世話をする従者かと思ってたんですけど!?」

リューネさんが信じられないと言わんばかりに驚きの声を上げる。

うーん、従者と間違えられるなんて初めてだよ。

「さっきの解体の時の話を聞いていなかったのかしら？　彼こそは最高の冒険者であるSランクの冒険者だとあっちの彼が言っていたでしょう？」

とリリエラさんがジャイロ君を指さす。

ジャイロくんもニヤリと意味ありげに笑みを浮かべないでいいから。

「て、てっきり貴女の素性を隠すための隠れ蓑役かとばかり……」

「ふっ、相手の実力を測り損ねるとはまだまだ未熟ね。彼こそが正真正銘Sランク冒険者にして私達の師匠、レクスさんよ！」

やめてリリエラさん！　ああジャイロ君達も無意味に僕に向かって膝をついて頭を下げないで良いから。

皆こんな時ばっかりノリが良すぎだよ！

ああもうノルブさんまで！

「え、ええ……じゃあこの人が本物の龍帝流の後継者で、しかも龍姫様の子孫である私以外の龍帝流の継承者って事はつまり……」

リューネさんがワナワナと震えながら、まるでありえないものでも見たかの様な表情で僕を見る。

「まさか、貴方が龍帝陛下の生まれ変わりだったんですかーっ!?」

「いいえ、違います」

ほんと違います。

「そうだぜ、龍帝とか良く分かんねぇけど兄貴はあの山でメッチャクチャドラゴンを倒しまくったんだぜ！」

ジャイロ君が指さした方向を見て、リューネさんが目を見開く。

「まさか、龍峰ですか!?　では龍帝陛下は選龍の儀を終えてドラゴンを従えられたのですか!?」

「よくわかんねぇけど多分そうだぜ！」

こらこら、適当に相槌打たないで。

あと僕は龍帝じゃないから。

「はっ!?　ではまさか先日町にやって来たというゴールデンドラゴンに誰かが乗っていたと言うのも龍帝陛下の事!?」

「あっ、それはレクスさんですね」

ちょっとノルブさん、勝手に教えないでよー！

「いやー、あれは死ぬかと思ったわ。というか全面的にあの時は毎秒死ぬかと思ったわ」

「うん、ドラゴンの群れとか、ブラックドラゴンとかワイバーンとかゴールデンドラゴンとかちょっとどころじゃなく死ぬかと思った」

あれ？　皆根にもってたりする？　するの？

「だがそこで兄貴はドラゴン共をぶっ飛ばしまくったんだぜ！　ゴールデンドラゴンも兄貴のワンパンでぶっ飛んだぜ」

「あれは驚いた。ドラゴンの巨体が宙を舞ったんだもん」

「ゴールデンドラゴンを……吹き飛ばした？　最強のドラゴンの王を……？」

皆の話を聞いたリューネさんはワナリナと体を震わせたかと思うと、今度は僕の前に膝をついて頭を下げる。

「お願いします龍帝様！　どうか私に龍帝流空槍術をお授けください！」

だから違いますって。

「龍姫の儀に参加する為に！」

って、またなんか妙な単語が出て来たぞーっ!?

◆

「龍帝が現れたというのは本当か？」

龍峰を監視していた同胞の報告を受け、俺は思わず聞き返してしまった。

龍帝が現れたという事は、あの忌々しい竜騎士共もまた蘇るという事だぞ!?

「ああ、ゴールデンドラゴンが人間を乗せて人里に降りたらしい」

「信じられん。ゴールデンドラゴンが再び人間を乗せるとは。数百年前に竜騎士は全て滅ぼしたと思ったのだが……」

そうだ、あの流行り病で竜騎士の血筋は全て途絶えた筈だというのに。

「どうやら生き残りが居たらしいな」

そして小癪にも、生き残りの存在を秘匿して我らの侵攻に備えていたという訳か。

もしかしたらここ最近の同胞達の失敗の陰には、潜んでいた竜騎士共の残党が動いていたのかもしれんな。

だが、竜騎士はドラゴンが居てこそ真価を発揮する連中だ。

ドラゴンに頼らず我等に対抗できるとはとても思えん。

何か我等に対抗する新しい手段を手に入れたという事か？

「どうする？」

同胞が不安を隠しもせずに意見を求めて来る。

馬鹿が、我等が人間ごときに怯えてどうする。

「決まっている、滅ぼすぞ。再び人間とドラゴンが手を結ぶのを黙って見過ごすわけにはいかん」

「だがゴールデンドラゴンは厄介だぞ？」

確かにな、ドラゴンの王であるゴールデンドラゴンの相手は少々面倒だ。

だが真正面から戦うだけが戦いではない。

「問題ない。集めた魔物共に相手をさせれば良い。我等はその隙に龍帝を始末するのだ。龍帝と竜騎士共さえ居なくなれば、ドラゴンが再び人間共に手を貸す理由もなくなる」

そうだ、龍帝さえ居なくなれば竜騎士など烏合の衆よ。

むしろ姿を現した今こそ好機！

「我等の再起を成功させる為にも、不確定要素はここで潰すぞ！」

くくっ、本当の恐怖というものを教えてやろう人間共よ！

第102話　力を測ろう

「ところで、龍姫の儀って結局何な訳？」

あのあとなんやかんやとあって、結局僕はリューネさんの弟子入りを受け入れる事になった。

といっても僕達には自分達のホームがあるから、リューネさんの弟子入りは期間限定っていう事になったんだけどね。

そして翌日、リューネさんの実力を試す為に龍峰に向かう途中の道筋で、リリエラさんはかねてからの疑問を口にした。

「え？　あ、はい。龍姫の儀と言うのはですね、この国に伝わるお祭りの様なものなんです」

「お祭り？」

「はい、龍姫様と龍帝様のお話は昨日しましたよね？　龍姫の儀はこのお二人を題材にしたお祭りなんです」

成る程、二人はこの国に伝わる悲恋の物語の主役だものね。

だったらお祭りの題材として選ばれてもおかしくはない。

「でもそれが貴女の修行と何の関係があるの？　何か昨日の話だと龍姫の儀に出る為に強くならないといけないみたいな感じだったけど」

ああ、それは僕も思った。

昨日のリューネさんの口ぶりだと、龍姫の儀はもっと殺伐とした儀式の様に聞こえたからね。

「ええとですね、龍姫の儀はお二人の恋物語を題材にしたお祭りなんですけど、その内容は最強の女を決める武闘大会でもあるんです」

「「「「前後が繋がってない!?」」」」

「いやいやいや、なんで悲恋の恋物語が最強の女を決める武闘大会になってるのよ!?」

ミナさんのツッコミはもっともだ。

正直僕もなんでそんな事になっているのかさっぱりわからない。

「はい、このお祭りはですね、戦いの中で離ればなれになったお二人が、いつか平和な時代に生まれ変わって再び結ばれるというお祭りなんです」

うん、それはいい。そこまでは分かる。

「それなのになんでその先が武闘大会になる訳？」

「それはですね、龍姫様はドラゴンを従え共に戦ったこの国最後の竜騎士です。ですので祭りのオオトリを務める龍帝演戯に参加する龍姫様役の女性は、最強の女であるべきだと数百年前の町長が決めたそうです。それからというもの、龍姫様役の女性は美しさや演技力でなく強さで決める事になり、その方法として武闘大会が開かれるようになったそうです」

「「「「その町長迷惑過ぎない!?」」」」

「どうも地味な祭りを盛り上げる為の町おこしとして利用したみたいです。実際、当時は町の中でだけ楽しんでいたお祭りに、最強の名を求めて外からの参加者が増える様になったそうですから」

うーん、方法はアレだけど、為政者としては有能だったって事なのかな？

「そして私は龍姫様に連なる竜騎士の末裔として、龍姫の儀に見事勝利してその強さを世に知らしめたいのです。竜騎士は滅びていないと、今もなお騎士の血は受け継がれているのだと高らかに宣言する為に！」

成る程、自分達のご先祖の強さを喧伝する祭りなんだから、子孫の自分が優勝しなきゃ先祖に顔向けできないって事だね。

そんな風に話をしている間に、僕達は修行場所として使っている龍峰へとたどりついた。

「それじゃあ修行を始める前に、まずはリューネさんの実力を測りましょうか」

「わ、私の実力ですか?」

「ええ、効率的に修行する為にも、リューネさんの正しい実力を確認する必要がありますから」

「そ、それは分かるんですが……それならわざわざ龍峰まで来なくても、町の近くでやれば良かったんじゃないですか？　ここはドラゴンの縄張りですよ!?」

そう言ってリューネさんは不安そうに周囲をキョロキョロと見回している。

いつドラゴンが襲ってくるかと不安そうだ。

とはいえ、そんなに心配することはない。

「大丈夫ですよ。この辺りはまだ龍峰の入り口、襲ってくるのは下級のドラゴンばかりです」

ドラゴン達も侵入者に気付いたらしく、探査魔法で感知した魔物の反応が近づいて来る。

「い、いえ、そういう意味じゃなくって、っていうか下級でもドラゴンなのがマズイんですよ!?」

「あっほら、来ましたよ」

「ひっ!?」

そうこう言っている間にも、グリーンドラゴン達がこちらに向かってきた。

来たんだけど……

何故かグリーンドラゴン達は僕らに近づくのを止め、遠巻きにうろうろし始めた。

「あれ？」

「一体どうしたんだろう？」

何かの作戦かな？

「……あれ、レクスさんを怖がってるんじゃないの？」

グリーンドラゴン達の行動を訝しんでいたら、リリエラさんがそんな事を言い始めた。

怖がる？　僕を？

グリーンドラゴンに相手の強さを察するような知恵はない筈なんだけど。

「だってレクスさんこの間ゴールデンドラゴンを倒したじゃない。ゴールデンドラゴンってドラゴンの中で最強なんでしょ？　だったら群れのボスを倒した相手に手下が攻撃を仕掛けるかしら？」

ああそうか、そういえばこの間のゴールデンドラゴンはこの辺りの群れを纏めていたっぽいもんね。

でもあいつ子供のドラゴンだったんだけどなぁ。

「んー、それじゃあ僕はちょっと姿を隠しますね」

そう言って僕は物陰に隠れると、姿隠しの魔法を発動させる。

「インヴィジブルフィールド！」

そしてドラゴン達の目をくらますと、何食わぬ顔で皆の下に戻って来た。

「え？　あれ？　レクス師匠はどこに行ったんですか!?」

僕が姿を消した事で、リューネさんが不安げに周囲をキョロキョロと見回して僕の姿を探す。

「ここに居ますよ」

「ひゃっ!?　え？　あ？　え!?　ど、何処ですか!?」

リューネさんは僕がすぐそばに居るのも気づかず、周囲をキョロキョロと見回す。

「ドラゴン達が襲ってきやすいように、魔法で姿を隠しているんですよ。あっ、さっそく来ましたよ」

「魔法で姿を!?　そんな魔法聞いた事……ってウキャー!?」

僕が見えなくなった事で、グリーンドラゴン達が動き出した。

まったく、現金なヤツ等だよね。

「キャーッ!!」

グリーンドラゴンが襲ってきた事で、リューネさんは慌てて逃げ出す。

「リューネさん、ちゃんと戦わないと実力が測れませんよ」

「無理無理無理無理！　私ワイバーンともまともに戦えないいんですよ！」

そう言いつつ、リューネさんはグリーンドラゴンの攻撃を回避していく。

うーん、あの体捌きを見ている感じだと、そこまで戦えないとは思えないいんだけどなぁ。

「レクスさん、とりあえず防御魔法をかけてあげたら？　怪我をしても大丈夫だと分かれば、気持ち的にも戦いやすくなると思うわ」

と、リリエラさんがブルードラゴンと戦いながらナイスなアドバイスをくれる。

成る程、防具を付けて木刀で訓練をするようなものだね。

「あと私達にもかけてね」

え？　リリエラさん達にはもう必要ないと思うんだけど。

「頼むぜ兄貴！」

「頼むわよレクス！」

「お願いしますレクスさん！」

「よろしく」

何故か皆して防御魔法を欲しがっている。

心配性だなぁ。

「よし、ハイエリアプロテクション！」

僕が放った防御魔法が皆を包み込み、その体に魔法の守りが宿る。

「え？　何これ!?」

リューネさんが自分の身に掛けられた防御魔法に困惑の声を上げる。

「防御魔法です。これでブラックドラゴンの攻撃程度ならノーダメージで闘えますよ」

「え？　防御？　ブラックドラ……うきゃ!?」

こちらを振り向いてしまった事で注意がおろそかになったリューネさんは、うっかり足元の小石に躓いて転んでしまう。

「あいたたた……」

「リューネさん、グリーンドラゴンが来ますよ！」

「え……っ!?　キャアアアアアッ!?」

転んだリューネさんにグリーンドラゴン達が群がる様に襲い掛かると、その鋭く大きな爪をリューネさんに叩き込んだ。

「キャアアアアア!!　……ってあれ？　痛くない？」

けれどグリーンドラゴン達の爪は防御魔法を掛けられたリューネさんには通用せず、攻撃したグリーンドラゴン達もあれ？　と首をかしげていた。

「え、ええと……え？　なんで？」

「今の内です！　防御魔法の効果があるうちにグリーンドラゴンを攻撃してください！」

「え？　あ、はい！　てぇーい！」

僕の声に我に返ったリューネさんが手にした槍でグリーンドラゴンを攻撃する。

バシッ！

しかしリューネさんの槍はグリーンドラゴンの鱗を貫通する事無く弾かれてしまった。

「この！　この！」

しかし何度攻撃してもグリーンドラゴンの鱗を貫通する事は出来ない。

「おかしいなぁ、体裁きを見ている限りじゃグリーンドラゴンにも十分通用すると思うんだけど」

これはもしかして……やっぱりアレが原因なのかな？

僕は自分の剣を鞘から抜き放つとそれをリューネさんに向かって放り投げる。

「リューネさん、これを使ってください！」

「え？　きゃっ!?　剣が突然現れた!?　何で!?」

ああ、姿隠しの魔法を使っていた僕の手から離れた事で、リューネさんの目には突然剣が空中に現れた様に見えたんだね。

「さぁ、それを使って戦ってみて下さい！」

「よ、良く分からないけど分かりました！」

リューネさんは武器を持ち替えると、躊躇いなくグリーンドラゴンに向かって行く。

防御魔法でダメージの心配が消えた事で、動きに迷いが無くなっているみたいだ。

良い傾向だね。

「剣の間合いには慣れないけど、この距離なら！　たぁぁぁっ！」

再びリューネさんが攻撃を行うけど、グリーンドラゴンは回避の気配すら見せない。

これまでさんざん攻撃してきたにもかかわらず自分達に傷一つ付ける事が出来なかったから、ちょっと硬い程度で別段警戒する必要もない相手と思ったんだろう。

それは文字通りの油断だった。

リューネさんの剣はグリーンドラゴンの前足に一切の抵抗もなく入り込み、滑るようにその足を切断した。

片足を失ったグリーンドラゴンは、状況を理解するまもなくバランスを崩して地面に倒れ込む。

「え？　何？　今何が起こったの？」

うん、やっぱりね。

「リューネさんがグリーンドラゴンを倒せなかったのは武器が原因だったんですよ」

「武器が？　それってどういう……？」

僕はリューネさんが放り出した槍を手に取ってその刃先の状態を確認すると、近くに居たグリーンドラゴンから鱗を剝ぐ。

そしてその鱗を使って僕はリューネさんの槍の刃先を研いだ。

「リューネさん、もう一度この槍でドラゴンと戦ってみてください！」

僕は即興で研いだ槍をリューネさんに投げる。

「え？　あ、はい！　分かりました！」

槍を受け取ったリューネさんが慣れた様子で構えるとグリーンドラゴンに向かってゆく。

やっぱり扱いなれた武器の方が戦いやすいよね。

「たぁぁぁっ!!」

気合一閃、リューネさんの振るった槍はグリーンドラゴンの鱗を容易に切り裂き、その胴体を見事真っ二つにした。

「う、嘘!?　これが私の槍なの!?」

リューネさんは手にした槍が本当に自分の武器なのかと目を丸くして驚く。

「その槍、さっきまでは刃先が殆ど潰れていて槍と言うよりは鈍器みたいな状態になっていたんですよ」

もちろん強化魔法なんかで斬撃能力を向上させたりすれば、この槍でも戦う事は出来るだろう。

槍自体はそこそこ頑丈みたいだから、普通の魔物を相手にする分には大丈夫そうだね。

「多分だけど、その槍をリューネさんに継がせたお師匠さんは、わざと刃を潰した状態で渡したんだと思います」

「え、ええっ!?　何でそんな事を!?」

リューネさんが信じられないと言った様子で驚く。

まぁ自分の師匠が武器をわざとダメな状態にして渡すとは思わないよね。

「これは僕の予想ですけど、リューネさんのお師匠さんは自分の弟子にどんな状況でも生き残れるようになって欲しかったんだと思います。例えば、武器がまともに使えない時なんかでも……」

僕も前世の修行中、突然師匠から鉄の棒きれを一本渡されたと思ったら、これを使って無人島で一か月生き残れとか無茶振りされたからなぁ。

「そ、それって武器が使えなくても戦える様にもっと強くなれって事ですか？」

「もしくは、この槍を自分で完璧に手入れ出来るようになってほしかったか、ですね」

「お父さんがそんな事を……てっきり私がこの槍を使いこなせない程未熟だからだと思っていたのに……」

「つーかよ、アンタその槍を自分で手入れしなかったのかよ？」

「もしくは鍛冶師に手入れを頼むとかですよね」

うん、ジャイロ君達の言葉は尤《もっと》もだ。

戦士なら自分の武器の手入れが出来ないとは思えないし、最悪鍛冶師に頼めば良いもんね。

「ええと、練習用の槍なら自分で手入れして魔物退治にも使っていました。ただこの槍だけはどれだけ手入れしてもちゃんと切れる様にならなかったんです。何人もの鍛冶師に手入れを頼んだんですが何故か誰に頼んでも全然切れる様にならなくて。だからきっとこの槍にはドラゴンを倒す為の特別な使い方があるんだと思っていたんです」

成る程、真面目過ぎて他の原因が思いつかなかったみたいだね。

でも安心したよ。今回の原因はあくまで武器の手入れの問題であって、奥義を失伝したとはいえ、竜騎士の末裔がグリーンドラゴン程度に勝てないなんて　ある訳が無いと思っていたからね。

ちゃんとした武器を使えば、新人でも普通にブラックドラゴンあたりなら問題なく倒せる筈だもんね！

「あの、ところでどうやってこの槍を使える様にしたんですか？　それもこの短時間で」

「あ、それ私も気になる」

メグリさん達もドラゴン狩りをしながら会話に加わって来る。

皆も大分余裕が出て来たなぁ。

「ああ、ちょっとグリーンドラゴンの鱗を砥石代わりに使ったんですよ」

「え、ええ!?　ドラゴンの鱗を砥石に!?」

「ええ、ドラゴンの鱗は装備の材料になるだけじゃなく、砥石の様な工具としても使えるんです。慣れた職人は拾ったドラゴンの鱗を軽く加工して即興の工具に改造出来るんですよ」

まぁ即興だから、その分手入れの質はお察しになるんで、やっぱり後でちゃんとした所に手入れを頼んだ方が良いとは思うけどね。

「す、凄いです！　拾った鱗でここまで凄い切れ味に出来るなんて！　流石は龍帝様です！」

「いや、僕は龍帝じゃないから。それに僕みたいな器用貧乏がやるよりも、専門家であるちゃんとした鍛冶師の人に頼んだ方が絶対もっと切れ味を良くしてくれますから」

「「「「いやそれは無理じゃないかなぁ」」」」

あれ？　リリエラさん達からなぜかツッコミを喰らってしまった。

「それよりもそのドラゴンの鱗を使った手入れの仕方、是非教えて！　砥石いらずの手入れの仕方知りたい！」

メグリさんはお金が掛からずに手入れをする方法に興味津々みたいだ。

「兄貴はマジで何でも出来るんだな！　ホントにすげぇぜ！」

いやいや、何でもは出来ないよジャイロ君。

と、その時だった。

周囲に居たドラゴン達が突然空に舞って距離を取り始めた。

それと同時に龍峰の空気が剣呑なものに変わる。

「え？　何!?」

リリエラさん達もその空気を感じて警戒を強める。

「これは……ドラゴンの群れが近づいてきていますね」

探査魔法で周辺のドラゴン達の反応を調べると、ゆっくりとだけどドラゴン達がこちらを包囲しながら近づきつつあった。

ただ、その割には妙に遅い。

まるで人間が歩くような不自然な遅さだ。

「何か様子がおかしいです。皆さん注意してください！」

「わ、分かったわ！」

「兄貴がそんな風に警戒するなんて初めてだな……」

「そうね、油断は禁物って事かしら」

「あ、あの、何か起こってるんですか!?　もしかして逃げた方が良いんじゃないですか!?」

確かに、不確定要素という意味では逃げるのは選択肢の一つだ。

でもあくまで僕達はこの龍峰に修行に来ている身。

「リューネさん、一流の竜騎士になりたいのなら、ドラゴンから逃げるという選択肢はありませんよ」

「っ!?」

僕の言葉にリューネさんがハッとなる。

そう、竜騎士になる者はドラゴンを倒して従えなければならない。

故に、強力なドラゴンがやって来るのなら、むしろ真っ向から立ち向かうのが竜騎士の矜持というものだ。

まぁ僕は竜騎士じゃないから逃げても全然問題ないんだけどね。

僕は姿隠しの魔法を解除すると、リューネさんに貸していた自分の武器を回収して構える。

「決めるのはリューネさん、貴女です。どうしますか？」

僕の言葉に、リューネさんは一瞬逡巡の表情を見せたけど、すぐに決意に満ちた瞳を見せる。

「私は、今までワイバーンすら倒す事が出来ませんでした。でも、貴方に出会って間もないのに、グリーンドラゴンを倒す事が出来ました。それは武器の力なんでしょうけど、それでも出来なかった事が出来る様になりました。だから……」

リューネさんが覚悟の言葉を告げる。

「お願いです。私を……ドラゴンと戦える様に鍛えてください！」

うん、決まりだね。

「分かりました。それじゃあ本格的な修行を今から始めるとしますか。実戦形式の修行になりますけど、頑張ってついて来てくださいね」

「わ、分かりました！」

リューネさんの決意も固まり、僕達は近づいて来るドラゴン達を迎え撃つべく準備をする。

「回復魔法で皆さんの傷を治療し、魔力と体力も回復させておきますね。あと強化魔法で身体能力も底上げしておきます」

修行ではあるけれど、今回は敵の動きも奇妙だ。

だから万全の状態で迎えうつ。

「もうすぐ来ますよ！」

空の向こうから白銀に輝く翼が姿を現す。

「あの翼の色は……!?」

そして全身を銀の鱗に覆われたドラゴンが姿を現した。

「シルバードラゴン！」

「ええっ!?　シルバードラゴンって、あのゴールデンドラゴンの次に強いって言う最強クラスのドラゴンですか!?」

そう、僕達の前に現れたのはリューネさんの言う通り、ドラゴン界の№2シルバードラゴンだった。

「うっわぁ……この間も死ぬかと思ったけど、今回のもきっついわ……」

リリエラさん達が脂汗を浮かばせながらそれでも武器の構えを崩さない。

うん、皆この間のゴールデンドラゴンとの戦いで度胸がついたみたいだね。

「ど、どどど、どうしましょう……シ、シルバードラゴンですよ……ドラゴンの中でも一番プライドが高いシルバードラゴンの縄張りに入っちゃってたなんて……わ、私達死んじゃいますよぉ

「……」

大げさだなぁリューネさんは。

シルバードラゴン程度なら、そんなに警戒する必要はないと思うよ。

と、言いたい所だけど、なんだか様子がおかしいな。

そう、そのシルバードラゴンは妙に殺気立っていた。

確かにドラゴンの中でも特にプライドの高いシルバードラゴンなら、自分達の縄張りに入ってきた相手を許さないのは理解できる。

けれど、目の前のシルバードラゴンの放つ殺気は、ただ縄張りに入られて怒っている様にはとても見えなかった。

それに、あの移動速度の遅さ……今まさに近づいて来るもう一つの敵も気になるしね。

「皆気を付けて、本命はこのシルバードラゴンじゃない！　もう1体来るよ！」

と、そんな僕の懸念に応える様に、シルバードラゴンに遅れて近づいて来ていたもう一つの反応が姿を現した。

「「「「っっ!!」」」」

ズーリズーリ。

ジタバタジタバタ。

「……え？」

そこに現れたのは必死に逃げようとしつつも、沢山の仲間のドラゴン達に無理やり引きずられながら運ばれてきたゴールデンドラゴンの姿だった。

「「「「「何アレ？」」」」」

第103話　黄金の憂鬱と銀色大車輪

――それは、少しだけ前の事だった――


「大変だ黄金の！　あの恐ろしく強い人間共がまた我等の縄張りにやって来たぞ!?」

そんな事を言いながら、恐怖の感情に顔を歪ませた黒竜が我の巣穴に飛び込んで来た。

ちなみにこの黒竜は昨日人間達に討伐された個体ではない。

別の黒竜、別竜だ。

やれやれ、日頃から自分は人間達から恐怖の代名詞として恐れられていると自慢げに語っていた癖に、まったく滑稽にも程がある。

黒竜だけではない、緑竜、青竜、赤竜、それどころか自分達こそドラゴンの貴族とのたまっている宝石共までやって来たではないか。

まったく、折角鱗がさっぱりしたと言うのに、巣が狭くなって叶わん。

「どうするのだ黄金の!?」

「どうもこうもあるまい。相手は我等が束になっても勝てぬ化け物だぞ」

連中の群れの中の弱い人間相手に緑竜共が束になって襲い掛かったらしいが、それでも毛ほどの疲労を与える程度しか出来なかったそうではないか。

「ならばどうせよと言うのだ!?　よもや巣穴に籠って連中が帰るまで震えて待てとでも言うつもりか!?」

「ふっ……その通りだ！」

そう、それこそが唯一の正解であろう。

具体的にはちょっと巣穴の入り口を破壊して入ってこられない様にしておくと尚良いと我は思うぞ！

「なっ!?　貴様にはドラゴンの誇りが無いのか!?」

誇りだと？　そのような物、この間鱗といっしょに削り取られたわ！

「なんとでも言うが良い。我は動かぬ。貴様等も死にたくなくば巣穴でじっとしている事だ。じっとな……」

さーて、それでは我は無謀にも挑んで来た人間共を倒してゲットしたお宝でも鑑賞しようかな。

「ふん、少しばかり留守にしていた間に、随分と腑抜けたものだな」

「その声は!?」

我を罵倒する声に振り返れば、予想通り面倒な龍の姿があった。

「銀色の……帰って来たのか」

そう、この者こそ、我等が縄張りにおける№2である銀龍だ。

「やれやれ、ドラゴンの王を名乗る者が、何とも弱腰ではないか。ふっ、よもや人間共に後れを取りでもしたか?」

「別に王を自称した覚えはない。周りが勝手に我を王と呼んでいるだけだ」

ドラゴンは序列に敏感だ。

そしてドラゴンにとって黄金は最強の証。

実際我は強い。

だから他の者達から我は王と呼ばれてきた。

「そうかそうか、では私がお前の代わりに王になってやっても良いのだぞ? 臆病なお前の代わりにな」

「別に構わんぞ」

あの人間達の相手を代わりにしてくれるのならな。

「な、何だと!? 貴様王としての誇りが無いのか!?」

さっき無いと言ったばかりなのだが。

あと自分で王を代わってやろうかと言ったばかりではないか。

まったく、コイツは昔から我に絡んでくるのだから面倒くさい。

「ええい何なのだ貴様のその煮え切らぬ態度は!? よもや本当に人間に後れを取りでもしたと言う

のか？」

「うむその通りだ。我はついこの間人間に敗北した。それはもうアッという間にな」

「なっっっっ!?」

銀色のが信じられないと言った顔で我を見て来る。

おお、数百年生きてきてコイツのこんな顔は初めて見たぞ。

ははは、この顔を見られたのなら負けたのも悪くはないかもしれんな。

「ば、ばばば……馬鹿なっ!?　黄金のが敗れただと!?　人間に!?　たかが人間にだと!?」

銀色のがなにやらやたらとショックを受けておる。

はははっ、我も負けてショックだったぞ。

今はもう負けた事よりもあの人間達に関わりたくない気持ちの方が強いがな。

「馬鹿な……馬鹿な……はっ!?　よもやその姿も人間共の所為なのか？」

おっ、ようやく気付いたか。

「うむ、その通りだ。だから我はもうあの人間達と争うつもりはない。というか関わりたくないからそっとしておいてくれ」

「なっ!?　っ……っ!?」

銀色のは我の鱗があの人間達によって削り取られた事を知り、驚きで固まる。

まぁ気持ちは分かる。

だがまぁ、これで少しは静かになったな。

さーてそれでは改めてコレクション鑑賞に戻るとするか。

ちょうどついこの間人間共が運んでいた品に良い物があったのだ。

キラキラと輝きつつ、適度に魔力も含んだ美しい宝石のはめ込まれた品。

人間の価値観は良く分からんが、この宝石部分でゆらゆらと揺れる魔力の輝きがまた堪らんのだ。

そうだな、せっかくだから新しいお宝を飾る為のスペースを用意するのも……

「ふ、ふざけるなぁぁぁぁぁぁぁぁっ!!　鱗を！　ドラゴンの鱗をぉぉぉぉぉぉぉっ!!」

「鱗だけでなく角もだぞ」

「つっ!?　つつつ角もだとっ!?」

角も削られたと聞き、銀色のが顔を真っ赤に染める。

こいつも古風な奴だなぁ。

「……っ!!　許さん！　許さんぞ人間共ぉぉぉぉぉ!!　この上は私が直々にその身を引き裂いてくれるわぁぁぁぁぁ！」

「そうかそうか、まぁ頑張れ」

だが我は知らん。

「ええい、お前の事だというのに何を他人事《ひとごと》の様に！　皆の者！　引きずってでも戦場に連れていくぞ！」

はっ？　何言ってんのお前!?

我別に関わる気ないって言ってるじゃん!?

あっこらやめろお前等！　引っ張るな!?

「バッ!?　ヤメロッ！　（我が）死ぬぞ!?」

「ならば貴様に見せてやろう！　ドラゴンの誇りというものを！」

別に見たくないわそんなもの！

放せ！　本気で放せ！

「そして思い知るが良い！　貴様が真に縋るは誰であるかをな！」

冗談ではない！　こんな所に居られるか！

我は逃げるぞ！　あの人間が追ってこられないどこか遠くへ！

いや、やっぱ見つかって襲われたくないから隠れる！　超隠れる！

だから放せ！

ああ……今考えると嵐のがまっ先に逃げ出した理由が良く分かる。

誰だってあんな化け物に関わりたくないよね！

「「「そーれっ!!」」」

やめろー！　我は絶対に出て行かないぞー！

◆

ズーリズーリ。

ジタバタジタバタ。

「えーっと、何アレ？」

正直リリエラさんがそう言ったのも分からないでもない。

僕らの前に現れたのは、ゴールデンドラゴンだった。

恐らくは以前戦った個体だ。

ただ僕達が困惑した理由は、そのゴールデンドラゴンが仲間のドラゴンに無理やり引きずってこられたからだ。

うーん、極度の出不精とか？

「ゴ、ゴールデン……ドラゴン？」

そんな時、傍にいたリューネさんが青い顔で呟く。

「どうしたんですかリューネさん？　顔が青いですよ？」

「ど、どうしてって、ゴールデンドラゴンですよ!?　最強のドラゴンなんですよ!?」

「いやまぁそうなんだけど、あのドラゴン、レクスさんに負けてるし」

「え？」

「そうそう、兄貴のパンチで一撃だったよな！」

「パンチ!?」

「だから怖がらなくて大丈夫ですよ。レクスさんにとってはペットみたいなものですから」

「ペット!?」

皆に宥められ、リューネさんの頬に赤みが戻ってくる。

そうそう、リューネさんも落ち着いて見れば分かると思うけど、コイツはゴールデンドラゴンと言っても子供だからね。

そんな怖がるような相手じゃない。

「あっ、ゴールデンドラゴンが動いた」

メグリさんの言葉に僕達が振り返ると、さっきまで仲間に引きずられていたゴールデンドラゴンが一人で歩いてこっちにやって来た。

「仲間達を見届け人にして、一対一で闘おうって言いたいのかしら？」

ミナさんがゴールデンドラゴンの一連の奇妙な行動について推測する。

まぁドラゴンの詳しい習性なんて専門家の竜騎士くらいしか知らないもんなぁ。

ここはリューネさんに聞いてみるかな？

見習いとはいえ、ドラゴンの生態については教わっている筈だし。

「……」

ズズゥン

とその時だった。

「え？」

ゴールデンドラゴンは突然横になったかと思ったら、そのまま体を回転させてゴロンと仰向けになったんだ。

「グ、グルォォッ？」

周囲のドラゴン達も一体何事!?　と言いたげに首をかしげている。

そしてゴールデンドラゴンはそのまま手足を斜め方向に伸ばすと、ダラリと寝転がったんだ。

「これは一体……？」

うーん、前世でも前々世でもこんな事をするゴールデンドラゴンは見た事が無いぞ？

一体何をしているんだろう？

僕はリューネさんならゴールデンドラゴンについての詳しい知識があるんじゃないかと思って聞いてみる事にする。

「リューネさん、ゴールデンドラゴンのあの挙動について何か分かりますか？」

「え!?　私ですか!?　いえいえいえ！　ゴールデンドラゴンなんて見たのも今回が初めてですし、こんな事をするなんて初めて知りましたよ！」

ドラゴンの専門家である竜騎士ですら分からない行動だって？

もしかしたらこれはとんでもない新発見だったりするんだろうか？

前々世の時代から研究されてきたドラゴンの未だ知られざる生態ってやつなのかな!?

うーん、これはちょっと興奮してきたぞ。

まだまだ世の中には未知の世界が広がっていたんだね。

このポーズを取ったゴールデンドラゴンは全く動く気配を見せない。

ピクリとも動かないから、僕達もドラゴン達も一体次にどんな行動をとるのかとじっと待つ。

「……というかこれって、普通に全面降伏してるだけじゃない？」

「え？」

そこでメグリさんがとんでもない事を言いだした。

「いやまさか。ゴールデンドラゴンが全面降伏のポーズをとるなんて聞いた事が無いですよ」

さすがにそれは無いと思いますよ？

「成る程、常識の外にあるレクスさんを前にしたら、既に敗北した経験のあるゴールデンドラゴンが全面降伏をするのもうなずけるわ」

「魔物の本能が生き残る術を全力で模索した結果の姿なんですね」

なんだか皆好き勝手な事を言いだしたぞ。

「さっすが兄貴だぜ！　最強のドラゴンを戦わずしてひれ伏させるなんてよ！」

「いやいや、プライドの高いゴールデンドラゴンが全面降伏とかいくらなんでもありえないって」

そう言いながら僕は警戒をしつつもゴールデンドラゴンの反応を探るべく近づく。

いつ攻撃をしてきても対応できるように警戒は最大にしてだ。

ゆっくりと歩み寄り、手を触れる事が出来るまでに近づく。

それでも何の反応もないので、こんどはお腹の上に乗ってみる事にした。

ドラゴンはプライドが高い生き物だから、こんな事したらすぐに怒って襲ってくる筈。

石畳の様に硬い鱗の上を歩きながら僕はゴールデンドラゴンのお腹の真ん中へと辿りついた。

「「「ぐるぉぉぉっ!?」」」

周囲のドラゴン達が驚きの声を上げるも、ゴールデンドラゴンは微動だにしない。

「何で怒らないいんだ？　ふつうこんな事したらドラゴンのプライドに懸けて僕を殺そうとするはずなのに？」

「「「そんな危ない事をさらっとするなぁぁぁぁ!!」」」

あっ、ごめんなさい。

ついゴールデンドラゴンの反応を確かめる為にやっちゃった。

「うーん、それにしても動かないなぁ。本当に全面降伏しているのかな？」

「なんと言うか、目が死んでる……」

「もう好きにしてくれって言いたげな表情ですね」

メグリさん達が好き放題されてもピクリともしないゴールデンドラゴンの姿をそう評する。

と、その時だった。

「グルォァァァァァァァオゥッッ!!」

ゴールデンドラゴンの近くに控えていたシルバードラゴンが強い殺気の籠った雄叫びを上げたんだ。

「ひっ!?」

突然強い殺気を浴びせられ、リューネさんが怯えて尻もちをつく。

そしてシルバードラゴンは翼を大きく広げ、威嚇の構えを見せた。

「どうやらコイツはやる気満々みたいだね」

ああでも、こうやって普通のドラゴンムーヴしてもらえるとちょっと安心するかも。

「や、やる気満々みたいだね、じゃないですよっ！　誇り高いドラゴンにそんな事をして！　は、早く逃げましょう！　でないと殺されちゃいますよ！　相手はゴールデンドラゴンに次ぐ力を持つシルバードラゴンなんですよ！」

あーうん、対アンデッド用の武器を作るのに重宝するよねシルバードラゴンって。

「でも、向こうは逃す気はないみたいだよ」

シルバードラゴンだけじゃない。

他のドラゴン達もシルバードラゴンに釣られて動き始めた。

「ところでレクスさん？　正直これだけの数のドラゴンが相手だと、私達荷が勝ちすぎると言うか、寧ろ死んじゃいそうなんだけど？」

「そ、そうよね、グリーンドラゴンあたりが2、3体くらいなら私達でも何とか相手になると思うけど、ちょっとこれはね……」

「大丈夫ですよ。この程度の数なら全然問題ありませんから」

「「「「いや私達は問題あるから」」」」

皆の実力なら大丈夫だと思うんだけどなぁ。

「じゃあ皆にも補助魔法を掛けておきますねー。ハイエリアプロテクション！」

僕は皆に防御力を強化する補助魔法を掛ける。

さて、それじゃあ……

「じゃあ皆には他のドラゴンの相手をしてもらうとして……」

その時、シルバードラゴンが僕に向けて突撃してきた。

上空からの自由落下を利用した突撃じゃなく、魔力を推進力にした魔力機動だ。

この魔力機動はどんな位置関係からでも同じ最高速度が出せるから厄介なんだよね。

ドラゴンは魔力も多いから。

「レクス師匠!?」

その光景を見ていたリューネさんが悲鳴を上げる。

大丈夫大丈夫、ちゃんとこういう攻撃には対策があるから。

「ふっ！」

僕は腰を落として突撃してきたシルバードラゴンの攻撃を受けると、そのまま相手の勢いを利用して投げ飛ばした。さらにその際に自分も一緒に投げ飛ばされる。

そして投げ飛ばされたシルバードラゴンが地面に叩きつけられてバウンドした瞬間、自分の体を飛行魔法で姿勢制御し着地して、再びシルバードラゴンを投げ飛ばした。

更に二回、三回、四回と投げ続ける。

「これは巨大な相手の勢いを利用して永遠に投げ続ける技で、名を無限投げと言います。皆も長時間大型の敵と戦う必要のある時に覚えておくと、力を温存出来て良いですよ」

「「「「そんなの無理だからっ！」」」」

え？　そんな事はないと思うけどなぁ。

第104話　少女の特訓（簡単地獄コース）

襲ってきたシルバードラゴンを無限投げで投げ飛ばした僕は、皆に大型の敵との戦いの心得を伝えた。

……んだけれど、それに対しての皆の答えは……

「「「「そんなの無理だからっ！」」」」

そんな事はないと思うけどなぁ。

「大丈夫ですよ。この技のキモはタイミングであって、逆に言えばタイミングさえ取れれば素人でも技を決める事が出来るんです」

相手の力を利用できるから、素人にもお勧めなのがいいよね。

「「「「素人がドラゴンを無限に投げるとか無理あり過ぎっ!!」」」」

いやまぁ連続して投げ続けるにはちょっとコツがいるけどさ。

でもまぁ一回や二回投げるくらいなら少し練習すればいけるよね？

「ああそうそう、特に竜騎士を目指すリューネさんには必須の技ですよ。従えたドラゴンがじゃれついてきた時に押しつぶされない為にもこの技はマスターしてもらわないと」

「ええ!?　竜騎士ってそんな危ない技が必要な職業だったんですか!?　なんというかこう、ドラゴンを槍で下して従えるみたいにもっとスマートな職業だとばかり……」

「あははっ、ドラゴンとのコミュニケーションは素人には危ないですからね。甘噛みされる時の為に身体強化魔法で身を守るのは必須ですよ」

「あの牙で甘噛みかぁー……」

ドラゴン達の姿を見て、皆が顔を青くしている。

皆は身体強化魔法を覚えているからそんな心配はないんだけどね。

と、そこでシルバードラゴンが身を起こす。

投げられたショックか暫くは頭をフラフラさせていたけれど、気を取り直したのかすぐに体勢を立て直して雄叫びを上げる。

もう怒った、絶対殺すって感じの殺気だね。

うん、今の投げは軽めの回数だったとはいえ、結構根性あるドラゴンだね。

さてどうしようかな、別に倒しても良いんだけれど、折角シルバードラゴンがやる気になってるんだし……

僕は襲い掛かって来るシルバードラゴンの攻撃をかわしながら軽く投げる。

今度は無限投げじゃなくて手の返しを利用した軽い投げだ。

「ド、ドラゴンをあんな軽々と……」

「あー、レクスさんの行動を基準にものを考えると、痛い目を見るからあんまり参考にしちゃだめよ」

「……ええっと、単独でブルードラゴンと戦いながら言われましても……」

うんうん、皆も大分ドラゴンとの戦いに慣れて来たね。

そうだ！　シルバードラゴンの活用法を思いついたぞ！

「リューネさん、こっちに来てください」

シルバードラゴンをちょっと遠くまで投げた僕は、リューネさんを呼ぶ。

「え？　は、はい！」

グリーンドラゴン達の攻撃を避けつつ、リューネさんは僕の下にやってきた。

その移動にドラゴンへの怯えは見えない。

うん、一度戦った事で度胸がついてきたみたいだね。

「な、何でしょうか？」

リューネさんは背筋をピンと伸ばし、緊張した面持ちで僕を見つめて来る。

「いえ、折角シルバードラゴンが出て来たので、リューネさんに相手をしてもらおうかと思って。相手はドラゴンの中でも二番目に強いドラゴンですから、リューネさんの良い修行相手になると思うんですよ」

「成る程、そういう事で……え？」

僕の言葉を聞いたリューネさんは納得の表情で返事をしかけたけど、その返事が途中で止まってしまう。

「えぇぇぇぇぇぇぇぇっ!?　ド、ドラゴッ、シ、シル、シルバードラゴンと戦うぅぅぅぅ!?」

「はい」

「はいじゃないですよぉぉぉぉっ!!　無理っ！　無理です！　シルバードラゴンと戦うとか無理無理無理無理っ！　無理ですよぉぉぉ!!」

「あー分かるわ。凄い分かる」

「まぁ兄貴の修行って割と厳しいからなぁ」

「とはいえ、レクスの決定に変更はないから頑張りなさい」

「ええと、怪我をしたら回復魔法の準備はありますから」

「まぁ……死ぬ気で避ければなんとかなる」

「全然援護になってなぁぁぁいっ!!」

誰も味方をしてくれない事にリューネさんが絶叫する。

「あっ、そろそろ来ますよリューネさん」

「え？」

起き上がったシルバードラゴンが、僕に向かって突撃してくる。

しかも会話の最中に少しずつ移動して位置をずらしていたので、ちょうど僕とシルバードラゴンの間にリューネさんが挟まっている感じの配置になっている。

「グルォォォォン!!」

「ちょっ!?　私関係なぃっ!?」

けれど、シルバードラゴンにリューネさんの都合なんて関係ない。

敵との間に立ちふさがるなら、諸共殺すだけだとシルバードラゴンが爪を振るう。

「さぁ頑張ってください！　大丈夫、所詮シルバードラゴンです！」

「全然フォローになってませぇぇぇぇん！」

それじゃあリューネさんの実力を確認させてもらおうかな。

それにしてもゴールデンドラゴンは動かないなぁ。

なんというか、凄く達観した眼差しでシルバードラゴンを見ている気がする。

「うきゃぁぁぁぁぁっ!?」

リューネさんが悲鳴を上げながらシルバードラゴンの攻撃を回避する。

僕も今回はシルバードラゴンを投げる事なく回避に専念だ。

そしてシルバードラゴンが体勢を整える前にリューネさんの後方に移動して、常に彼女が僕とシルバードラゴンの間に来るように位置取りを調整する。

「し、ししし死ぬぅーっ!?」

何度もシルバードラゴンの突進を受け、リューネさんが半泣きで攻撃を避け続ける。

「リューネさん、避けてばかりじゃいずれ追い詰められますよ！」

「もう追い詰められてますーっ！」

リューネさんは必死でシルバードラゴンの攻撃を回避するけれど、これじゃあジリ貧だ。

「まずは反撃してみましょう！」

「は、反撃ぃぃぃぃっ!?　うきゃあっ!?」

突進してくるシルバードラゴンに対してカウンター気味に攻撃を放ったリューネさんだけど、体格差とシルバードラゴンの猛スピードの前に木の葉の様に吹き飛ばされてしまう。

「し、ししし死にゅうぅ……」

「大丈夫！　防御魔法があるから、シルバードラゴンの攻撃程度なら十分に耐えられます！」

「ふぇ……？　ほ、ほんとだ。全然怪我してない。な、何これ？」

「さぁ反撃ですよ！」

「で、でも攻撃が全然通じませんよぉ……」

さっきの攻撃が通じなくてリューネさんが弱音を吐く。

「大丈夫、さっき教えましたよね。大きな敵と戦う為の方法を」

「え!?　それってもしかしてさっきの!?」

「そう、それです！　やってみましょう！」

「は、はいぃぃぃ！」

シルバードラゴンが僕を目指してリューネさんに襲い掛かる。

「こ、こぅうきゃあっ!?」

そしてリューネさんはシルバードラゴンを投げようと向かって行くけど、あっさりと撥ね飛ばされてしまう。

「リューネさん、自分から向かっていく必要はないです。自分を支点にして、ドラゴンの体を回すイメージで投げてください！」

「はひぃぃぃぃぃっ～」

リューネさんが吹き飛ばされながら返事をする。

「うきゃあっ！」

「ぶきゅっ!?」

「ほげっ!?」

何度もシルバードラゴンに挑んでは撥ね飛ばされるリューネさん。

「ねぇ、グリーンドラゴン辺りで練習した方が良いんじゃないの？」

ドラゴン達と戦いながら、リリエラさんがそんな提案をしてくる。

「いえ、折角最強格のドラゴンが来ているんですから、なるべく強いのと戦って貰った方が良いかと。上の強さを知っていれば、それより弱い相手と戦う時もアイツに比べれば弱いって思えて楽になりますから」

「知っている上のケタが違う気がするんだけど……」

それに、あのシルバードラゴンを投げた感触から言って、多分向こうのゴールデンドラゴンと同じ子供だと思うんだよね。

だからそういう意味でもリューネさんの修行相手とするのに都合が良かった。

とその時だった。業を煮やしたシルバードラゴンが勝負を決める為に白銀色のブレスを吐いたんだ。

「レジストブレス！」

念の為僕は即座に仲間達にブレス防御の魔法をかける。

「キャァァァァァッ!?」

ブレスの直撃を受けたリューネさんだったけど、ちゃんとブレスの中から悲鳴が聞こえるから防御できているみたいだね。

そしてブレスの余波が収まる前にシルバードラゴンが動いた。

「リューネさん来るよ！」

「ふぇっ!?」

ブレスによって巻き上げられた土煙が動いてリューネさんの前にシルバードラゴンが姿を現す。

けれど僕の声に反応したリューネさんが何度も繰り返した動きを無意識にとった時、全てのタイミングがかみ合った。

リューネさんの手が振り下ろされたドラゴンの爪に触れる。その勢いのまま投げる動作が行われシルバードラゴンの巨体が浮く。

「そのまま一気に振り抜いてください！」

「はいぃぃぃぃぃぃっ！」

そして次の瞬間、銀色の巨体が宙を舞い、やがて重い音を立てながら地面へと叩きつけられた。

「……や、やったぁぁぁぁぁっ！」

「おめでとうございます！」

初めてシルバードラゴンを投げる事に成功したリューネさんが全身で喜びを表現しながら飛び跳ねる。

「それじゃあ続けて投げましょうか。こういうのは反復練習が必要ですからね」

「はいっ！　何度でも投げますよぉーっ！」

ようやくシルバードラゴンを投げる事に成功したのが相当嬉しかったんだろう。

リューネさんはやる気満々でシルバードラゴンに向かって行った。

第105話　銀の戦慄　黄金の機転

何が起きたのだ!?

気が付けば私は宙を舞っていた。

黄金のを辱めた人間を八つ裂きにする為にやって来たと言うのに、当の黄金は一切のやる気を見せずに人間相手に好き放題されるという無抵抗振り。

余りに見苦しいその姿に耐えられなくなった私は、その原因となった人間に襲い掛かる。

人間ごときがドラゴンの腹の上に乗るなど、おこがましいにも程があるわっ！

私の爪が人間を引き裂くべく振り下ろされる。

一緒に黄金のも巻き添えを喰らうかもしれんが、堕落した罰だと思って巻き添えになってもらうとしよう。

なに心配はいらぬ。

つ、つがいに行けない傷が出来ても、わ、私が貰ってやる故にな。

う、うむ、だからたとえ傷ついても心配はいらぬぞ。

傷が癒えるまで私が食事の用意もしてやるからな。

そんな希望に満ち溢れる未来予想図を描いていた私の視界が反転する。

な、何が起こった!?

そして気が付けば、私は地面に叩きつけられていた。

初めは黄金のが私の攻撃を弾いたのかと思った。

だが違った。

黄金のは相変わらずやる気のない様子で、その上には先程の人間が平然とした様子で立っていた。

まさかこの人間が私を投げたとでも言うのか!?

あ、ありえん！　人間ごときにドラゴンを投げる事など出来る筈がない！

何かの間違いだ！

立ち上がった私は、己を鼓舞する雄叫びを上げると、今度こそあの人間を八つ裂きにする為に跳んだ。

そして、今度は己が投げられている事をはっきりと理解できた。

いや、これは本当に投げられているのか？

自らの体がクルクルと、吹き飛び続けているのだ。

本当に何が起きているのだ!?

何度も投げられ続けた私は頭の中がかき回される様な感覚に困惑する。

そしてようやく意識がはっきりしてきた私は、己のあまりの醜態に我慢が出来なくなっていた。

おのれ人間め！　黄金の前でこれ程の恥をかかせるとは許せん！

私は手加減を止め、相手を肉片にするつもりで襲い掛かる。

なにやら新しい人間が出てきたがかまうものか、纏めて肉片にしてくれる！

新しく出て来た人間を右の爪で叩きつけ、間髪容れず憎き人間に左の爪を叩きつける。

だが人間は私の攻撃を避けると、逃げるように跳躍した。

ふん、本気の攻撃に恐れをなして避けたか。

だがもう遅いぞ！

私の攻撃を人間が必死で回避する。

その度にさっきの人間がちょろちょろと目の前に現れるが私は気にせず吹き飛ばし切り裂き、人間への攻撃を続ける。

……ん？　何かおかしい気がする様な？

何故さっきから吹き飛ばしたり切り裂いた筈の人間が目の前に現れ続けているのだ？

私は肉片にするつもりで攻撃を加えている筈なのだが？

などと思いながらも似たようなやり取りを数十回と繰り返す私であったが、いい加減このやり取りがうっとうしくなってきたのも事実だ。

理由は分からぬが、人間共は私達の攻撃に耐える力を持っているらしい。

だがあくまで耐えるだけだ。
先ほどの私を投げ飛ばした人間の攻撃も私に致命傷を負わせることはできなかった。
ならば、相手に私の攻撃を察知できなくしてやればよい。
人間から距離を取った私は、溜めを行わずにブレスを放つ。
もちろんこれで倒せるとは思っていない。
目くらましのブレスだ。
よく分からぬが、この人間共は今まで戦った相手とは何かが違う。
私はブレスによって人間が私を見失った瞬間を狙って爪を振るった。
これで終わりだ。
寧ろここまでよく粘った。
敵として、認めてやろう。
爪の先が人間に触れる感触がする。
終わると思った。
決まったと思った。
だが、その瞬間私は先程味わった宙を回る感覚を再び味わった。
気が付けば私は再び地面に叩きつけられていた。
何が起こったのか分からない。

だが目の前に居る人間達が喜んでいる姿が見える。

憎き人間が私を指さすと、私を投げたもう一人の人間がこちらを見つめた。

その小さな瞳に、おぞましい笑みを浮かべながら……

私の背筋にヒヤリと今まで感じた事のない感覚が走る。

そう、今思えば、それこそが私の龍生において初めて味わった恐怖という感情だったのだろう。

自らの感情の名すら知らなかった私は、無意識のうちにその感情を外部へと発していた。

いぃぃぃいやぁぁぁぁぁぁぁあっ！

◆

銀色のが悲鳴をあげた。

どうやらようやくあ奴もこの人間達の恐ろしさを理解したと見える。

銀色のが吹き飛ぶ。

クルクル回りながら吹き飛ばされる。

「いやっ、やめてっ！」

銀色のが許しを請う。

「お願い！　もう無理っ！」

だが悲しいかな。

人間に我等の言葉は通じぬのだ。

「た、助けっ！」

銀色のが我等に救いを求めるが、誰も手助けに行こうとはしない。

行けば巻き添えになる事が分かっているからだ。

先ほどまで銀色のと一緒に人間達に襲い掛かっていた者達も、既に攻撃を止めて上空へと避難している。

うむ、誰もお前を助ける者は居ないのだ。

ぶっちゃけ助けるとかM・U・R・I
「……っ!?」

誰も助けてくれない事を理解したのであろう。

銀色の瞳が絶望に染まる。

そうして、どれだけの間銀色のは投げ飛ばされただろうか。

ほんのわずかな時間だったか、それとも何日も投げられ続けていただろうか？

しかしそんな恐ろしい時間も、銀色のを投げていた人間が疲れを見せた事で終わりを迎える事となった。

うむ、人間も疲れるのだな。

……あっ、なんかあのヤバイ人間が疲れた人間に魔法をかけたら元気になった。

あとぐったりしていた銀色のにも魔法をかけて傷を癒した。

ああ成る程、傷を癒したら投げるのを再開するのだな。

うむ、皆見守りを再開するぞ。

((((了解！))))

同胞達が目で返事をしてくる。

成る程、これが地獄という奴か。

「死、死ぬ……今度こそ死ぬ……」

大丈夫だ、相手は絶対にお前を殺すつもりはないみたいだぞ。

殺さずに生かし続けるのがこれほど恐ろしい事だとは思わなかったがな。

そして更に長い時間銀色のは投げ飛ばされ続け、陽が山に沈みかけた頃ようやく銀色のは解放された。

生きててよかったな銀色の。

と思ったら今度は休憩していた仲間の人間達が前に出て来た。

どうやら次はこの人間達が銀色のを投げる番のようだ。

「いぃぃぃいやぁぁぁぁぁあぁっ!!」

銀色の悲痛な叫びが我等の縄張りに響き渡る。

二度転生した少年はSランク冒険者として平穏に過ごす
6
～前世が賢者で英雄だったボクは来世では地味に生きる～
illustration がおう
十一屋 翠
初回版限定
封入
購入者特典
特別書き下ろし。
ドラゴンスレイヤーズ！ ドラゴンを調査せよ！
※『二度転生した少年はSランク冒険者として平穏に過ごす～前世が賢者で英雄だったボクは来世では地味に生きる～ 6』をお読みになったあとにご覧ください。
EARTH STAR NOVEL

俺はジャイロ。今はレクスの兄貴と一緒に龍国ドラゴニアで修行をしている最中だ。

今日は兄貴に用事が出来た事で修行が休みになったから、ちょっくら依頼でも受けようと思って冒険者ギルドにやってきた。

……んだけど、何でかギルド長の部屋に呼ばれちまったんだよな。なんでだ？

「奇妙なドラゴンの調査ぁ～？」

部屋に入るなりギルド長は俺達にそんな依頼を頼んできた。

「ああ、見た事もないシルエットのドラゴンが雲の中から出てくるのを見るようになったという報告が頻発してな」

「シルエット？　はっきりとした姿を見た訳じゃないの？」

俺の仲間のミナが聞くと、ギルド長は頭を掻きながら困ったように答える。

「それがかなり高い所を飛んでいたらしく、はっきりとした姿は見えなかったらしい。見えたのは雲の切れ間からだそうだ」

「それって本当にドラゴンなんですか？　別の魔物なのでは？」

ノルブの質問にギルド長が首を横に振る。

「いや、そいつが龍峰に降りていったのを見たヤツが居る。ドラゴンの巣窟であるあそこに入る事が出来るのは……」

「ドラゴンだけって訳ね」

「だがそんなドラゴンの情報は俺達も聞いたことが無い。新種のドラゴンかもしれん」

「へぇ、新種！」

誰も見た事のない新種のドラゴンと聞いて、俺は心が沸き立つのを感じる。

「ただ、最悪変異種の可能性もある」

「「「「!?」」」」

変異種と聞いて俺達の間に緊張が走る。

弱い魔物の変異種でも厄介な相手になるのに、それがドラゴンの変異種だとしたら、どんな大災害になるかもわかりゃしねぇ。

「本当ならSランクであるレクスに仕事を頼みたかったんだが、別の仕事を受けている最中らしく捕まらなくてな。他にドラゴンと渡り合える冒険者となると……」

「俺達の出番って訳だな！　良いぜ、その仕事俺達が受けた！」

「おお！　引き受けてくれるかドラゴンスレイヤーズ！」

「あっ、すんません。その名前は止めてください」

うう、昔の自分が心をえぐりに来るぜ……

◆

「なんだか静かね」

龍峰にやってきた俺達は、なんとも言えない空気に警戒していた。

「以前来た時は入り口からでもドラゴンの威圧的ともいえる気配を感じていたのに、今日に限ってはそれを全く感じませんよ」

「寧ろドラゴンが息を潜めているみたい」

ノルブやメグリの言う通りだ。これは明らかに異常だぜ。もしかしたら本当に変異種がいるかもな。

「よし、警戒しながら行くぜ」

油断なく進んで行くが、どれだけ進んでもドラゴンの姿は全く見当たらない。

前はもっと早い段階でドラゴン達が襲ってきたってのによ。

「そろそろ兄貴がゴールデンドラゴンと戦ったあた

りだな」

龍峰の中腹までやって来た俺達は更に警戒を強める。

寧ろここまで来て出会えなかったら間違いなく異常事態だな。

だが、幸か不幸か、俺達は遂にドラゴンと遭遇した。

「グルルルッ」

「出たっ!!」

出会ったのは緑色のドラゴン。いわゆるグリーンドラゴンだ。

よし、コイツが相手なら俺達でも勝てるぜ！

だが、戦いを始めようとした俺達に対し、ドラゴンの反応は予想外のものだった。

「グギャッ!?　グルァ。グルァァァァッ!!」

なぜかドラゴンは俺達の姿に驚くと、一目散に逃げていったんだ。

「な、なんだぁ？」

兄貴が居るならともかく、俺達を見て逃げていった？

「あ、あれ？　今のドラゴン妙じゃなかったですか？」

「妙？　何がだ？」

「それが、自分でも良く分からないんですが、何かが足りなかった気がして」

「足りないねぇ。ともあれ、あの様子じゃ戦わなくて済みそうだし、もう少し進んでみる？」

ミナの提案を受けて、俺達はさらに奥へと進んでゆく。

ウグルルゥ……ギュルゥゥ……クギュオクギュオ……

「何なのかしらこの鳴き声。まるで泣いてるみたい」

龍峰の奥に進んでいくと、そこかしこから泣いているみたいな鳴き声が聞こえてくる。

「あっ、あそこに何かいる！」

メグリが指さした先を見ると、そこには何頭ものドラゴンが居た。

だがよく見るとその姿がおかしい。

「何だありゃ!?」

「尻尾が……無い？」

そう、そこに居たドラゴン達は全部尻尾が無かったんだ。

「尻尾のない変異種？」

「ううん、違う。根元を見て」

メグリの言葉に皆がドラゴンの尻尾を見ると、そこには刃物で切られたような切断面が。

「誰かに切られた？　あれが変異種の正体？」

「ギュア!?　クギャァァァァァ！」

俺達に見られていることに気付いたドラゴン達が、驚きの声をあげて逃げていく。

「どういうことなの？」

その後も俺達は龍峰を調査していくが、やっぱりどのドラゴンも尻尾を切られていて、俺達に見られると悲しそうな、恥ずかしがるような声を上げて逃げていった。

◆

「うーん、結局何だったんだ？」

結局原因が分からなかった俺達は調査を切り上げ、報告の為に町へと戻って来た。

「でもまぁ、変異種じゃないのは分かったんだし。ギルド長を安心させる為にそれだけでも報告しておきましょ」

けど原因が判明したわけじゃないからどうにもモヤモヤするぜ。

「あれ？　ジャイロ君？」

そんな話をしながら冒険者ギルドに入ると、丁度レクスの兄貴と再会する。

「おっ、用事は終わったのかよ兄……貴？」

だが俺は兄貴が肩の上に抱えているモノを見て目を丸くする。

具体的には大量のデカイ尻尾に。

「尻尾？」

「うん。パーティで使う珍しい食材が欲しいからドラゴンの尻尾を入手して欲しいって依頼を頼まれたんだよ。大きなパーティって聞いたから沢山狩ってきたんだけど、多すぎるって言われて殆ど断られちゃったんだ。だからこれから商業ギルドに持っていくところなんだよ」

「へ、へぇ……」

原因、分かっちゃったぜ……そりゃあ襲われたドラゴン達も恥ずかしがって人目に付きづらい空の上を飛ぶはずだよ。

「「「っていうか、やりすぎっ！」」」

その後、尻尾が生え揃うまでの間、ドラゴンが空を飛ぶことは無かったらしい。

……しかたない、助け船を出してやるとするか。
我は起き上がると人間達と銀色との間に立ちふさがった。
「お、黄金の？」
銀色のが驚いた眼で我を見つめる。
周囲の同胞達も我があの人間達の前に出るという命知らずの行為にざわめいている。
正直我も心臓がバクバクいっている。
人間達が我の突然の行動に困惑する。
あの人間以外は一体何をするつもりだと警戒の気配を漂わせる。
ならば教えてやろう。
それはな、こうだっ！
ゴロン。
我は仰向けに転がって腹を見せた。
そう、これぞ全面降伏だ！
一切反抗はせぬぞ！
無抵抗だぞ！
「……え？　ちょっ、えっ!?　黄金の？」
「黙って見ていろ銀色の。これが我の責任の取り方だ」

人間達は再び全面降伏の姿勢を見せた我に何やら相談を始める。

そして相談が終わったのだろう。

人間達から戦意が消えた。

くくくっ我の推測通りであったな。

敵意を示さなければこの人間達は積極的には襲ってこない。

ホント襲ってこなくてありがとうございます。

「黄金の……」

「見たか銀色の。我がこの人間と戦う事をよしとしなかった理由を」

「ううっ……」

人間達の実力を思い知った銀色のが呻く。

「さぁ、お前はどうする?」

我は強制しない。

この先はドラゴン個龍が決める龍生の決断なのだから。

「……」

しばらく考え込んでいた銀色のだが、最後には覚悟を決めたのかふらつく体を起こして人間達の前へと向かった。

そして体を伏せると、その角を人間達の前へと差し出した。

「人間よ、我の角を捧げよう」

角を捧げる。

それはドラゴンが他種に従う誓いの儀式。

自らを降した強者に仕える戦士の宣言なのだ。

角を捧げる意味を知っていたのだろう。

先ほどまで銀色のを投げ飛ばしていた人間が驚いた様な反応をする。

そしておずおずと細いナイフを取りだすと、銀色の角を削った。

「これにて儀式は成立した。我はお前に従おう」

銀色の宣言に同胞達からどよめきが走った。

うむ、ここ数百年、他種族に角を捧げる者など一人も居なかったのだからな。

「かつて我等の父祖達は人間と力比べを行い、その力を認めた人間を背に乗せたと言う」

宝石のがかつてあったという古の時代の話を口ずさむ。

「黄金の、そなたはその時代を再現する事で、あの人間達から銀色のを守ったのだな」

いやそこまで深い事は考えておらんかったのだが……

「流石は黄金のだ！　腑抜けたと思っていたが、あの恐ろしい人間達との間に不戦の条約を締結する為の策だったとは！」

いやホントにそんな事考えておらんぞ？

「人とドラゴンが手を取り合う。そんな時代が、再びやって来るとは」

「新たな龍と人の時代か……」

いやお前等恰好つけてるけど、さっきまで一緒になって銀色のを見捨てたのは事実だぞ？

絶対あとが怖いからな？

まぁ我は銀色のをフォローしたから、そのへん心配はいらぬのだがなっ！

ふはははははっ!!

なおその後、何故かやたらと銀色のが我の世話を焼きにくるようになるのはまた別の話である。

◆

「どこに連れていくんだい？」

「グルアァ……」

リューネさんがシルバードラゴンと契約した後の事。

ゴールデンドラゴンが僕達についてこいと言うかのように鳴き声を上げたんだ。

そして誘われるままに龍峰の奥へと進んでいくと、僕達は大きな洞窟へと辿り着いた。

「もしかしてこれ、ゴールデンドラゴンの巣かな？」

「グルァ」

ゴールデンドラゴンは入って来いと言ったみたいで、僕達にわずかに視線を向けるとゆっくりと巣の奥へと入っていく。

明かりの魔法を灯してついて行くと、奥から淡い光が見えてきた。

「あれは……？」

洞窟の奥へと辿り着いた僕達が見たのは、無造作に積まれた光り輝く財宝の山だった。

「何これ、宝石やランタンが灯りもないのに光ってる!?」

「これは……ここにある財宝から発される魔力が灯り代わりになっているの？」

ミナさんの言う通り、ここに積まれている財宝の中にはマジックアイテムもあるみたいで、それらの品が発する魔力の輝きが灯り代わりになっていたみたいだ。

「これはもしかして……宝物庫？」

恐らく、そうなんだろう。ここはゴールデンドラゴンがお宝を集めた宝物庫なんだ！

「す、凄い！　ドラゴンの宝物庫ですよレクスさん！」

「これ全部ドラゴンのお宝なの？」

「マジかよ!?」

「凄い！　おとぎ話みたい」

ここがドラゴンの宝物庫と分かり、皆が興奮の声をあげる。

うん、皆が興奮する気持ちは分かるよ。

ドラゴンはお宝を集める習性があるっていうのは伝説や物語でよく語られるけど、見ると聞くとじゃ大違いだ。

本物のドラゴンの宝物庫は迫力が違う。

人間は宝の価値を理解しているから、宝物庫というと美術館の様に飾る貴族が多い。

特に王族ともなると、自身の権力を誇示する為に展示に力を入れている。誰に見せるわけでもないのにね。

けれどここは違う。お宝個々の価値なんかどうでもいい、これだけ大量の財宝を俺は集める事が出来るんだぞと言わんばかりに乱雑に積まれた宝物は、荘厳な滝や山頂から見る地上の光景、はたまた朝日のような一種の風景的迫力があった。

この中を発掘したら、今まで見た事も聞いたこともないような、それこそ伝説に出てくるような凄いお宝が眠っているんじゃないかというワクワクした期待が感じられる。

「グルオゥ！」

そんなお宝の山に圧倒されていた僕達に対し、ゴールデンドラゴンは一吠え上げて前足でお宝の山の一つを崩す。

すると崩れたお宝が雪崩のように僕達の前に流れ込んできた。

「グォウ」

「え？　何？」

　ゴールデンドラゴンの行動の意味が理解できず、皆が首を傾げる。

「……もしかして、くれるのかい？」

「ガァオ……」

　僕の推測が当たっていると言わんばかりにゴールデンドラゴンが声をあげる。

「マジかよ!?」

「ほんとに!?」

「良いんですか!?」

「どれでもいいの!?」

「とんでもないお宝なのよ!?」

「ド、ドドドドラゴンの宝を頂けるんですか!?」

　ゴールデンドラゴンからお宝が貰えると聞いて、皆が驚きの声を上げる。

　分かるよ。ドラゴンが自分の意思で自らの財宝を差し出すなんて、それこそ物語の英雄になった気分だもんね。

　正直僕も興奮している。

「多分ゴールデンドラゴンなりの親愛の表現なんだろうね」

「た、確かにドラゴンは財宝を集める事を好みますけど、それに手を出そうとする者はたとえ契約している竜騎士でも許さなかった筈なんですが……」

竜騎士の末裔だけあってリューネさんはドラゴンのお宝に対する執着がどれだけ激しいかを思い出して首を傾げている。

けどそうか。普通は契約者相手でも貰えないんだね。

でも僕達はゴールデンドラゴンと契約していないし、事情が違うのかな？

「でも実際にお宝を勧めてくれている。なら事実を受け入れるべきだと思う」

そう言いながらメグリさんがさっそくお宝の山に飛び込んでいた。

うん、文字通り飛び込んで泳いでいた。

「ちょ、ちょっと落ち着きなさいメグリ！」

慌ててミナさんがお宝の山で泳ぐメグリさんを抑えつける。

「落ち着いていたらお宝が逃げる！」

「逃げないから」

けれど興奮したメグリさんは器用にお宝の中に潜って逃げようとする。

うん、お宝は潜るものじゃないと思いますよメグリさん。

「ええと……どうするのレクスさん？　ゴールデンドラゴンを倒したのはレクスさんだから、レクスさんが決めた方が良いんじゃない？」

状況について行けないリリエラさんが、どうしようと僕の意見を求めてくる。

まぁあの光景を見たら困惑しちゃうよね。

「そうですね、せっかくゴールデンドラゴンがくれると言うんですし、頂いちゃいましょう。でも全部持っていくのもかわいそうですから、欲しい物だけという事で」

あくまでゴールデンドラゴンの個人的好意みたいだし、欲をかき過ぎない様に一個だけ貰う事にしよう。

「「「「はーい」」」」

お宝を貰う事にした事で、皆が遠慮がちに財宝の山に近づいてゆく。

「最高のお宝を選ぶぞ！」

「おーし！　どっちが凄いお宝を選ぶか勝負だ！」

うん、あの二人は遠慮してないね。

さて、それじゃあ僕も宝を見繕うかな。そう考えてお宝の山に視線を向けた僕は、ある物に違和感を覚えた。

「……ん？　あれは？」

「どうしたのレクスさん？」

僕が何かに興味を持った事を察したリリエラさんが何事かとやってくる。

「いや、これがちょっと……」

僕は財宝の山に埋まっていた物を引き抜く。

「宝石の付いた杖？」

そう、それは装飾品というには微妙に無骨な宝石の付いた杖だった。

同時にその杖の中から、見た目とは不釣り合いなほどの魔力を感じる。

「ええ、マジックアイテムですね」

「杖のマジックアイテム？　レクスさんが興味を持つような凄い物なの？」

「いえ、そういう訳ではないんですが……」

凄いと言うよりもこれは……

「何か気になる物なの？」

「ええ、これ不良品みたいなんですよ」

「不良品？」

ドラゴンの宝物庫に眠っていたのが不良品のマジックアイテムだと聞いて、リリエラさんがギョッとした顔になる。

「ええ、魔力の流れがおかしいので多分まともに動作しませんね。しかもこのマジックアイテム、やたらと魔力が込められていますから、万が一誤作動したら大爆発を起こしちゃいますよ」

「大爆発!?」

「ええ、ゴールデンドラゴンは大丈夫だと思いますけど、龍峰に少なくない被害が出るでしょうね」

この魔力量だと、ゴールデンドラゴンの巣は吹き飛ぶだろうなぁ。

「ちょっ、それって不味くない？」

ドラゴンの巣で大爆発が起こると聞いて、リリエラさんが心配そうな顔をする。

ドラゴンの住む場所の心配をするなんて、リリエラさんも優しいなぁ。

「そうですね。うっかり爆発して龍峰が滅茶苦茶になったら、ドラゴン達も困るでしょうし、せっかくなので修理しちゃいましょう」

「あっ、治せるんだ」

不良品だからと心配していたリリエラさんだったけど、治せると聞いて安堵の笑みを浮かべる。

「ええ、そこまで難しいものじゃないですし」

魔力の流れを見ただけでも単純なマジックアイテムみたいだしね。

さっそく僕は魔法の袋から工具を取り出すと、不良品の魔法の杖を解体する。

「うわー、これは酷いな。他のマジックアイテムの部品でも流用してるのかな？　なんだか良く分からない受信装置がスイッチに連動してるよ。うっかりこれが魔力波を受信したら、大爆発してたかもしれないよ」

雑な仕事をする人もいたもんだなぁ。

うーん、全体的にいい加減な作りだし、もしかしたらこれを作ったのはちゃんと勉強をした職人じゃなくて、素人に毛が生えたマジックアイテムマニアあたりかもしれないぞ。

僕は無駄な受信装置を外し、万が一にも暴発しない様に二重三重の安全装置を仕込んでゆく。ついでに大量の魔力から必要な量だけ魔力を引き出し安定した威力を発揮できるように改造し、ついでに連射機能やチャージ攻撃機能も仕込んでいく。

「よーし、直った」

「ガウゥ」

魔法の杖の修理を終えた僕の所にゴールデンドラゴンがやってくる。

なぜかゴールデンドラゴンは修理した杖を見て悲しそうな声を上げた。

「ん？　どうしたんだい？」

ゴールデンドラゴンにマジックアイテムを修理した事が分かるとは思えないし……あっ！

「もしかしてお前、これがお気に入りなのかい？」

「グルゥ！」

やっぱりそうだ！　ゴールデンドラゴンは僕が魔法の杖を修理していたんじゃなく、お気に入りの杖を欲しがっていると勘違いしたんだろう。

「成る程ね……よし、それなら！　クリエイトピラー！」

僕は魔法で石の柱を作ると、それを工具で削り出して装飾を彫り込んで行く。

そして上部の先端に杖を支える為の枝状の溝を作る。

「そこにこれを置いてっと」

石の柱の上端、ちょうどゴールデンドラゴンの目線の高さに僕は修理した魔法の杖を立てかけた。

「どうだい？　これならお気に入りのお宝を眺めやすいだろう？」

「グルゥ!!」

見やすい位置にお気に入りの杖が飾られ、ゴールデンドラゴンが嬉しそうな鳴き声を上げた。

「グルルルルッ」

ゴールデンドラゴンはご機嫌で柱状の台座に設置された魔法の杖を眺めては、嬉しそうに喉を鳴らし続けている。

うんうん、そんなに喜んでくれると、僕も作った甲斐があるよ。

「よーし、これにする！」

「俺はこれにするぜ！」

嬉しそうなゴールデンドラゴンを眺めていたら、皆が持ち出すお宝を決めたらしく戻って来た。

あっ、いけない。僕もお宝を決めないと。まぁ適当にその辺にある宝石で良いか。

僕は綺麗にカットされたこぶし大の宝石を拾いあげる。

これなら魔法の杖を飾る台座の代金として妥当かな。

「じゃあそろそろ帰ろうか皆」

「「「「はーい」」」」

こうして、修行だけでなく予定外のお宝も手に入った僕達は、意気揚々と町へ戻るのだった。

第１０６話　恐怖の包囲網

転移門の前には同胞達が揃っていた。

これだけの数の同胞が揃うなど、数百年ぶりだろうか。

「準備は完了した。これより我等は人間の国への襲撃を開始する。目標は竜騎士の国ドラゴニアの壊滅と龍帝及び竜騎士の首だ！　他の雑魚には目もくれるな！」

「ふっ、遂に動くか」

「今までは人間共に悟られぬように気を遣って動かねばならなかったからな。これからはお楽しみの時間という訳だ」

「寧ろ、弱体化した人間共などもっと早く攻めれば良かったのだ」

くくっ、戦いが始まると聞いて、同胞達が高揚している。

だがその気持ちも分からんでもない。

漸く雌伏の時が終わり、人間共との全面戦争を始めるのだからな。

しかし万が一という事もある。

確かに人間共は弱体化したが、未だ竜騎士共の残党は活動している。

更に古代の協力なマジックアイテムを秘匿している国が少なからずあることもまた事実。

油断して手痛い反撃を受けては元も子もない。

事実、いくつかの国で仕込みを行っていた何人もの同胞からの連絡が途絶えている。

竜騎士の残党以外の人間共にも我々の動きに気付いている者が居ると言う事だろう。

だが、我らとてただ手をこまねいていた訳ではない。

今回の作戦を確実に成功させる為の切り札を用意してあるのだ！

「これは始まりだ。我々による人間界への再侵攻のな！　そしてその始まりの手土産として、人間共に自分たちの最大戦力である龍帝の首をくれてやるのだ！」

「「「おおぉぉぉぉぉぉおっっっ!!」」」

ククク ッ、クハハハハハッ！　さぁ人間共よ、恐怖の時間だ！

◆

修行から帰ってきた翌朝、僕達は冒険者ギルドへと向かっていた。

目的はドラゴンの素材の買い取りを頼む為だ。

昨日はリューネさんの特訓に集中していた事で帰りが遅くなっちゃったから、素材の買取は明日にしようと決めたんだ。

本当は帰りにゴールデンドラゴンが僕達を送るそぶりを見せたんだけど、前回かなりの騒ぎになった事もあって、皆から普通に帰ろうと強く主張されたんだよね。

「ふふふっ」

「なんだか嬉しそうですね？」

リューネさんは朝からかなりご機嫌な様子だ。

「そりゃあもう！　何せ自分の力でドラゴンを倒す事が出来たんですから！　昨日は修行の疲れでそれを実感する余裕もありませんでしたが、朝起きてレクス師匠の顔を見たら、漸くその実感が湧いてきたんです！」

成る程、初めてドラゴンを倒せた事で、リューネさんは竜騎士としての自信を持てた事が嬉しかったみたいだ。

それもその筈、あんな碌に手入れもされていなかったナマクラ同然の武器じゃあ、まともに戦える筈もなかったからね。

「これで父……いえ師匠の墓に胸を張って報告する事が出来ます！　そして今の私なら、憂いなく龍姫の儀に挑む事が出来ます！」

ああ、そういえば龍姫の儀ってのがあったっけ。

「確か儀式のヒロイン役を選ぶ為の試合をするんですよね？」

「え、ええ。まぁそうなんですけど……もうちょっと言葉を選んで欲しいかなーと思わなくもないです、はい」

おっと、これは失敬。

「と、ともあれ！　これからも頑張って修行をしましょう！　シルバードラゴンを従えたとはいえ、私自身はまだまだ未熟な竜騎士見習いですから！」

うんうん、慢心する事なく向上心を持ち続けるのは大事だよね！

特に油断がないのが良い！

なにせ世の中には、弟子が厳しい修行を乗り越えて漸く新しい技を覚えた直後に「よし、次はその技を体に覚えこませる為に俺と組手だ！　あっ、お前はその技以外使うなよ？」とか言い出すロクでもない師匠も居るからね。

「ところでシルバードラゴンを従えたってどういう意味なの？」

と、リューネさんの言葉に疑問を抱いたリリエラさんが質問する。

「え？　あ、はい。それは私がシルバードラゴンと契や……」

リューネさんがリリエラさんの質問に答えようとしたその時だった。

「た、大変だぁぁぁぁっ!!」

突然ギルドの扉を開けて誰かが飛び込んできたんだ。

「何だよ騒がしい。……ってお前、門で働いてる衛兵じゃないか？」

ああこの人、衛兵さんだったんだね。

でも町を守る衛兵さんがなんで冒険者ギルドに来たんだろう？

「おい、何かあったのか？」

近くにいた冒険者さんが衛兵さんの背中をさすりながら何があったのかと聞く。

「魔、魔物が……」

「何だ？　魔物がどうした？」

衛兵さんは荒げた息を整えると、ギルド中に響く声で叫んだ。

「町が……町が魔物の大群に包囲されているんだっ!!」

◆

「……な、何だって!?」

衛兵さんの言葉にギルド内が騒然となる。

「そ、それは本当なのか？」

「ああ、突然森や山から魔物の群れが現れて、あっという間に街全体を囲んじまったんだ！」

「だ、だがそれなら町が囲まれる前に避難を呼びかける事が出来たろ!?」

いくらなんでもそれは無いだろうと疑いの目を向ける冒険者さんに対し、必死の形相で真実だと自分が見てきたものを説明する衛兵さん。

「本当にあっという間だったんだ。魔物達が横に広がりながら包囲網を描いていって、足の速い魔物達が足の遅い魔物達をフォローするみたいに包囲の隙間を埋めていったんだ。あとは後続の魔物達が包囲の薄い場所へやってきて、完全に町を包囲しちまったんだ」

「そんな馬鹿な……」

衛兵さんの説明を聞いた冒険者さん達が驚きに言葉を詰まらせる。

それにしても、まるで誰かに命令されたみたいな動きをする魔物達だなぁ。

でもだとしたら、誰の指示でこの町を包囲なんてしたんだろう？

その後衛兵さんはギルドの職員さんに奥の部屋へと連れていかれたんだけど、5分と経たずに戻ってきた。

その隣にギルドマスターを連れて。

「皆、話を聞いてほしい」

そして衛兵さんがギルドマスターと共に戻ってきた事でロビーにざわめきが起こる。

「今まで現実味のなかった話が、ギルドマスターという自分達にとって一番身近な有力者が現れた事で一気に実感が出たみたいね」

と、リリエラさんが冒険者さん達の気持ちを代弁するように説明してくれる。

「既に聞いている者もいるだろうが、今この町を包囲するように魔物の大群が押し寄せてきている」

ギルド内がどよめきに包まれる。

ギルドマスターが同じ内容を口にした事で、衛兵さんの言った事が冒険者さん達の中で確定したからだろうね。

「故にギルドは諸君らに強制依頼を発令する。依頼内容は町に襲い来る魔物の迎撃だ」

強制依頼と聞いて、冒険者さん達が再びどよめく。

「なぁ、強制依頼って何だ？」

僕の後ろでこっそりとジャイロ君が呟く。

「アンタねぇ、冒険者になる時の説明で言われたでしょう。国の存亡がかかわる様な災害や、放っておいたら恐ろしい被害が出る様な大魔獣が現れた時なんかに大戦力を確保するための強制権の事よ。これを拒否したらよっぽどの理由が無い限り冒険者の資格を失う事になるわ」

強制依頼……か。

大剣士ライガードの冒険でも、国を滅ぼすほど強力な魔獣が現れたエピソードで使われていたなぁ。

「どのみち魔物の大群に囲まれている以上、受けるしかねぇな」

「ああ、逃げるにしても魔物の数を減らさねぇとな」

冒険者さん達も、逃げ場所が無い以上は戦うしかないと覚悟を決め、依頼を受ける事を決意している。

「幸い町にはドラゴン対策の分厚い外壁や大型のバリスタがある。籠城をしつつ魔物の数を減らし、外壁が持たなくなった時点で魔物の包囲の薄い場所を狙って一点突破。開いた包囲の穴から町の住人を避難させる」

ふむふむ、典型的な籠城戦だね。

「強制ではあるが、生き残ったら報酬はギルドが出す。だから皆生き残れよ！」

「「「「おうよっ！」」」」

◆

「いやー、大変な事になってきたなぁ」

魔物の大群との戦いの準備で冒険者さん達があわただしく動き出す。

「私達も準備をした方が良いわね」

「そうですね。ポーション等の回復薬も準備しないと」

ミナさん達も少し浮足立っている感じはするけど、戦いの準備をするべく動きだす。

「あ、それなら僕も備蓄があるので、皆に分配しますね」

僕は魔法の袋からポーションの在庫を出してテーブルの上に並べていく。

「うわっ、こんなに沢山持っていたの!?」

「ええ、いざという時の為に作ったは良いんですけど、なかなか使う機会が無くって」

「でしょうねぇ」

「レクスにいざという時が来るとはとても思えない」

いやいや、準備は大切ですよメグリさん。

いつ何があるかわかりませんからね。

「すまないがそのポーション、いくらかギルドにも卸してくれないか？」

と僕達に声をかけてきたのは解体場の親方さんだった。

ただその姿が妙だった。

「あれ親方さん？　何で親方さんまで武装しているんですか？」

そう、何故か解体師である親方さんまで武装していたんだ。

見れば後ろには見覚えのある解体師さん達の姿もある。

「こんな状況だからな、俺達解体師も参加することになった。俺達は怪我や年齢が理由で引退した元冒険者だが、解体の技術を買われてギルドに雇われていたんだ」

へぇ、そうだったんだ。

解体師さんって専門でそういう仕事をする人達だけがやっていると思っていたんだけど、元冒険者さん達も雇われていたんだね。

「それでだな、ちょっと師匠に頼みがあるんだ」

「頼みですか？」

「ああ。こいつはギルドからの要請なんだが、師匠が持っているドラゴンの鱗や角をあるだけギルドに売って欲しい。そしてその素材を使って防具を作るのを手伝ってもらいたいんだ」

「武器と防具ですか？」

「ああ、ドラゴンの素材はそのままでも十分な硬さを誇る。だから鱗に取っ手をつけるだけでも硬い盾になる。うまい具合に割れていれば、剣や鎧としても使えるが、さすがに剣や鎧として使うには加工に時間がかかり過ぎる。だから籠城を長引かせるために盾だけでも作っておきたいんだ」

成る程ね。緊急時に有りものの素材で装備を作ってしのぐのは僕も前世で良くやったよ。

特に盾は消耗品だから、数があるほどいい。

僕は念のため皆の方を向く。

何しろここ数日の修行でドラゴンの大半を狩ったのは皆だからね。

「そういう事だけど、素材を提供しても良いかな？」

「俺は構わないぜ」

「そうね、こういう時だから、私達が使う分だけ確保してくれれば問題ないわ」

ミナさん達もそれでいいと頷いてくれる。

「そ、それなら私の狩ったドラゴンの素材も提供します！」

とリューネさんも協力を申し出てくれた。

「ありがとう皆。親方さん、そういう事なので喜んで協力させてもらいますよ」

「助かる。師匠には取っ手をつける為の穴を開ける仕事を頼みたい。小さな穴でもドラゴンの素材だ、俺達や町の鍛冶師達だけじゃあ開ける為の道具が足りん。だが一晩で数十人分のドラゴンの鱗を加工したナイフを作れる師匠なら、鱗に穴を開けるのも簡単だろう？」

「ええ、任せてください！　それじゃあ解体場を借りますね」

◆

「すっげぇ光景だなぁ」

解体場に高く積み上げられたドラゴンの鱗を眺めながら、ジャイロ君がぽつりとつぶやく。

「そうねぇ、ドラゴンの鱗が小銭気分で積まれてるなんて、普通は見ない光景よね」

「ふふ、金貨の山……」

メグリさん、ドラゴンの鱗は金貨じゃないですよー？

「じゃあ穴開けを始めますね」

「ああ、よろしく頼む師匠。鱗のこの辺りに二つの穴をこのくらいの幅で開けてくれ」

「分かりました」

親方さんから穴を開ける位置を教わった僕は、解体用のナイフを手に持ってドラゴンの鱗の山の前に立った。

「行きます！」

瞬間、僕は身体強化魔法を発動して跳躍。

天井近くまで到達すると、真下に積まれたドラゴンの鱗を見た。

ドラゴンの鱗は無造作に積まれた訳では無く、貨幣を数える時の様にそろえて積まれている。

つまり、上から見れば一枚の鱗だ。

「はぁ！」

落下が始まり、ドラゴンの鱗と交差する瞬間、僕は高速で二連続の刺突を行う。

だけどそれはただ刺すわけじゃない。

普通に刺してしまったら取っ手用の穴には大きすぎる。

高速で突き出した解体用ナイフの先端を一番上のドラゴンの鱗の表面で止める。すると先端部の接触した点の衝撃が鱗に極小さく広がり、取っ手を通す為に必要最小限な大きさの穴が開く。

更に刺突の衝撃は下の鱗にまで伝わっていき、遂には一番下の鱗にまで届いた。

結果、積み上げられた全てのドラゴンの鱗に小さな丸い二つの穴が開いた。

穴開けが完了すると僕は残りの鱗が積まれた山へと向かい、必要とされる枚数のドラゴンの鱗に穴を開け終えるのにかかった時間は実に30秒なかった。

「はい、穴開け完了です」

「「「「…………へ？」」」」

あれ？　何故か解体師さん達が呆然とした顔でこっちを見ている。何か手際が悪かったかな？

「な、何コレ!?　上の鱗を突いただけなのに、一番下の鱗まで穴が通ってる!?」

リリエラさん達が穴の開けられた鱗を見て驚きの声を上げる。

いやいや、そんな大した事はしてないですよ。

「刺突時の力を調整して、穴の広がりと下の鱗までの衝撃の伝播を計算したんです。皆も練習すればすぐに出来るようになりますよ」

「「「「いや無理無理」」」」

えー？　そんな事はないと思うけどなぁ。

「レ、レクス師匠しゅごい……竜騎士にはこんな技もあったなんて……」

いやリューネさん、これは竜騎士の技じゃなくて普通の刺突技ですからね。

「ところで親方さん、取っ手付けを始めなくて良いんですか？」

「……はっ!?　そ、そうだった！　お前らすぐに作業開始だ！　師匠が急いでやってくれたんだ、俺達もさっさと作業すっぞ！」

「「「へ、へい親方!!」」」

親方さんの指示を受けたギルドの解体師さん達と町の鍛冶師さん達が、慌てて作業を開始する。

「親方さん、魔物の群れが町に到着するまで、どのくらいかかるか分かりますか？」

「ああ、確かギルド長の話だと、あと一時間くらいって話だったな」

「一時間か……それだけあればもうちょっと作業できるかな。親方さん、ギルドに売ったドラゴンの素材ですが、それを使って他の装備も作っていいですか？」

「え？　あ、ああ。盾の材料はもう十分だ。他の装備も作れるならぜひ頼みたい」

「じゃあまずは剣と槍からかな。余裕があれば簡素な鎧も作りたいところだけど」

「ははは、さすがにそれは時間が無いだろ」

まぁギリギリまでやってみましょうか。

◆

「ふむ、人間の町の包囲は順調だな」

我等が用意した魔物達は、逃げ出す隙間もない程に人間の町を包囲している。

「だが龍帝はドラゴンを従えているのだろう？　だったらドラゴンに乗って逃げるのではないか？」

同胞がそんな事を聞いてくるが、考えが足りんな。

「確かに龍帝と一部の竜騎士なら逃げる事も可能だろう。だがそれは町の人間達を見捨てるという事だ。龍帝が人間の王である以上、民を見捨てて逃げる訳にもいくまい。いや、別に逃げても構わんがな。そんな真似をすれば龍帝を指導者として認める者は居なくなるだろう。そうなればいかに龍帝と龍帝が従えるドラゴンが強かろうとも恐れる事はない。我々が懸念しているのは人間とドラゴンが手を結ぶ事であって、龍帝一人ならばいくらでもやりようはある」

「なるほど、戦っても物量の前には勝てず、逃げれば卑怯者として仲間達から見捨てられるという訳か」

「そういう事だ。つまりこの町が包囲された時点で、龍帝の敗北は決まっていたのだ！」

「「「「フハハハハハッ」」」」

さらに言えば、戦うのは我らが従える魔物共だ。

連中が予想外に奮闘したとしても、大量の魔物と戦って疲弊した時に無傷の我等が出ればひとたまりもあるまい。

ふっ、策とは二重三重に張り巡らすものなのだよ！

「おお、戦いが始まった様だぞ？」

人間共の町から魔物共に向けて魔法や矢が放たれる。

人間共の迎撃を受け、一瞬最前線の魔物共の動きが鈍るが、すぐに後続の魔物に押されて無理やり前に出される。

押し出された魔物共は人間共の攻撃を受けて息絶えるが、すぐに後続の魔物がその屍を踏み越えて前に出る。

「はっ、どれ程抵抗しようとも、我等が従える魔物の数の前では焼け石に水だ」

その通り、この戦いは元より圧倒的に数が違うのだ。

どんな奇策を用いようとも、覆すことは不可能！

「ははははは、圧倒的な数の暴力を知るがいい人間共よ！」

その時だった。

突然視界が光に包まれたかと思うと、轟音と共に爆風が我等を襲った。

「な、何事だ!?」

あまりに強い風で目を開けていられん。

そしてようやく風が収まってきた事で、我等は何が起きたのかを確認する。

「一体何が……な、何!?」

それは信じられない光景だった。

我等の命令によって町を襲っていた魔物達の包囲の一角が、丸ごと消し飛んでいたのだ。

「バ、バカな!?　一体どういう事だ!?」

それだけではなかった。

今度は地鳴りが聞こえてきたかと思うと、長く分厚く巨大な二つの壁が吹き飛んだ魔物達の包囲の穴を守る様に地面から生えてきたのだ。

「なんだあの壁は!?」

「いかん、包囲が崩れた！　あそこから逃げられるぞ！」

そうか、あの壁は人間共が逃げる為の時間稼ぎか！

だが驚いている場合ではない。急ぎ対策を講じなければ！

「慌てるな。空を飛べる魔物を穴の開いた場所に充てろ」

「そ、そうか。空を飛べる魔物なら壁で遮られても意味がないからな！」

しかしそれは罠だった。

空を飛べる魔物達が壁を越えて包囲の穴を埋めようとしたその時、金と銀の閃光が魔物達を襲ったのだ。

「こ、今度はなんだ!?」

「あ、あれは……」

同胞が空の一角を指さして震える。

「あれは……ゴールデンドラゴンとシルバードラゴンか!?」

そう、魔物達を襲ったのは、ドラゴンの王であるゴールデンドラゴンと、そのゴールデンドラゴンに次ぐ実力を持ち女王龍の異名を持つシルバードラゴンであった。

「なるほどそういう事か。人間達の逃げ道は龍帝自らが守るという訳だ」

見ればゴールデンドラゴンとシルバードラゴンの背には、豆粒ほどに小さいが人間の姿が見える。

「やってくれる。だが王が前線に出るなど愚かな事」

どうやら先ほどの攻撃の正体は、ドラゴン達のブレスだったらしいな。

だがそれならば空を飛ぶ魔物共に牽制させれば、ブレスによる再度の包囲網破壊は防げる。

「その間に他の魔物共が人間達の町を滅ぼす」

そう、多少反撃が派手だったというだけで、数の差を埋めるには至らなかったという訳だ。

すでに足の速い魔物が逃げ道を塞ぐために動き出している。

「精々調子に乗っているがいい龍帝よ。すぐに貴様の顔を絶望に染め上げてくれる！　フハハハハハッ!!」

魔物達が進軍を再開し、町へと少しずつ近づいてゆく。

そして人間達も矢が尽きてきたのだろう、反撃が少しずつ減ってきていた。

人間達もそれを理解したのだろう。

外壁を守っていた門が開き、中から迎撃のための戦士達が姿を現す。

「ハハハッ、これからが本当の絶望の時か……ん？　なんだアレは？」

その時我は妙な違和感を覚えた。

「何だ？　随分と同じ色の装備の戦士が多いな？　それもフルプレートの戦士ばかりだと？」

この町の騎士団か何かという事か？

この町にあるのは自警団程度で、騎士団が常駐しているという報告は聞いていないが。

まぁ良い、どうせたまたま任務の途中で立ち寄った国の騎士団あたりだろう。

偶然とはいえ、この様な最悪の事態に巻き込まれるとは哀れな連中よ。

「ふっ、この魔物の大群の前には、多少装備を揃えた増援が来たとて何の意味もないと絶望するが良い!!　ハーッハッハッハッハッ!!」

第１０７話　破滅の軍勢

「では私もシルバードラゴンと戦いに出ます！」

城壁越しに魔物との戦いが始まって少し経ってから、突然リューネさんがそんな事を言いだしたんだ。

「シルバードラゴンとですか？」

「はい！　私はシルバードラゴンと契約して竜騎士になりましたから！」

「え？　いつの間に？」

リューネさんとシルバードラゴンの接点と言えば僕達と一緒に龍峰に修行に出かけた時だ。

その後はこの町に戻ってくるまでずっと一緒だったし、町に戻ったらみんなぐっすり休んで翌日起きたらこの状況。

一体いつシルバードラゴンと契約をしていたんだろう？

「え？　それはもちろんシルバードラゴンと戦った後ですよ？」

シルバードラゴンと戦ったあと？

でも昨日は何か特別な儀式とかして無かったよね？

「龍帝様……いえレクス師匠もゴールデンドラゴンに乗ってこの町へやって来たと言う事は、既に契約されていらっしゃるのでしょう？　ドラゴンは契約していない相手を背に乗せる事はありませんから」

ん？　あの時は張り倒したゴールデンドラゴンが勝手に伏せて僕達を乗せてくれたんだけど。

「ええと、リューネさんはどうやってシルバードラゴンと契約したんですか？」

「え？　なぜそのような事を……？　いえ、レクス師匠の仰ることですから、きっと深い意図があるのですよね。ええと、その、私達竜騎士は戦いを経て命を奪う事無く降したドラゴンの角を削り、その身の手入れをする事で契約を結びます。ドラゴンにとって、角や鱗を手入れするのは家族だけですから。つまり人間に手入れをされると言う事は、ドラゴンが私達を自分の身内だと認めると言う事です。後はドラゴンから削り取った角に念じれば、ドラゴンを呼ぶ事が出来る様になります」

へぇー、そうだったんだ。

いやドラゴンが鱗の手入れを家族にしかさせないっていうのは知っていたけど、人間に手入れされる事がそういう意味を持つっていうのは知らなかったなぁ。

「ああ、そう言えばこの間ゴールデンドラゴンに初めて出会った時に、あまりにも角や鱗がボサボサで眩しかったから、張り倒して光量を抑える為に手入れしたんだよね。そっかー、あれが竜騎士の契約になってたんだ」

「……はい？」

リューネさんが言っている事が良く分からないと首をかしげる。

「どうやら知らないうちに竜騎士の契約を結んでいたみたいですね」

「……え？」

「……と言うか、竜騎士の契約ってそうやってやるんだね」

「……ええと、まさか、レクス師匠、本当に、竜騎士の、契約方法、知らなかった、んですか？

その、龍帝様、なんです……よね？」

リューネさんが単語単位で言葉を切りながら、青い顔で質問してくる。

「いえ、今日初めて知りました。そして僕は龍帝じゃないです。本当に無関係なたまたま龍帝流空槍術を習っただけの赤の他人です」

それにしても、まさか竜騎士の契約方法がそんな単純な事だったなんてね。

前世からの疑問が解消されたよ！

うん、転生も悪くないね！

「り……」

り？　なんだろう？

「竜騎士の秘奥を喋っちゃったぁぁぁぁぁぁっ!!」

「あー、あるよねそういうの」

大丈夫、前世と前々世でもそういう人結構居たから。

「ど、どどどうしよぉー！　お父様に叱られるぅーっ！」

とまぁそんな訳で、僕はいつの間にやら竜騎士になっていたみたいだ。

ふむ、折角だし僕もゴールデンドラゴンを呼んでみようかな。

ええと、確か角を持って念じるんだっけ。

「来い！　ゴールデンドラゴン!!」

◆

「こ、これはどういう事だ!?」

我は困惑していた。

本来ならば我等が使役する魔物の大群が、人間共の軍勢を圧倒的な数をもって蹂躙する筈だったのだ。

だが、現実はそうなってはいなかった。

「何だ!?　何なのだ人間達のあの強さはっ!?」

そう、人間達は強かった。

我等がけしかけた魔物共の攻撃の悉《ことごと》くを不格好な盾と鎧で受け止め、手にした貧相な剣や槍で魔物共の体を貫いていった。

だが魔物共もただの魔物ではない、アレらは我らが先兵として利用するべく、人間共の基準で言えば最低でもBランクを越える強力な魔物ばかりを選んで従えていたのだ。

だというのに、人間共はほんの100人足らずで我等の侵攻を凌いでいた。

いや凌ぐどころか逆に押し返しているようにすら見える。

いま切り裂かれた魔物など、その鱗の堅さから並みの武器では武器の方が壊れてしまう様な硬さ自慢の魔物だぞ!?

それをバターを切るかの様にあっさりと切り裂いただと!?

そして向こうで暴れていた多頭蛇の魔物は、その再生力の高さ故に人間共からは不死の魔物と呼ばれ恐れられていたというのに、何故か人間共によって負わされた傷が回復するそぶりも見せずに倒されてしまった。

ああ馬鹿止めろ！　そっちの魔物は我々の主力として捕らえた強力な魔物なのだぞ!?

ああ、死んだ……。

「何なのだ……これは一体何が起こっているのだ……!?」

人間共だけではない、龍帝達竜騎士はドラゴン共を従えて魔物達の包囲網を破壊すべく、仲間が被害を受けない場所を狙ってブレスによる攻撃を行い、包囲網の厚みを確実に薄くしている。

「まずい、まずいぞ！　このままでは人間共によって我らの軍勢が壊滅してしまうのではないか!?」

同胞の言う通りだ。これでは人間共の町を滅ぼすどころではないぞ!?

「狼狽《うろた》えるな！」

そう一喝して浮足立った場を静めたのは、我等同胞をまとめ上げる意思決定の役割を持つ知恵の一族の者だった。

「慌てる必要などない。戦場を良く見ろ、数の差は圧倒的だ。ならばどれだけ連中が善戦しようと、最後には力尽きて倒れるは道理。人間共の体力は我等とは比べ物にならぬ程貧弱なのだ」

「だ、だが連中には龍帝が居るぞ？　龍帝が従えるゴールデンドラゴンがドラゴン共を呼び寄せたらどうなる？　その時点で数の差は埋まるやもしれんぞ」

確かに、同胞の懸念はもっともだ。

ただでさえドラゴンのブレスは厄介だ。

先ほどもゴールデンドラゴンのブレスで魔物共の群れの一部が根こそぎ吹き飛ばされたのだからな。

「その心配もいらぬ。ドラゴン共は基本自分を倒した相手にしか従わぬ。ゴールデンドラゴンが戦場に出ているというのに、シルバードラゴンしか仲間が居ないのがその証拠だ。おそらくはドラゴンを従える竜騎士の数が足りぬのであろう」

成る程、そう考えると他のドラゴン共が居ないのもうなずける。

「さすがは知恵の一族の末裔か……」

かつて我等魔人は、伝説の白き災厄の出現によって、甚大な被害をこうむった。

人間との戦いでも疲弊していた我等であったが、白き災厄の出現がそれを決定的にした。

多くの戦士達が白き災厄との戦いで命を落とし、ヤツを研究し利用しようとした多くの術者達も白き災厄の怒りを買って滅ぼされたという。

結果我等魔人の勢力は大きく削られ、知識を持つ者も大半が白き災厄との戦いで命を落とした為に多くの知識と技術が失われた。

だが先人の残した知識が全て失われた訳では無い。

文献やマジックアイテムの形で残った技術を長い年月をかけて蘇らせようとした者達が居たのだ。

それこそが知恵の一族。

そして我等は今、知恵の一族が蘇らせた知識によって魔物を従える術を手に入れ、こうして人間共の町に攻撃を行っているのだ。

知恵の一族の者は我等魔人にとって単なる知識の修復者ではない。

過去の戦いの歴史で培われて来た多くの知識を有するが故に、こうして敵の生態などを考慮した作戦指揮を行う事も出来る。

知恵の一族の者が我等の指導者の様な立場になっていったのも当然と言えよう。

「人間共の戦士は魔物共に任せておけばよい。それよりも此度の戦い、我等の狙いは最初から龍帝ただ一人なのだからな。龍帝さえ始末すれば支えを失った人間共などまさに烏合の衆という奴よ」

「そ、そうだな、たとえドラゴンがついていようが妙に人間共が善戦しようが、我等には圧倒的な数の魔物が居る。人間など恐るるに足らん！」

「そうだそうだ！」

知恵の一族の言葉を受け、動揺していた同胞達が戦意を取り戻す。

まったく、我が同胞ながら単純な連中よ。

だが不安が無くなった事で、我等は安心して戦いの推移を見守る事が出来る様になった。

そう、魔物共の数は圧倒的だ。

普通に考えればこれだけの数の魔物を相手に戦い抜けるわけがないか。

◆

上空から確認すると、門の周辺は激戦だった。

外へと飛び出した自警団の人達と、冒険者さん達が魔物達と激しい乱戦を繰り広げている。

僕は味方を巻き添えにしない様に、魔物の包囲網の真ん中あたりをブレスで攻撃するようゴールデンドラゴンに命じながら、風魔法で地上の音を拾って戦況を確認する。

「ははっ！　凄いなこの装備！　見た目はちょっと悪いが、魔物の攻撃をものともしないぞ！」

「それにこの武器、あのアーマーバッファローの鉄皮を簡単に貫くぞ!?」

「これ！　戦いが……終わったら!!　買い取りっ！　できっ！　ないかなっ!?」

「おおっ！　それ良いなっと！　オラァ!!」

良かった、急場しのぎで作った装備だったけど、それなりに役に立っているみたいだ。

「はぁ……はぁ……とはいえ、魔物の数が多い。一体どれだけ倒したんだ？」

「少なくとも20は倒したぞ。ははは っ、すげぇな俺。今ならSランク冒険者になれるぜ」

「甘いな、俺は30を超えたぞ。それにしても上位の付与魔法と言うのは凄いな。ここまで強化されると、まるで別人になった気分だ」

うん、冒険者さん達には戦いが始まる前に範囲付与魔法で一時的に肉体を強化している。これで数の不利をある程度は軽減出来ている筈だ。

「でも何で冒険者さん達はグリーンドラゴンやブルードラゴンみたいな下級のドラゴンの素材で作った急場しのぎの装備を喜んでいるんだろう？」

駆け出しの冒険者でもない限り、冒険者さん達ならもっといい装備を用意できると思うんだけど。

「あっ、もしかして戦いの前に装備を手入れに出していて、すぐに使える装備が無いか、質の低い予備の装備だけだったとか？」

それなら僕の用意した有り合わせの装備を喜んでもらえたのも理解できる。

と言うか、そんな装備でこれだけの数の魔物を圧倒できるんだから、やっぱり冒険者さん達は凄いね。

不利な状況でも戦う術に長けているって事なんだろうね。

「つっても、これだけ倒したってのに全然数が減った気がしないな」

現状、外に出て戦っているのは大体100人くらいだ。

防壁の上から弓や魔法で攻撃していた人達や上で指揮をしている人達も入れれば140人くらいかな?

もちろんそれで全員じゃない。

門から離れた位置に居る魔物の数を減らす為に、門から離れた位置にある防壁の上から攻撃している人たちも居るし、全員で一斉に出ると皆の疲れが溜まった時や想定外のトラブルが起きた時に困るから、対処する交代要員も居る。

「とはいえ……だいぶ疲れが溜まってきたし……そろそろ交代した方が良いな」

おっと、皆の体力が限界に近いみたいだ。

「回復しますよ! エリアリフレッシュ! エリアヒール!」

僕はゴールデンドラゴンを皆の上空まで降下させてから、範囲体力回復魔法と範囲治癒魔法で冒険者さん達と自警団の衛兵さん達を治療する。

「お、おお!? 何だ!? 疲れが消えたぞ!? あのドラゴンが回復してくれたのか!?」

「回復どころか寧ろ力が溢れて来るかのようだ!? 龍帝陛下はこんな魔法をお使いになられるのか!?」

いえ、僕は龍帝じゃないですよお。

「これでもう暫くは戦える筈です、頑張りましょう！」

「「「「承知しました龍帝陛下っ!!」」」」

自警団の皆さん、戦場で敬礼してないで戦って!?

とその時、防壁の上から攻撃魔法と大量の矢が放たれた。

「おおっ!?　援護か!?　だが矢も魔力も尽きたんじゃないのか？」

と、味方の援護が再開された事に冒険者さんが驚いている。

「どうやら予備の矢が完成したみたいだね」

うん、皆の予備の武器をある程度の数作った僕は、今度は消耗品である矢も作って欲しいと頼まれたんだ。

で、盾の時の様に組み立てまで自分でやると時間がかかるから、組み立て前の材料を揃える事にしたんだ。

すぐに材木屋さんに行って、店にある全ての薪や建材として使う予定だった木をカットして矢の本体部分を数千本用意し、そのついでに矢羽根もささっと作る。

後は材料をもって鍛冶場に戻ったら、急ぎで矢じりを作った。

まぁ鉄の数が足りなくて、途中からドラゴンの鱗の破片を再利用して矢を作ったんだけど、何故か鍛冶師さん達がもったいないと青い顔をしていたなぁ。

でもグリーンドラゴンやブルードラゴンの鱗程度ならタダみたいなものですよって言ったら、凄い顔されたのは不思議だった。

ただ、急いで作ったからちょっと質が低いのが不満なんだよね。

まぁ魔物の数は多いし、牽制用として使えれば十分だよね。

それに今回だけの緊急措置として、付与魔法で命中補正の術式もかけておいたし命中率に関しては問題ないだろう。

◆

「おいおい何だよこの矢!? 魔物に当たったら矢羽根の根元まで突き刺さったぞ!?」

「うおぉ!? なんかこの矢を使い始めてから狙い通りの場所にバンバン当たるんだが!?」

「スゲェ! 俺いま連続で魔物の眉間に一発命中で仕留めてるぞ!?」

「ちょっ、この矢良い! 100本単位で買いたい! 一体どこの店の矢だよ!?」

◆

「人間共息切れしないなぁ……」

「あっ、またブレスで包囲網が吹き飛んだ」

「おいおい、防壁から魔法と弓の掩護が再開されたぞ。魔力も矢も尽きたんじゃないのか？」

「……」

何やら知恵の一族の者が変な汗をかいているんだが、本当に大丈夫なのか？

◆

戦いが始まるまでは鍛冶師の皆さんはドラゴンの素材で作った盾を組む事に専念していたけど、今は矢を切らさない様に組み上げる事に専念しているみたいだね。

けど僕が提供したマナポーションは門から離れた位置にある防壁を守る魔法使いさん達の為に優先して配るって話だったけど、戦力が充実している門側にまで配って大丈夫なのかな？

◆

「おっほぉぉぉ！　何このマナポーション!?　一口飲んだだけで魔力が全快したんですけどっ!?」

「つーか、このマナポーション、なんか魔力回復以外の効能もなくねぇ？　何か魔法の威力が上がってる気がするんだが」

「ははははっ！　魔物がゴミみたいに吹き飛ぶぞぉぉぉ！」

「このペースだとマナポーションが余るんじゃないか？　少し前線に回しておくか」

◆

「くっ、門の無い場所でも反撃が再開されたぞ？　魔力が尽きたんじゃなかったのか？」

人間共の反撃が強くなった事で、再び仲間達が動揺を見せる。

「落ち着け、たとえ連中が息を吹き返そうとも、どうしようもできないものが一つある」

しかし知恵の一族の者は冷静に告げる。

「それは何だ？」

「町を守る防壁だ。人間共は町の出入り口である門を必死で守っているが、魔物達の攻撃が続けば防壁もいつかは壊れよう。そうなれば魔物が町の中へとなだれ込み、門を守る意味がなくなる。そして壊れた壁から入り込んだ魔物に慌てふためいて対処している間に防壁の別の個所を破壊されれば、更に守りが薄くなる。そう、この町を守るには圧倒的に人数が足りぬのだ！」

「そうか、初めから狙いは門ではなかったのだな！」

「その通りだ」

人間は門を守らざるを得ない。

だが知恵の一族の者の真の狙いは、町を守る防壁そのものの破壊だったというわけか。

策は一つではない、二重三重に策を張り巡らせてこその知恵者か。

まったく、恐ろしい男が味方に居たものだ。

「……っていうかあの防壁頑丈過ぎないか？　いくら何でも硬すぎだろ？　全然壊れる気配が無いぞ？」

と言うか魔物共が壁を攻撃するのを諦めてウロウロし始めたのだが……。

中には壁を叩き過ぎて手を怪我しているものもいて、魔物共の腰が引けている様にも見えるのだが。

「おい、どうするんだ？」

「……」

おい答えろ知恵者、余裕ぶった顔していても汗が止まってないぞ。

「ふ、ふふふ……」

突然知恵者が白い顔で嗤いだした。

どうした？　頭は大丈夫か？

「や、やるではないか龍帝よ。ここまで我が策に抗うとはな。どうやら拠点であるこの町でよほど入念な準備を行ってきたと見える」

「おい、敵を褒めている場合か」

馬鹿正直に龍帝を褒めている知恵者に食って掛かると、知恵者はニヤリと凄惨な笑みを浮かべた。

「そういうな。待ち受ける滅びに懸命に抵抗する姿に称賛を送っていただけだ。ささやかな抵抗へのな！」

「それは、どういう意味だ？」

「成る程確かに龍帝はこの町の防衛には力を注いでいたようだ。強力な武具や回復薬の準備。戦力の増員、最上位のドラゴン達による空の守り、そして防壁の強化。普通に考えればこの町を堕とすのは不可能に近いだろう」

「だが攻略できると言ったのはお前だぞ！」

「その通りだ！」

余りにも自信に満ちた知恵者の様子に、我等は思わず鼻白む。

「確かに町の防衛準備は完璧だった。町の準備はな」

町の準備は？　一体何が言いたいのだ？

「だが、町の外で起きる策に対抗する事は不可能だ！」

そう言って知恵者が取り出したのは、何かのマジックアイテムだった。

「何だそれは？」

「これはある場所に運び込まれたマジックアイテムを起動させる為のスイッチだ」

「ある場所？」

「そうだ。そしてその場所はドラゴン達の縄張り、龍峰の奥深く、ゴールデンドラゴンの巣の中！」

「龍峰だと!?」

あのドラゴン共に守られた龍峰!?

「人間共の商人に運ばせた馬車の中に、美術品に偽装した魔物を誘引するマジックアイテムを潜ませていたのだよ。そしてそれに誘われてやってきたドラゴンが馬車ごと自分の巣に持ち去った。その中に爆裂魔法の術式が仕込まれたマジックアイテムが隠されているとも知らずにな！」

「爆裂魔法!?　だがそんなものではドラゴンを殺す事など……」

「そう、爆裂魔法は強力だが、上位のドラゴンを殺すほどの力は無い。当たり所が良ければ下位のドラゴンでも生き残るだろう」

「では何故？」

分からん、何故そんな中途半端な真似をする？

マジックアイテムを発動させてドラゴン共を殺し、人間共と共闘出来なくするつもりなのではないのか？

「慌てるな。我が求めるのはより効率的な方法だ」

「効率的？」

むぅ、知恵者の考える事はさっぱり分からん。

「確かに爆裂魔法ではドラゴン達を全滅させる事は出来ん。だが、仮にも自分達の暮らす縄張りが何者かによって破壊されたら、ドラゴン共はどう思う？」

「どうって、それは怒り狂うんじゃないのか？」

「その通りだ！　巣を破壊されたドラゴン共は怒り狂い、犯人を探し求めて近隣の人間共の町を無差別に襲って回るだろう！」

「まさか、ドラゴンに人間を襲わせるのが狙いなのか!?」

そこまで言われて、ようやく我は知恵者の狙いが理解できた。

「その通りだ。この時代の人間共はドラゴンとまともに戦えぬほど弱体化している。ドラゴン共は面白いように人間共を駆除してくれるだろう。いかにゴールデンドラゴンが龍帝と契約していようが、みずからの住む場所を奪われ怒り狂ったドラゴン達全てをすぐに落ち着かせることは不可能」

「おおっ！」

「それだけではない」

まだあるのか!?

「味方であるドラゴンに襲われたとあっては、竜騎士達の信用は失墜する事だろう。龍帝に期待する者は居なくなり、寧ろ龍帝を憎む者すらでるだろうな。そして人間とドラゴンの間には修復する事の出来ない溝が出来る。すなわち竜騎士の復活は永遠になくなると言う事だ」

「「「おおぉぉぉぉぉぉぉっ!!」」」

知恵者の鮮やかすぎる策謀に、我等は感嘆の声をあげる。

素晴らしい！　まさかこれほどまでに何重もの策を練っていたとは！

さすがは知恵者の一族！

「さぁ！　怒り狂えドラゴン共！　人間共に絶望を味わわせてやるのだ！」

知恵者がマジックアイテムのスイッチを起動させ、魔力の波動が龍峰へと放たれる。

我等はついに訪れる魔力の爆発の瞬間を今か今かと待ちわびた！

「「「……っ!!」」」

今か今かと待ちわびた！

「「「……っ？」」」

今か今かと……待ちわびた。

「なぁ、知恵者よ。いつマジックアイテムは起動するのだ？」

いつまでたっても龍峰が爆発する様子はなく、焦れた我が知恵者に問いかけると、知恵者も何度もマジックアイテムのスイッチをカチカチと押しては龍峰と交互に見比べる。

「……あ、あれ？」

「「「知恵者ぉぉぉぉぉぉぉっ!!」」」

◆

「しかしこれだけの魔物に攻撃されていると言うのに、防壁が壊れる様子も無いな。意外に頑丈だったんだな」

「だな。どうせ空を飛べるドラゴンが攻めてきたら無駄なんだし、そんな所に金をかけている余裕があったら別の所に使えよって思っていたんだが、まさかこんな所で役に立つとはな」

衛兵さんが町を守る防壁が予想外に役立っている事に感心の声を上げる。

うん、念の為自警団の隊長さんの許可を貰って、戦いが始まる直前に町の防壁全てに防御魔法を掛けておいたのが少しは役に立ったのかもね。

「さて、上空から戦場を見て守りの薄い場所も確認出来たし、僕も本格的に戦いに参加しようか！チェインウォール！」

僕は町を包囲する魔物達の群れを分断するべく、更なる壁を群れの中にいくつも出現させた。

第108話　狙われた龍帝

魔法で生み出した壁で魔物の群れを分断した僕は、次の行動に出るべくゴールデンドラゴンに指示を出す。

「ゴールデンドラゴン、僕は下で戦うからお前は門を守って戦っている人間達を援護してくれるかい？」

「グォォォウ！」

僕の頼みを聞いたゴールデンドラゴンが、任せろと言わんばかりに吠える。

「じゃあ任せたよ！」

僕はゴールデンドラゴンから飛び降り、包囲網の外側から魔物達を挟み撃ちにするべく戦場へと降りていった。

◆

「チャンスだ！」

我は見ていた。

龍帝がゴールデンドラゴンと離れ、単独行動を始めた姿を。

「飛行能力を持った魔物共は全てゴールデンドラゴンとシルバードラゴンの妨害に回せ！　残った魔物共全て龍帝に向かわせるのだ。ここで龍帝を確実に仕留めるぞ！」

「「「「応っ!!」」」」

地上に降りた龍帝を狙い、同胞達が我先にと向かってゆく。

ふははははっ！　よもや自ら一人になるとはな！　なんと愚かな王か！

ドラゴンがどれだけ強かろうとも、その主が無能では最強のドラゴンも宝の持ち腐れだな！

「慢心して一人になった事を後悔するがいい！」

この作戦に参加した同胞、総勢50名による一斉攻撃でチリ一つ残さず葬ってくれるわ！

◆

「あれ？　魔物達の攻撃の圧が減ったような……？」

外に出て戦っていた私は、突然魔物達からの圧力が弱くなった事に気付いた。

「なんだ？　急に楽になったぞ？」

どうやら近くで戦っていたジャイロ君も気付いたらしく、首を傾げている。

「町を落とすのを諦めたのかしら？」

そこに防壁の上から魔法で援護をしていたミナが降りてきた。

「上から見た感じだと、地上の魔物達は門を狙うのを止めて包囲の外の一点に集まってるみたいよ」

「一箇所に？」

「ええ、一箇所に」

何故そんな意味のない事を？

何故か悪い予感がするわね。

そして悪い予感を覚えたのは、どうやら私だけじゃなかったみたいだ。

戦況が変わった事を感じ取ったらしいノルブ君とメグリがこちらに合流してくる。

「普通に考えれば態勢を整える為に一旦下がった様に思えますが、あれだけの大軍勢を下がらせる意味が分かりませんね。それも包囲したまま下がるのではなくて、一箇所に集まるなんて意味の無い行為を……」

そうね、他の人から見てもそう感じるわよね。

「包囲したまま攻めていた方が長期的に見ればこっちを疲弊させる事が出来たと思う。ただ包囲しているだけでこっちは逃げる事も出来ず精神が疲弊するし、攻めるか休むかを決めるのも向こうの自由に出来るのに」

「ええ、私も同意見だわ」

さすがレクスさんに鍛えられているだけあって、こんな激戦なのにしっかり状況が見えているのね。

ほんの数か月前に冒険者になったばかりの新人とは思えない程だわ。

私が彼らと同じくらいの頃はここまで冷静に状況が見えていたかしら？

「魔物達がそんなおかしな動きをする可能性のある理由と言ったら……」

とそこで私達は空を見る。

そこには私達の味方となったゴールデンドラゴンとシルバードラゴンが、空を飛ぶ魔物達と激戦を繰り広げている姿があった。

「あの二人、というか二頭のドラゴンが原因かしらね？」

パッと考えられる原因というと、そのくらいよね。

そりゃあレクスさんは規格外の存在だけど、レクスさんを知らない魔物には関係のない話だし。

となればゴールデンドラゴンとシルバードラゴンという見た目からわかる規格外の存在の方が脅威を感じるでしょうね。

「あっ」

とその時、メグリが何かに気づいて声をあげる。

「どうしたの？」

メグリは何とも言えない微妙な表情でこちらを見てくる。

「……ゴールデンドラゴンにレクスが乗ってなかった」

「「「……え？」」」

どういう事!?　レクスさんはゴールデンドラゴンに乗って、町を包囲する魔物達のかく乱に向かっていた筈よね？

「っていうか、この距離でなんで分かるの!?」

ドラゴン達は空の上で物凄いスピードを出して戦っている。

私達も魔法で空を飛ぶ事は出来るけど、あれほどの速度で飛びながら戦うのは無理だわ。

そんな速度で動いているドラゴンの背中に人が乗っているかを確認できるなんて、この娘どんな眼を持っているの!?

「身体強化魔法を使って目に魔力を集中したら見えた」

そしたらメグリはさらりととんでもない答えを返してきた。

「え!?　身体強化魔法ってそんな事も出来るの!?」

私は身体強化魔法の魔力をメグリの言うとおり目に集中させて空を見る。

けれど彼女が言う様に空を飛ぶゴールデンドラゴンの背中を確認する事は出来なかった。

「見えないわよ？」

「俺も見えねぇぞ」

「私にも見えないわね」

やっぱりジャイロ君達にも見えないみたいね。

「ええと……多分ですが、身体強化魔法の属性や使い方が違うからじゃないでしょうか？　盗賊であるメグリさんは斥候としての役割が重要ですから、観察する力に長けているんだと思います」

とノルブ君がメグリにだけゴールデンドラゴンの背中を確認出来た理由を推測する。

「成る程ね、そういえば私達の身体強化魔法って、それぞれ属性が違うものね」

改めてお互いの魔法の違いを知り、私は自分の覚えた魔法も皆とは違う使い方が出来るんだろうかと考えてしまう。

「……けど今はあっちの方が問題よね」

今考えるべきはそっちじゃないと気を取り直した私は、再び空を飛ぶドラゴン達の姿を見る。

「そういえば、地上の魔物は撤退したのに、ドラゴン達はまだ戦っているのよね」

これはどういう事だろうか？

地上の魔物が撤退したのなら、空の魔物も撤退するのが当然なんじゃないの？

それとも、敢えて空の魔物をドラゴン達と戦わせている？

そしてその空にレクスさんは居ない……

じゃあレクスさんは一体どこに？

そう思った時だった。

ドガァァァァァンッ!!

凄まじい轟音と共に、地上の魔物達が集まっていった場所が大爆発を起こした。

「……ぐ、偶然よね？」

あそこにはたまたま魔物が集まっていただけであって、実はあそこにレクスさんが居て魔物が殺到していたとか、そんな馬鹿な理由の筈が……

「まさかたまたま魔物達が集結した場所にたまたまレクスが居て、魔法で大爆発を起こしたとか？」

「凄くありえそうで返答に困りますね」

ミナの推測に、ノルブ君が苦笑しつつも否定出来ないでいる。

うん、正直私もそんな気がしたような気がしなくもない。

「まぁ普通に考えて、あんな大魔法を使う事の出来る人間は限られるものね……」

たまたま偶然Sランクの魔法使いが町にやってきたという可能性もないわけではないけれど、さすがにこれ以上は自分でも往生際が悪いと思う。

「となると、やっぱりアレはレクスさんが起こした爆発って事になるのかしら？」

などと話していると、後方で爆発に巻き込まれた魔物達がこちらに吹き飛ばされてくる。

「とりあえず、あの爆発の方に向かうのは色々と危険みたいだから、私達は吹き飛ばされてきた魔物にとどめを刺して回りましょうか」

「そうね、それが良いわ」

「あれ、レクスさんからしたら魔物達が自分から近づいてきて、こちらから向かっていく手間が省けてラッキーくらいにしか思っていないですよね？」

「ええ、私もそう思うわ、間違いないわね」

そんな訳で、私達は本来の役割である町の護衛を行う為に、吹き飛ばされてきた魔物達にとどめを刺して回るのだった。

◆

魔物共が龍帝に殺到する。

その陰に隠れて同胞達が全周囲から龍帝を仕留めるべく向かう。

だが龍帝は魔物共への対処に手一杯で、気配を潜めて高速で接近してくる同胞達に気づく様子は無い。

万が一龍帝の行動がなんらかの陽動であった場合を考え、我だけは龍帝への攻撃を控え周囲を警戒していたのだが、どうやらいらぬ心配であったようだ。

龍帝の首を獲るという大手柄は連中に取られてしまうが、なに作戦を立てたのは我だ。

我の献策あっての事と考えれば、我の功績が揺らぐ事もない。

あとは倒した龍帝の首を晒して人間共の戦意を挫き、町の住人を人質にしてシルバードラゴンを従える竜騎士を降伏させれば良い。

最小限の労力で最大限の結果を。

それこそが我のやり方よ。

「さて、そろそろ龍帝の首が落ちる頃……ぬっ？」

とその時だった。

突然龍帝の居る場所から眩い光が生まれたのだ。

「なっ何ご……!?」

何事だ、言おうとした私の言葉を、凄まじい光と轟音がかき消す。

「ううぉあぁぁぁぁぁっ!?」

更に光に遅れるように衝撃波が我を襲う。

「ぬぅおっ!?」

衝撃波で吹き飛ばされぬよう、我は必死で力を込めて踏ん張る。

そしてようやく衝撃が収まった事で、我はゆっくりと目を開いてゆく。

一体何が起きたのかと。

「…………っ!?」

目を開けた我の視界に入ってきたのは、誰一人として立っている者が居ない荒れ果てた荒野であった。

「こ、これは!?　一体!?」

否、違う。

立っている者は居た。

一人だけ、何事もなかったかのように立っていた者が。

「いやー魔物達が自分から近づいてきてくれるから、すっごい楽だったなぁ」

その者は、自分が魔物の群れに襲われていた事など気付いていないかのような口ぶりだった。

それどころか、数十人の魔人に命を狙われていた事にすら……

龍帝は、気付いていなかったのだ。

「ふー、とりあえずこれで一通りは倒したかな？　あとは空で戦っているリューネさん達の援護かな」

「っ!?」

その言葉に我は気付いてしまった。

気付いてしまったっ!!

我等は龍帝を追い詰めていたのではなく、龍帝によって誘い出されていた事に！

いつだ!?　いつから我等魔人が自分を狙っている事に気付いた!?

よもや我らの策を全て見抜いていたというのか!?

龍峰に仕込んだマジックアイテムの事も!?

あれはただ町の防衛を準備していただけでは気付きようがないもの！

あそこに罠を仕込んでいることに気付いていなければ、対処しようもなかった筈！

いやそれどころか、気付いていて尚龍帝は自らを囮にしたというのか!?

我等に襲い掛かられると確信して!?

自らの命が脅かされると分かっていて!?

「違う……」

そうだ、違う。

違うのだ！

龍帝は、龍帝は、我等の事などカケラも歯牙にかけていなかったのか!?

我等など、自分一人で対処出来ると確信していたからこそ、あえて単独行動を取ったという事か!?

「全て掌の上だと……!?」

「あれ？」

何かに気付いた、そんな誰かの声を聞いて我に返ると、龍帝がこちらをじっと見つめている事に気付く。

「……」

「……あ、魔人だ」

「ギャァァァァァァァァァァァァァァッ!!」

我は全力で逃げ出した。

第１０９話　逃げる追う

「ぎゃぁぁぁぁぁぁぁ!!」

我は逃げた。

全力で逃げた。

恥とかプライドとかそのようなものは一切投げ捨てて逃げた。

アレは違う。

明らかに違う、異常だ。

数千の魔物と50の魔人に襲われて傷一つ負わず、ただの一発の魔法で殲滅できる者など、あり得る筈がない。

アレは人間の形をした何か別の存在だ。

「こら待てーっ！」

「ひぃっ!?」

後ろから我を追う声が聞こえてくる。

しかも近い！　かなり近い！

我は必死で逃げる。

だが既に全力で走っている。

これ以上の速さで逃げる事は出来ない。

なら飛べばいいだろう、背中の羽は飾りか？　と言われるかもしれんが、空を飛ぼうとすると、一瞬だが隙が出来る。

飛びあがった瞬間は僅かに速度が落ちるのだ。

その僅かな速度の低下は、間違いなく我を死へと誘う。

推測ではない、本能が伝えてくるのだ。

だがこのままでは間違いなく捕まる。

今も少しずつ距離が縮まっている。

「どうすれば……どうすれば……っ!?」

その時、我はある物の存在を思い出した。

「そうだ、これなら!?」

右手の指に嵌めたそれは、我があの御方より授かった品。

使い捨てではあるが、発動させれば一瞬でこの場より逃走出来る転移の力が込められた指輪のマジックアイテムだ。

「背に腹は替えられん！」

貴重なアイテムを逃走の為に使うのは恥だが、今はそんな事を言っている場合ではない。

「指輪よ！　我を誘え！」

発動の言葉を唱えると、指輪の魔力が発動する。

◆

次の瞬間、我の体は不可思議な空間へと投げ出された。

「こ、ここは!?」

突然の景色の変化に我は驚いたが、すぐに現状を思い出し急ぎ後ろを振り向いた。

だがそこには不可思議な空間が広がるばかりで、あの恐ろしい龍帝の姿はどこにもなかった。

「やった！　逃げ切ったぞ！」

龍帝から逃げ出せた喜びを我は全身で噛み締める。

安堵と共に全身から力が抜ける代わりに、我の心に温かな気持ちが満ちる。

ああ、敵がいないという事だけで、（魔）人はこれほどまでに穏やかな気持ちになれるのだな。

そして落ち着きを取り戻した我は、ここでようやく周囲の状況を見るだけの判断力を取り戻す。

「……ふむ、これが亜空間というものか」

我の周囲には何もなく、周囲の光景も何色とも言い難い複数の色が常に混ざり合いながら変化しているという不可思議な光景だった。

ゲートをはじめとした転移のマジックアイテムは、亜空間を経由して目的の空間へと使用者を誘うという。

ならばここは亜空間で間違いないのだろう。

「だがゲートを使っての転移ではこの様な空間に出る事はなかったが、このマジックアイテム特有の現象という事か？」

まさかこのまま亜空間に永遠に取り残されるのでは？　と不安に思った我であったが、視界の先に小さな光が輝いているのを見た。

「あれは……」

光に近づくにつれ、その光の中に見覚えのある光景が見えてくる。

「おおっ！」

良かった、どうやらマジックアイテムが不良品だった訳ではないようだ。

我は安全な場所へと帰還出来る事を心から喜ぶと共に、いかにすればあの化け物を倒せるかを思案する。

近づいての戦闘は論外だ。

遠距離からであっても気付かれたらそれで終わりだ。

50名からなる同胞と数千の魔物による一斉攻撃でも無理だった。

何か良い方法が無いものか……

「おっと、逃がさないよっと」

そうだ、もし失敗すれば今度こそ龍帝に……

「……え？」

何か今、聞こえてはいけない音が聞こえたような気が……

我は恐る恐る後ろを振り返る。

するとそこには……

「よいっしょっと！」

亜空間をこじ開けてこちらに無理やり入ってくる龍帝の姿があった。

「理不尽だぁぁぁぁぁぁぁぁぁぁぁっっっ!!」

何それ!?　素手!?　素手で亜空間をこじ開けてる!?

何で!?　何をしたらそんな事が出来るの!?

「ひはっ……」

悲鳴にもならない悲鳴が口から洩れる。

死ぬ、死んでしまう。間違いなく死ぬ。

転移のマジックアイテムを使ってまで逃げ出したというのに、亜空間にまで追ってくるなんて……
ダ、ダメだ、このままでは殺される。
元の空間に逃げだせても龍帝もセットでついてくる事になってしまう。

どっちにしても死ぬ!!　間違いなく死ぬ！

「ぬぬっ」

しかしその時、我は龍帝の姿に光明を見た。

龍帝の体がまだ完全に亜空間に入りきっておらぬのだ。

まだ体の半分、下半身が元の空間に埋まっていて、体を引き抜いている最中の様だ。

これはチャンスだ！

今この瞬間も、元の空間に戻る為の光はこちらに近づいてきている。

ならば奴をこの亜空間から追い出せば、元の空間に戻った時に我が陣地に龍帝が付いてくる心配はなくなる！

「ならば！　龍帝が自由に動けぬ今しかチャンスはない！」

我は元の空間から体を引き抜こうとしている龍帝に向かって全力で攻撃を放った。

「死ねっ龍帝ぃぃぃぃぃぃぃぃぃっっ!!」

龍帝に命中した魔法が炸裂し、その余波が亜空間内に吹き荒れる。

至近距離での魔法の炸裂が我が身をも傷つけるが、そんな事は些細なものだ。

大切なのは龍帝をこの亜空間から追い出す事だ。

「体の一部が元の空間と繋がったままのあの状態では、満足な回避など出来まい！」

しかも爆発の直前、龍帝は防御魔法を使うそぶりすらなかった。

つまり龍帝が我の魔法の直撃を受けたのは間違いないという事だ。

龍帝を亜空間から追い出すつもりで放った魔法だったが、これは追い出すどころかそれ以上の成果となったやもしれんな。

「ふ、ふははっ、我が全力の一撃が直撃したとあっては、龍帝といえども……」

「ブラストランサー！」

巨大な魔力の槍が我の真横を通り抜けた。

直後、翼に激痛が走る。

「ぐわあぁぁぁぁぁっ!!」

見れば我の自慢の翼に大穴があいているではないか。

翼はほとんど千切れかけており、とても飛ぶ事など出来そうもない。

「わ、我の翼が……」

「まったく、いきなり攻撃してくるなんて、ビックリしたなぁ」

「っ!?」

再び聞こえてきたあの声が、我の背筋を凍らせる。

視線を戻せば、そこには傷一つない龍帝の姿があった。

「あ……ありえん!?」

馬鹿な!? 防御魔法も使わずに我が魔法を無傷だと!?

人間は呪文を唱えねば魔法は使えぬし、そもそも生身の人間の体は我等魔人とは比べ物にならないほど脆いというのに、何故生きているのだ!?

「あ、あれ？」

その時だった。

龍帝の体が亜空間に飲み込まれ始めた。

「いや違う、元の空間にはじき出されるのか!?」

「くっ！ ブラストランサー！」

元の空間に引き戻される直前、龍帝が再び魔法を放ってくる。

だが不意打ちならともかく、引き戻されまいと抵抗して狙いが甘くなった魔法にあたりなどせぬわ！

無理に魔法を放とうとしたのがいけなかったのだろう。

魔法を放った事で引き戻す力への抵抗が弱まった様で、一気に龍帝の体が元の空間へと押し返された。

それと同時に、我はまばゆい光に包まれる。

「くっ!?」

そしてゆっくりと目を開けた時には、我は見覚えのある部屋に居た。

「も、戻ってきたのか……？」

我はしばし呆然となって周囲を見回していたが、すぐにさっきの事を思い出して背後を振り向く。

急ぎ千切れかけた翼にハイポーションをかけて血を止める。

ハイポーションを使った治療では即座に飛行可能にはならないが、重要なのは出血を止める事だ。

本格的な治療は後ですればよい。

我は再び龍帝が空間を引き裂いて現れないかと何度も周囲を見回しながら警戒したが、いつまで待っても龍帝が現れる気配はなかった。

「……こ、今度こそ逃げ切った……のか？」

龍帝が追ってくる心配が無くなったことで、安堵と共に我の体から力が抜ける。

「い、生き残った、生き残ったぞぉぉぉぉっ!!」

たった一人、生き残ったのは自分ただ一人。

その事があの方に知られれば、我は厳しく罰されるだろう。

だがそれでも、我は生き残った事を心から喜ぶのだった。

◆

「うん、反応はあるね」

元の空間へと押し出された僕は、慌てることなくマーカーの反応を確認する。

「ふむふむ、それほど離れてはいないみたいだね」

あの時、魔人が転移のマジックアイテムを使った事を察した僕は、すぐに転移魔法に介入し、生じた空間の歪みを見つけてこじ開けた。

そのまま魔人を倒そうとしたんだけど、ここ最近の魔人との遭遇率の高さを考えると、一人倒したところで大した意味はないんじゃないかと考えたんだ。

だってもしここで魔人を倒したとしても、別の魔人が別の悪事を働く可能性が高いからね。

それはこれまでの魔人との戦いを考えれば、容易に想像できることだった。

だからこのまま魔人の本拠地に連れて行ってもらおうかと思ったんだけど、よく考えると町ではまだ皆が戦っている最中だ。

このまま魔人の本拠地に転移したら、町に戻ってくるまで時間がかかってしまう。

さすがに町を放っておくわけにはいかない。

そう考えた僕は、魔人に攻撃をするフリをして相手の位置を知る事の出来るマーカーを打ち込んだ。

狙い通り、相手は羽を傷つけられたショックと痛みでマーカーを打ち込まれた事に気づいていない。

後は元の空間に押し出されるフリをして亜空間から離脱して、元の空間に戻ってからマーカーがちゃんと作動しているかを確認した。

「マーカーはちゃんと作動しているし、これでいつでもあの魔人の所に転移可能だね」

そうと分かれば、あとは町を襲っていた魔物達を殲滅するだけだ。

さっき向かってきた魔物達を纏めて退治したけど、皆を巻き込まない様に威力を弱めていたから、完全には倒し切れていないんだよね。

「それじゃあさっさと残った魔物達をやっつけるとしようかな！」

第110話　影の絶望

逃げた魔人にマーカーを打ち込んだ僕は、亜空間を脱出して元の世界へと戻ってくる。

亜空間で経過した時間は極々僅かだったみたいで、周囲はさっき倒した魔物達で埋め尽くされている。

後方にいた魔物達は距離が離れていたおかげで、先ほどの攻撃の直撃を避けていたらしい。

ダメージはあるもののまだまだ戦えそうだ。

「よっと！」

身体強化魔法で足を強化した僕は、跳躍して上空から戦場を見回す。

門のあたりは冒険者さん達が追い払ったんだろう、魔物の姿はなかった。

今はこちらに向かってくる魔物達を追撃する形で前進している。

「ん？　何だ？　あっちの魔物達が変な動きをしているぞ？」

よく見ると、町を守る防壁の外、丁度門の正反対あたりにいる魔物の群れが、動いたり進んだり戻ったりを繰り返したり、時折突然あらぬ方向に移動したりしていた。

「あれは一体なにを……あっ」

その奇妙な動きに首を傾げた僕だったけれど、魔物達の群れの手前で、白くて丸いモノが動き回ってる事に気づいた。

「モフモフのしわざかぁ」

そう、魔物達が止まった先にはモフモフが居たんだ。

モフモフは魔物達に襲い掛かり、魔物達は慌ててモフモフから離れようとするんだけど、すぐにモフモフが反対側に回り込んでその動きを止める。

どうやら魔物達はモフモフから逃げようとしてあっちへ行ったりこっちへ行ったりしていたみたいだ。

そして逃げ遅れた魔物から順番にモフモフの餌食になっていった。

「うん、あの魔物達はモフモフに任せておけば良さそうだね。良い運動にもなるだろうし」

でも今夜のご飯は少なめにしておこう。

食べ過ぎて太ったら大変だからね。

「でもそれ以外の魔物達は全部こっちに向かってきているな。やっぱりさっきの魔人が魔物達に命じてこっちに集まるよう、指示を出していたみたいだね」

戦いが始まった直後、僕は魔物達の包囲網を分断する為に魔法でいくつもの壁を町の周囲に作った。

その壁に進行を阻まれていた魔物達が、壁を迂回してこちら側に向かってきていたんだ。

「でもなんで包囲を解いたんだろうね？」

うーん、破壊しようとしていた防壁が、魔法で強化されている事に気付いたからかな？

時間がなかったから、そこまで強い防御魔法をかける事は出来なかったけれど、今回集められた魔物達は数が多いばかりでたいして強くない雑魚ばかりだった。

だから壁を壊すには戦力を集中して、一点突破をした方が良いと考えたんだろう。

一枚板の分厚い壁を壊すよりは、開く為に稼働する門の方が構造的に破壊しやすいもんね。

それに大して強くない魔物でも、犠牲を考えず数を頼りに突っ込んで来たら、迎撃しきれなかった魔物達が門を突き破って町の中に侵入してしまうかもしれない。

それはちょっと良くないね。

「けど、それなら魔人が直接出てこなかったのは何故なんだろう？」

僕なら魔物を囮にしておいて、自分達で確実に門なり壁なりを壊すけどなぁ。

「うーん、それも何かの作戦なのかな？」

まぁそれも後で逃げた魔人を捕まえればわかる事かな。

「今は今出来る事をしようか！　ハイエリアマーシュバインド！」

大分近づいてきた魔物の群れの第二陣に向かって、僕は広範囲拘束魔法を放った。

すると突如魔物達の足元が水浸しになり、そのまま底なし沼となって引きずりこんでゆく。

ハイエリアマーシュバインド、これは広範囲に底なし沼を作って対象を足止めする魔法だ。

魔物達は深い泥に足を取られてまともに歩けなくなり、体の半分以上が沈み込んだところで泥は水気を失って再び土の地面へと戻った。

「向こうの魔物達も……っと！」

そして別方向から向かってきた残りの魔物の群れも全て拘束すると、丁度こっちに向かってきていた冒険者さん達が到着する。

「な、なんだこりゃあ!?　魔物の群れが地面に埋まっちまってるぞ!?」

魔物達と戦う為にやってきた冒険者さん達が、拘束された魔物達を見て驚きの声を上げる。

「お、おい坊主、お前が魔法でやったのか？」

まぁ広範囲拘束魔法なんて、あんまり使う人のいないマイナー魔法だからなぁ。

僕の知り合いも拘束するくらいなら一瞬で全滅させようぜって人達が多かったし。

でも今の僕は英雄ではなく冒険者だ。

なら倒した魔物の素材を高値で売れる様に、なるべく魔物の商品価値を落とさないようにしないとね。

さっきは町を守る事を優先して範囲攻撃魔法を使っちゃったけど、これまでの戦いでそこまで強い魔物は居ないと分かったからね。

「はい、数が多かったので魔法で拘束しました。僕はまだやる事がありますので、トドメを刺すのは皆さんにお任せしてかまいませんか？」

「そ、そりゃ構わんが……良いのか!?　手柄を取っちまうことになるぞ!?」

僕が拘束した魔物を倒しても良いと言われ、冒険者さん達が色めき立つ。

まぁ何も知らない人から見たらわざわざ魔物を縛って差し出されたようなものだからね。

「ええ、見ての通りたくさん居ますからね。一人で全ての魔物にトドメを刺したうえ、素材の剝ぎ取りまでしていたら時間がいくらあっても足りませんから」

まだ魔人の事もあるしね。

回せる仕事は別の人達に任せるべきだろう。

「な、成る程な。確かにこれだけの魔物を1匹ずつ仕留めてたら日が暮れちまうぜ」

「……分かった。この魔物達は俺達が引き受ける。あんたはやる事ってのを済ませると良い」

流石冒険者さん達は話が早くて良いね！

これが前世の騎士団とかだと手柄の奪い合いとかで無駄な時間を取られたんだけど。

「安心しな、お前さんが魔物を拘束してくれた事はちゃんとギルドに報告するし、その分の分け前は貰えるように頼んでおくからよ！」

「え？　いや別にそんな事までは……って、あなた達は」

その冒険者さん達の顔を見て僕は思い出した。

彼等は僕の解体教室に参加した冒険者さん達だ。

「アンタのお陰で俺達ャドラゴンの解体の仕方を覚えられたうえに切れ味のいい武器も譲って貰えた。その分の借りは返すぜ！」

「そういうこった。俺達解体師も手伝うぜ。何せ魔物の解体は俺達の専売特許だからな！」

「「そういうこった！」」

見れば冒険者さん達だけでなく、町の防衛の為に参加した解体師さん達の姿もあった。

「皆さん……」

「よーっし！　それじゃあ俺はあの魔物にトドメを刺すぜ！」

「あっ、手前っ！　そりゃAランクの魔物じゃねぇか！」

「へへっ、相手はろくに動けないんだ、早い者勝……ぐはぁ!?」

あっ、魔物に向かっていった冒険者さんの一人が魔物の尻尾にはじかれて吹き飛んだ。

「馬鹿が欲をかくからだ。足を封じられた状態でも攻撃できる魔物は多い！　気を付けて戦え！」

「「おうよっ！」」

やる事を決めた冒険者さん達の動きは早い。

皆一斉に魔物に群がっていった。

「尻尾での反撃に気をつけろ！」

「分かってるよ！　だが普通に戦うよりもよっぽど楽だぜ！」

「そうそう、それに俺達にはこのドラゴンの鎧と槍があるからな！」

「もうこれ無しじゃ戦えねぇよ！」

「魔物を狩りまくって絶対この装備買い取るぜ！」

冒険者さん達は楽に勝てる魔物、反撃してくる魔物、足を拘束されても危険な魔物と自分達に合った魔物に向かっていく。中には自分のランクより上の魔物に攻撃をしかけてさっきの人みたいに吹き飛ばされている人もいる。

というか、ドラゴンの装備を買うならこんな間に合わせの品なんかじゃなくて、もっと良いのを買えばいいのに。

「さっきまで命懸けで戦ってたのに、まるでお祭りね」

と、そんな事を考えていたらリリエラさん達がやってきた。

「お疲れ様です。門は大丈夫でしたか？」

「ええ、途中から魔物達が攻めるのをやめてこっちに向かい始めたから、私達は逃げる魔物達の背中を攻撃する形になってだいぶ楽だったわ」

なるほど、魔人の方針転換で、リリエラさん達の戦いも楽になってたみたいだね。

「でも勿体ねぇなぁ。あれ兄貴の魔法だろ？　なんでわざわざ他の連中に手柄を譲っちまうんだよ」

とジャイロくんは僕が魔物達の討伐を他の冒険者さん達に任せたのが不満みたいだ。

ちゃんと分け前は用意してくれるみたいなんだけどね。

「数が多かったからね。全部自分で仕留めるよりも、ここは任せて魔人を追う事を優先しようと思った<ruby>んだ」

「ああ、魔人なら仕方ないわよ……ね？」

「「「「って、魔人っ!?」」」」

リリエラさん達がギョッとした顔でこちらを見てくる。

「何!?　また魔人が出てきたの？」

ええ、またなんですよね。

「町が突然あんな大量の魔物の群れに襲われるなんて、おかしいと思ったのよ。魔人が関わっていたのね」

それなら理解できると皆納得の顔を見せる。

以前と比べると、皆慣れてきたなぁ。

「それで、これからどうするの？」

リリエラさんが僕にこの後の方針を聞いてくる。

「魔人の体に追跡用のマーカーを取り付けることに成功したので、姿を消して追いかけて、仲間と合流した所で纏めて叩き潰そうかなって思ってます」

「魔人を纏めて叩き潰す……かぁ」

「普通に考えるととんでもない事言ってるんだけどねぇ……レクスが言うと普通に出来る事のように聞こえるから、気をつけないといけないわね」

「「「分かる」」」

えっ！　別に魔人を倒す事は普通に出来ると思うよ!?

「でもそういう事なら私達はついていかない方が良いわね。姿を消すって例のアレでしょ？　私達は手を繋いでないといけないヤツ。以前の時の様に外で使うなら良いけど、もし逃げた魔人の隠れ家が狭かったら私達がついて行っても邪魔になるだけだわ。誰かがうっかり魔人とぶつかったら終わりだもの」

確かに、僕の魔法は仲間も一緒に姿を消せるように作った事で、触れた人を仲間認定してお互いを見る事が出来る様になっている。

だから接触してしまうと仲間でない人まで魔法に巻き込んじゃうんだよね。

魔人達の総数を確認する前に追ってきた事がバレたら大変だというリリエラさんの意見は確かに正しい。

「そうですね、まずは僕が魔人の逃げた先がどんな場所なのかを偵察してくるべきですね」

「レクスさんなら偵察がそのまま事件解決になりそうだけどね」

「「「思う思う」」」

さっきから何で皆してハモるのかなぁ？

「じゃあちょっと行ってきますね」

「ええ、私達はレクスさんが戻ってくるまで、残った魔物の始末を手伝ってるわ」

「よろしくお願いします！」

よーっし、それじゃあ改めて逃げた魔人の追跡にいこうか！

◆

「き、消えた……い、いや転移魔法……なのか!?」

その光景を俺は見ていた。

人間、いや龍帝が不意に姿を消したのだ。

あれは間違いなく転移魔法だ。

だがありえん、今の時代の人間共は過去の大戦で技術の大半を失った筈だ。

我等魔人ですら知恵の一族が最近になってようやく復活させた技術なのだぞ!?

「これは……大変な事になった」

人間が転移魔法を使えるとなれば、俺達の戦略に大幅な見直しを図らなければならなくなる。

そう、俺達魔人の再侵略計画に大幅な修正が必要になるかもしれんのだ。

「これはむしろ、龍帝の暗殺を失敗して正解だったのかもしれんな」

そうだ、龍帝の暗殺に失敗はしたものの、まだまだ龍帝を暗殺するチャンスはある。

それよりも人間共が転移魔法を持っている事を知る事が出来た事の方が重要だ。

もしこの事を知らずに再侵略計画を実行していたら、人間共の有する転移魔法によって手痛い反撃を受けていた事だろう。

「全く、死んだ振りをしていて正解だったな」

そうなのだ。先程の龍帝暗殺で俺が担当した配置は、運悪く魔物共の数が多い場所だった。

これでは龍帝暗殺の手柄を他の連中に取られてしまうと忌々しく思ったのだが、今回に限ってはそれが功を奏した。

おかげで俺は、周囲の魔物共を盾にして龍帝の攻撃から生き残る事が出来たのだからな。

この情報を持ち帰れば、任務失敗の罰を受けずに済むだろう。

それどころか戦略的価値のある情報を持ち帰った功績で知恵の一族の者の代わりに、どこかの作戦指揮を任される事になるやもしれん。

「これは運が回ってきたぞ」

既に龍帝は居ない。

知恵の一族を追うと言っていたのだから、龍帝が向かったのはおそらく隠れ家の方だろう。

ならば俺は本拠地に向かうべきだろうな。

そこで報告を行い、龍帝討伐の為に隠れ家に向かうことになるだろう。

おや？　そうなると龍帝は転移魔法の情報を知られただけでなく、隠れ家に一人で向かった事で丸腰同然じゃあないか？

「くくく、龍帝よ。俺達を全滅させたと思って死体の確認をしなかったのが災いしたな」

急ぎ本拠地に戻ろうとした俺だったが、ふと考えを改める。

「このまま帰るのも癪だな。せめて十産が欲しいところか」

そうだ、このまま本拠地に戻ったらまるで逃げ帰ったみたいではないか。

それは面白くない。

幸いにも今は龍帝の姿がない。

そして周囲には浮かれた人間共。

「くくっ」

ならばやるべき事は一つ。

負傷こそしているものの、この程度の人間共が相手ならハンデにもならんわ！

残った人間の戦士共をまとめて血祭りに上げてくれる！

「ふははっぐぁっ!?」

その時だった、高笑いと共に立ち上がろうとした俺の背中に激痛が走ったのだ。

「な、何だ!?　先ほどの攻撃で翼を負傷したのか!?」

負傷を確認する為に翼を広げ、首を後ろに回しながら視線を向ける。

翼が重い、これは重傷かもしれん。

「……な、何だこれは!?」

その光景に俺は驚いた。

なんと俺の背中、翼の根元近くに白く丸い毛玉がくっついていたのだ。

一体これは……？

「キュウッ」

その時だった。白い毛玉が鳴き声と共に動いたのだ。

「生き物だと!?」

見たこともないその生き物に驚きを感じると共に、俺の心に怒りが湧いてきた。

「このケダモノが！　誇り高き我等魔人の翼を食うつもりか！」

怒りに支配された俺は、人間共の前にこの毛玉を引き裂く事にした。

「毛玉め！　貴様の血でその白い体を真っ赤に染めてくれるわ！」

俺は毛玉から生えた二つの角を掴んで左右に広げる様に引き裂いた。

引き裂いた、筈だった……

「ば、馬鹿な!?」

なんと信じられない事に、毛玉の体はビクともしないではないか!?

「くっこの！」

すぐに本気を出して両腕に力を込める。

だが全力を出しているというのに、この毛玉は引き裂かれるどころか苦しむそぶりも見せない。

毛玉はポンと跳ねると俺の前に着地する。

「キュウ～？　キュキュ？」

何を言っているのか分からん。

だが侮辱されているのは間違いなかった。

「こ、殺してやる！」

許せん！　下等なケダモノ如きが魔人であるこの俺を嘲笑うなど！

「万死に値する！」

俺は魔力を全開して目の前の毛玉に最大級の魔法を放つ。

「人間共とは比べ物にならぬ我等魔人の魔力、至近距離で喰らうがよいわ！」

魔力が物理的な力へと転化され、俺の目の前で爆散する。

愚かな毛玉は哀れ消し炭だ。

「ふん、少々大人気なかったか……なぁぁぁぁっ!?」

今度こそ確実に屠《ほふ》ったと思った。

まともな形など留めていないと確信していた。

だというのに！

「キュウ？」

あの毛玉は目の前で何事もなかったかの様に立っていたのだ。

「な、なな……」

ありえない、そんな事はありえない！

俺は魔人だぞ!?　人間以上の肉体の強さを誇り、人間以上の魔力を持つ魔人だ！

その俺の攻撃を受けて、傷一つないだと!?

一体この生き物は何者なのだ!?

「キュウ～ン」

毛玉が嘲りの声をあげる。

まるで「もう終わりか?」とでも言いたげな目をこちらに向けて。

そして俺は見た。

毛玉が血の様に真っ赤な口を大きく開ける光景を。

「ギャァアアアアアアアアアアアッ!!」

ああ、欲をかかないでさっさと逃げていれば良かった……

第111話　魔人ホイホイ

「ここが魔人のアジトか」

僕は魔人のアジトを崖の上から眺める。

それは大きな峡谷に作られた要塞の廃墟だった。

魔人に取り付けたマーカーの反応を追って、僕は魔人のアジトへとやってきた。

最初は転移魔法でちゃっと行ってちゃっと殲滅しようかと思ったんだけど、そこがどんな場所で魔人がどれだけいるかわからなかったから、あえて飛行魔法でやってきたんだ。

もし跳んだ先が市街地で、更に魔人が沢山いたら即戦闘になって町の人達に犠牲が出る危険が大きかったからね。

それに転移魔法を使うと、姿隠しの魔法で自分の姿を消していても次元の歪みを見られて侵入がバレちゃう危険が高い。

何よりいいかげん魔人達の暗躍に巻き込まれるのはゴメンだったから、ここらで魔人を一網打尽にしてしまいたいという思いもあったんだ。

幸いマーカーの反応が止まった場所は僕達の居た町からそれほど離れてはいなかったのも好都合だった。

せいぜい飛行魔法で数時間程度の距離だったからね。

探査魔法を使い要塞内で何十もの生命反応が動き回っている事を確認する。

朽ちて破棄されたことは確実なのに、それでも誰かがいるというのはやっぱり怪しい。

「しかし谷底に作られた要塞とか、おかしな場所に作るなぁ」

この要塞は長い事使われていないらしく、見た目はボロボロだ。

とはいえ、それでも最低限の保存魔法はかけられているらしく、手入れをすれば使えそうではある。

「うーん、前世の僕が生きていた頃の地方要塞に似ているなぁ。壊れてるみたいだし、同じ時代の遺跡なのかな?」

ああそういえば、この間の洞窟の中に作られた研究所は白き災厄っていう魔獣を倒す為の秘密施設だったたし、この要塞もそういった目的で谷底に作られたのかもしれない。

「じゃあ行きますか」

すでに姿隠しの魔法を発動させている僕は、臆する事なく廃墟の要塞へと向かっていった。

◆

「やっぱり見覚えのある構造だなぁ」

僕は要塞の中を進みながらも、その建築様式や内装に懐かしさを覚えていた。

英雄時代はよくこういう要塞に送り込まれて魔獣や魔人と戦っていたなぁ。

あれも良い司令官だったら軍と連携がとれて戦いやすいんだけど、メンツや名誉に拘る人だと、自分達で解決しようとなかなか戦わせてもらえなかったりして被害が増えるから大変だったんだよね。

そしてとばっちりを受ける騎士や兵士の人達を守る為に、出撃許可が降りてなくても援護出来るようにハイエリアヒールとかの範囲魔法を使ってこっそり基地内から援護してたりしたんだよねー。

「おっと」

要塞内の基地を懐かしんでいたら、前方から足音が近づいてくる。

勿論、気配の正体は人じゃない。

二人組の魔人だ。

恐らくは要塞内の見回りだろう。

彼等は退屈そうに世間話をしながらこっちに向かってくる。

「そういえば聞いたか？　龍帝を襲撃に行った連中が全滅したって話？」

「はぁっ!?　なんだよそれ？　あれだけの軍勢を引き連れて失敗したっていうのか!?」

ああ、町を襲ってきた魔人達の事だね。

「なんでも龍帝一人に返り討ちにあったらしい」

「嘘だろ!? 龍帝ってそんなに強いのかよ!?」

「いや、ゴールデンドラゴンが龍帝に従った事で、上の連中は竜騎士団が極秘裏に復活している可能性があると警戒してるらしい。今回の件もあえてゴールデンドラゴンの存在を表に出す事で、我等をおびき出したのではないかと考えているみたいだな」

「俺達の方が誘い出されたってのか!?」

「その可能性が高いそうだ。竜騎士団の立て直しが完了し、我等を誘い出す事で大規模な実戦訓練を行ったんじゃないかって話だ」

えーっと、そんな事考えた覚えはないんだけど。

どっちかというと、急いで迎撃準備を整えただけなんだけどなぁ。

「現に町の戦士団は明らかにドラゴンの素材を使った簡素な武器を装備していたらしい」

「なんで簡素なんだ？」

「見た目の貧相さの割に、異常に性能が良かったそうだ」

え？ そんな仕込みをした覚えはないよ？

あれはあくまでも装備を整備中だった人達の為の予備装備でしかなかったんだけど。

「なるほど、明らかに偽装だな」

「ああ、みすぼらしい装備のフリをしてこちらの目を欺き、一網打尽にしたわけだ」

ええと、それは幾ら何でも……いや待てよ？

もしかしてそういう事だったのかな？

あのギルドからの依頼、本当にそういう用途で頼まれたんじゃあ。

町には本命の偽装した装備が用意してあって、それに信憑性を持たせる為に僕に数を揃える事を頼んできたんじゃないかな。

成る程、納得したよ！

冒険者さん達が急場凌ぎで作った装備を絶賛していた理由も、実はあの人達は本命の装備を身につけた町を守る守備隊の兵士達だったんだろう。

さすが龍国ドラゴニアの守備隊だね。

竜騎士が居なくなっても外敵に対する準備を進めていたんだ。

うん、龍帝が居なくなっても、その遺志は受け継がれているんだね。

などと考えていたら、世間話をしていた魔人達は僕の横を通り過ぎて行ってしまった。

「さて、僕も要塞の中を確認しないとね」

要塞はすでに朽ちているから、人間を巻き込む心配はないと思うんだけど、もしもどこかから誘拐されてきた人質が居たらマズい。

それに魔人達の本拠地に移動できる転移ゲートもあるかもしれない。

それが見つかったら、暫くは僕達人間に手出し出来ない様にダメージを与えておくべきだろうね。

と言うわけで僕は要塞内部を歩き回る。

探査魔法で要塞内に何人居るかはわかるし、人間かそれ以外かもある程度は判別できる。

でも万が一の為に自分の目で確認しておく必要があるのは間違いない。

「それにしても、魔人は僕達の遺跡を利用するのが好きだなぁ」

新しく建てるのが面倒なのか知らないけど、いいかげん家賃を取ってもいいんじゃないかな?

「……あっ」

家賃という単語で、僕はある考えを思いつく。

「うん、良いかもね、それ」

そうと決まれば早速行動を開始する。

幸いこの要塞の構造は前世の一般的な要塞と大差ない。

「多分こっちの方に……ああ、あった」

そう時間もかからずにお目当ての場所にたどり着いた。

場所が場所なので、探査魔法には魔人の反応もない。

そこは大きな部屋で、中央には細い柱の上に巨大な球体が乗っており、球体から何本もの細い柱が部屋の各所に延びていた。

そしてこの丸い球体の正体、それは魔導動力炉だ。

言葉通り魔法の力で動く動力源なのさ。

前世の時代は強力な魔人や巨大な魔人に対抗する為に、要塞備え付けの防衛用マジックアイテムを動かす為の動力源を必要としていた。

人間の魔力だけじゃあ常時防衛設備を動かせないからね。

「うん、これなら修理すれば使えそうだ」

大分前に朽ちた要塞だけど、内部は状態維持の魔法が最近まで効果を発揮していたらしく、あまり傷んでいない。

この辺りは要塞の心臓部だから、外部に比べて保全に力を入れていたんだろう。

「では修理を開始しようか」

念のため部屋の外に音が漏れない様に消音魔法を室内に張ってから作業を開始する。

「こっちの部品は手持ちの素材で代用できるね。こっちはマジックアイテムで代用すればいけるか。あっ、これはドラゴンの巣で見つけたマジックアイテムの部品を使えるぞ」

僕は手持ちの素材やマジックアイテムを流用して魔導動力炉を修理していく。

ついでに制御装置も使いやすいように改造しておこっと。

「それにしてもこの要塞、使われていたのは最後の龍帝の時代なのかな？」

リューネさんが話していた龍帝と龍姫の物語では、全ての竜騎士達を引き連れて戦いに出向くと語られていた。

だとするとこの要塞の兵士達もその戦いに出向いたかここで最後まで戦ったんだろう。

それが魔人達のアジトとして利用されるなんて、なんとも皮肉な話だね。

「けど、この装置の構造、前世の時代とあんまり変わってないなぁ」

前世の記憶を思い起こしてもこの要塞の事を知らなかったって事は、多分この遺跡は僕が死んだ後に作られた物の可能性が高い。

でもその割にあまり設備に進歩が見受けられないって事は、龍帝の時代は前世の僕が死んだ時代とあまり変わらないのかな？

「よし修理完了！」

割と簡単に修理が完了したので、僕は早速魔導動力炉を起動させてみる。

すると僅かに要塞内に振動が走る。

作業も終わったので消音魔法を解除すると、大きなサイレンの音が耳に飛び込んできた。

うん、これは敵の侵入を知らせるサイレンだね。

勿論サイレンが知らせる侵入者とは魔人の事だ。

遠くから魔人達のものと思しき悲鳴が聞こえてくる。

同時に探査魔法で察知していた魔人達の反応が次々と消えていく。

「よし、防衛装置はちゃんと生きていたみたいだ」

前世の時代、こうした要塞は魔人の侵入を最も警戒していたんだ。

だから魔人特有の波長を防衛装置の警戒対象に組み込むのは最優先事項だったのさ。

そんな訳で要塞の動力が復活した事で、まだ壊れていなかった防衛装置が再稼働し、要塞内に侵入した魔人達の退治を始めた訳だ。

魔人達ももう壊れたと思っていた要塞に突然襲われてびっくりした事だろうね。

「毎度毎度僕達の時代の遺跡を利用していたんだ。たまには痛い目をみるのも良い経験になると思うよ」

そうして、しばらくすると要塞内から全ての反応が消えた。

「けっこうあっさり魔人達を殲滅しちゃったな。油断してたのか、それとも動力炉と違って防衛装置自体が高性能だったのか……ともあれ、侵入者の中に人間は居なかったみたいだね」

そう、この要塞が軍事施設で侵入者に厳しいといっても、同族である人間をいきなり殺したりはしない。とりあえず捕まえて素性を調べるものだ。

だというのに基地内の反応が一人残らず消えたって事は、この要塞内に人間は居なかったっていう証拠だね。

そして魔人の反応が消えると共に、鳴り響いていたサイレンも静かになった。

「よーし、これで要塞内の魔人は一掃だ！」

家賃も支払わずに無断で住み着く様な連中は、力ずくで追い出されても文句は言えないよね。

ちなみに、要塞の防衛装置が関係者でない僕に反応しないのには理由がある。

それはさっき魔導動力炉を修理していた際に、近くにあった制御端末から要塞内の防衛装置の中枢に潜り込んで、僕をこの基地の関係者だと登録しておいたからなんだよね。

いやー、制御装置の術式セキュリティが甘くて助かったよ。

何故そんな事が出来たのかって？

それはね、マジックアイテムを建物に組み込み管理する魔導建築を最初に作ったのが、前々世の僕だったからさ。

前々世の僕は、当時の王様に少人数でも大要塞並みに運用できるマジックアイテムを組み込んだ半自動要塞作りを命じられたんだ。

そんな事情もあって、魔導建築の基礎を知っていた僕には、すぐにそれがかつて僕が作った制御装置の発展系だと気づけたのさ。

基本がわかればあとは簡単。

予想以上に前々世の僕が作った装置と構造が酷似していた装置は理解が簡単で、すぐに要塞の管理権限を当時の管理者から僕に変えたわけだ。

「さて、それじゃあ要塞内部の探索を再開しようかな。魔人の本拠地につながるゲートがあると良いんだけど」

◆

魔人達を全て討伐する事にした僕は、要塞内を隅から隅まで探索した。

けれど残念な事に、魔人の本拠地へ行く事のできる転移ゲートは存在していなかった。

「さすがに最重要施設は別の場所かぁ」

ちょっと残念だけど、当然か。

ここは魔人達にとって仮の拠点だったみたいだ。

本拠地に行く為のゲートを設置するなら、もっと防衛設備に力を入れた本命の要塞にするのが普通だろうしね。

「しょうがない。今回は要塞内に居た魔人達を殲滅出来ただけでも良しとしよう！」

ちなみにマーカーを仕込んでおいた魔人も基地の中で倒れていた。

逃げられることなく、普通に倒しちゃったなぁ。

「それじゃあ一旦帰るとしようかな」

僕は転移魔法を発動して皆の待つ町へ戻る。

「後の事は魔人ホイホイに任せるよ。よろしくね」

◆

そこは地獄だった。

「ぎゃぁぁぁ！」

俺達は連絡の取れなくなった同胞達の安否を調べる為に、ドラゴニアの朽ちた要塞へとやってきた。

「コルデルがやられたぞ！」

そして誰も見つからぬままに奥へと進んで行くと、突然背後から悲鳴が上がったのだ。

それが地獄の始まりを告げるゴングだった。

「ぐわぁぁ！」

「ラザームッ!!」

なんと朽ちて動かなくなったはずの要塞の防衛装置が活動を再開し、突然俺達に襲い掛かってきたのだ。

「くそっ！　くそっ！」

同胞が防衛装置に攻撃を仕掛けるが、なんとこの装置には防御魔法を発動するマジックアイテムが組み込まれているらしく、まともにダメージが通らないじゃないか!?

「に、逃げろ！　とにかく外に逃げるんだぁぁぁっ！」

そうか、これは罠だったんだ。

要塞の奥まで入り込んだ愚かな侵入者が油断した瞬間、後ろから思いっきり殴りつけてくる恐ろしくも悪辣な罠。

「一体誰がこんな悪趣味な罠を！」

行きは何事もないかの様に見逃しておきながら、逃げる際には驚くほど多くの防衛装置が我々を逃すまいと迎え撃つ。

こうして俺達は出口にたどり着く事無く全滅し、その後も調査に来た同胞達が俺達と同じ末路をたどった。

そして数度の調査を失敗して、ようやく同胞達はこの要塞が何らかのはずみで機能を復活させたのだと判断し、それ以上の調査を諦めて要塞を放棄するのだが、既に死んでしまった俺達にとっては遅すぎる決断だった。

第112話　もしくは閑話　ある要塞の日常

ワイの名は防衛装置1029号。

ドラゴニアの要塞内部を守る防衛装置をやっとります。

暫く前まで機能を停止しとったんやが、ついこないだ再起動したんでまた仕事を再開したんよ。

いや驚いたでホンマ。

なんせ再起動したら要塞内に魔人がウジャウジャとおったんやから。

急いで魔人を一人残らず殲滅してやったわ。

そんな訳で要塞内は平和になった訳なんやけど、ちょっと暇やわ。

なにせ基地内には人間達は一人もおれへんし、魔人も殲滅してもうたしなぁ。

まぁ、たまに思い出したように御一行様がやってくるんで、要塞の奥までご案内してからお代を頂いて一網打尽にしとるんやけどな。

「ぐわぁぁぁっっ！」

「ば、馬鹿な!?　この要塞は既に機能を停止していグワァァァッ!!」

はいお約束のセリフご苦労さん。

というか、ええ加減警戒せぇやお前ら。

機能停止前の頃の魔人と比べてやたらチョロイんやが、なんやのコイツ等？

そーいや気付いたらワイ等の防衛戦術に、相手を内部までおびき寄せてから倒せって命令が入っとったんやが、それ要塞の防衛装置としてどうなんやろ？

……まぁええわ、多分ワイ等を再起動した人間の方針なんやろ。

けどその人間もすぐにどっか行ってもうたよってなぁ。

「しかしアレやな。要塞内も随分と賑やかになったのう」

そう声をかけてきたのはワイと同じ防衛装置の４８９号や。

「いやいや、人間も魔人もおらんやんけ」

むしろ静かになったいうんが正しいんやないか？

「けど代わりにお仲間が騒がしゅうなったやないか」

あー、そっちかー。

うん、まぁ、ワイも内心ではそう思わんでもなかった。

なんかなぁ、ワイ等いつのまにか『考える』事が出来る様になっとったんよな。

ワイ等マジックアイテムやからな、計算したり命令内容を判別する機能はある。

けどな、こうやって仕事に関係ない事を『思う』機能なんてあれへんかった。

道具にそんな機能は必要ないよってな。

当然同じマジックアイテムを仲間と思ったりもせぇへん。

それどころか会話なんかする筈もなかった。

けど理由は分かる。

それは、ワイ等が繋がっとる大本、つまりこの要塞を統括する制御装置が突然賢くなってもうたんが原因や。

親分が賢くなったもんで、連結しとるワイ等もその恩恵を受けて賢くなったんやな。

多分要塞が再起動する際に、古い部品を交換するなりして機能を向上させたんやと思うわ。

以前は「敵は皆殺しじゃぁぁぁぁ！」って叫んどった親分が、今じゃまるでインテリ盗賊みたいに別人になっとるよってな。

「ええかお前等。敵を攻撃するときは逃さへんように袋小路に追い詰めるんやで。あと味方に誤射させて同士討ちを誘うんもええな」

いやフレンドリーファイヤを誘発して仲間同士で殺しあわせるとか、えげつなさマシマシや。

ホンマ親分がこんなインテリ盗賊になってまうなんて、どんだけ高性能なマジックアイテムを搭載されたんや？

もしかしてアレやろか？　この要塞は最新の無人要塞を運用する為の実験場として使われることになったんやろか？

要塞の最高責任者もレクスとかいうお人に替わっとるみたいやし、そういうことなんかなぁ？

まぁ前の責任者は交換されてもおかしゅうないレベルの不良品やったからなんとも言えんけどなぁ。

こんな突拍子も無い『予想』をしてしまうんも、ワイ等の計算能力が上がっとるんが原因なんかなぁ。

そんな訳で妙に性能が良くなってもうたワイ等やが、最近は魔人達も警戒しとるのか全然こんようになってもうた。

ちょっと張り切って狩り過ぎてもうたかな。

お陰で退屈やわ。

せやけどワイ等はマジックアイテムやからな。

仕事がないならスリープモードになって敵が来るまで待つだけや。

「ほなおやすみー」

「おやすみー」

さーて、次に敵が侵入してくるんはいつやろなー。

エピローグ

「ただいまー」

町を襲った原因の魔人達を倒した僕は、タツトロンの町の宿へと戻って来た。

「お帰りだぜ兄貴！」

「帰ってくるのが遅かったみたいだけど、何かあったのレクスさん？」

「ちょっと魔人が居たので退治してきました」

「ああそう。魔人が」

「お疲れ様ですレクスさん」

皆から労いの言葉を貰い、僕は気分よくベッドに腰掛ける。

いやー、仕事を終えて労ってもらえるのって良いなぁ。

前世じゃ魔人の一人や二人を倒した程度じゃ誰も労ってなんてくれなかったもんね。

仲間が出迎えてくれるのも凄くホッとするよ！

「って、ちょっと待ってください！　今魔人って言いましたか!?」

と、そこで声をあげたのはリューネさんだった。

「はい。どうも魔物の群れが町を襲ったのは魔人が原因だったみたいです」

「みたいですって、魔人と言えば伝説の存在じゃないですか!?」

「いやー、そんな大層な存在じゃないですよ。ちょっと遺跡に潜んで何か企んでいたみたいなんで、ちゃちゃっと退治しておきました」

「ちゃちゃっとって、そんな害虫じゃないんですから!?」

害虫とは上手い事を言うね。あいつ等どこにでも湧いて悪さをするからなぁ。

殺虫剤ならぬ殺魔人剤が欲しいよ。まぁ魔人ホイホイは用意しておいたけどね。

「あー、懐かしいわ。私達も昔はあんな反応をしてたわよね」

「分かるわー、突っ込まずにはいられないのよね」

「初々しいですねぇ」

「何で皆さんそんなに落ち着いているんですか!?」

ノンビリしている皆に対して、リューネさんがやたらと興奮した様子で叫んでいる。

あんなに叫んで疲れないのかなぁ?

「まぁまぁ、貴女もいずれ慣れるから」

「そんな恐ろしい慣れ方したくないですよぉーっ!」

ともあれ、これで魔人からの茶々も無くなるだろうから、あとは龍姫の儀に集中するだけだね!

頑張れリューネさん!

十一章後半おつかれ座談会・魔物編

シルバードラゴン	(;゛゜'ω゜'):「ガクガクブルブル」
ワイバーン	(; ´Д`)「ドラゴン界のナンバー2が酷い事に」
ゴールデンドラゴン	⊂^⌒つ_д_)つ「おなかばーん」
ブラックドラゴン	(; ´Д`)「ドラゴン界のナンバー1が見る影もない……」
知恵者の魔人	_:(´д`」∠):_「プスプス」
ワイバーン	_(:3 」∠)_「あっ、ありとあらゆる策が無造作に破られた人だ」
ブルードラゴン	(ノД`)「本当に無造作に破られたからなぁ」
大量の魔物	(´Д⊂ヽ「一山いくらで狩られました」
グリーンドラゴン	(;∀;)「人間達が我々の鱗を身に着けて魔物達を襲う地獄絵図」
アーマーバッファロー	(´・ω・`)「俺、硬い皮が自慢の中級冒険者でも苦戦する強さだったんだけどなー」
グリーンドラゴン	(´・ω・`)「まぁ俺達が勝てない相手に普通の魔物を仕向けるとか、鬼の所業だからな」
魔人達	_(:3 」∠)_「なんか気が付いたら分からん殺しされた……」
ゴールデンドラゴン	_:(´д`」∠):_「そもそも敵が初見殺し過ぎる……」
ブラックドラゴン	(;´д`)「ハードモードとかいうレベルじゃない」
知恵者の魔人	_:(´д`」∠):_「人間が追ってくる、人間が亜空間をこじ開けて追ってくる、人間が人間が人間がぁぁぁぁぁぁぁ!!」
ゴールデンドラゴン	(ノД`)「哀れな、完全にトラウマになっておる」
防衛魔道具	「どうもー。侵入者さんはここですかー？」
知恵者の魔人	_:(´д`」∠):_「ひぃぃぃぃぃぃぃぃっ！」
ゴールデンドラゴン	(;゛゜'ω゜'):「何か来たぁぁぁぁぁぁ!?」

現代編

『無謀者達の哀歌』

現代編『無謀者達の哀歌』

「冒険者の救出依頼ですか？」

今日もリューネさんの修行を始めようと宿を出たら、冒険者ギルドのギルド長から呼び出しがあった。

そして緊急の依頼を頼みたいと言われたのが冒険者の救出という一風変わった依頼だったんだ。

「ああ、龍峰に向かった連中の救助を頼みたい」

「龍峰ですか？」

龍峰はリューネさんの修行の為にいつも行ってるから別に構わないんだけど、理由が良く分からないな。

あそこにはそこまで危険な魔物は居ない筈なんだけど。

「実はな、お前達がドラゴンを大量に退治した事を知った連中が、成人したてのガキでも倒せるなら、ドラゴンなんて実はたいした事ないいんだろうと勘違いしちまったんだ」

「何それ、馬鹿なんじゃないの!?」

「さすがにドラゴンが弱いなんて考えるのはありえない」

「なんて危険な真似を！」

ギルド長の話を聞いたミナさん達が、信じられないと呆れた声をあげる。

特に竜騎士見習いであるリューネさんは顔を青くして驚いている。

でもまぁ二人が呆れるのも分かるよ。

本当に上位のドラゴンはかなり強いからね。

一部の弱いドラゴンを見て他のドラゴンも全部弱いと思うのは危険だ。

リューネさんも知識だけとはいえ、その事を知っているから青くなっているみたいだ。

ただまぁ、龍峰に居るドラゴンは子供や下位のドラゴンが多いから、勘違いしちゃったんだろうなぁ。

ギルド長もため息を吐きながらそれに同意する。

「まったく頭が痛い話だ。首謀者はロムン、トレビス、ゴート、エドの四人だ。コイツ等は万年低ランクのうだつの上がらない連中でな。自分達のランクが上がらない事を常々愚痴っているような連中だ。そこに若いお前達が最強の魔物と名高いドラゴンを倒したと聞いたもんだから、自分達でもドラゴンを倒せるんじゃないかと思い込んじまったようなんだ」

「……そんなだから万年低ランクなんじゃないの？」

ズバッとリリエラさんが辛辣な意見を言う。

「けど確かにそれは不味いですね。ドラゴンを簡単に倒せる魔物と思い込むのはいくらなんでも危なすぎます」

ノルブさんは本気でドラゴンを退治しに行った冒険者さん達を心配しているみたいだ。

ノルブさんは純粋な戦闘系じゃないから、戦力で劣る戦いが大変な事を一番実感しているのかもしれない。

「ああ、手間をかけて悪いがそいつ等の救助を頼みたい。もちろんお前達が無理をする必要はない。あくまで可能な範囲でかまわない。元々冒険者は自己責任だからな」

「でもよ、自己責任なら何で救助依頼なんだ？」

と、ジャイロ君から皆が思っていた疑問が出る。

うん、それは僕も疑問だったんだよね。

冒険者は基本自己責任だから。

「実はな、ソイツ等に唆《そそのか》されてついて行った連中の大半が、戦闘が不得手な鱗拾いで生計を立ててる若い連中ばかりだったからだよ。まともに戦える経験者なら空飛ぶ巨体のドラゴンがわんさかいる龍峰になんて行かないからな」

「「「「あー」」」」

皆がなるほどと納得の声をあげる。

確かに戦いが不得手な人を巻き込むのは流石に問題だ。

ギルド長が慌てて救助依頼を出したのも分かるよ。

「でもそれも含めて自己責任なんじゃないの？　鱗拾いも冒険者である事には変わりないんでしょ？」

でもリリエラさんはそれを聞いても辛辣だ。

なんだかいつものリリエラさんと雰囲気が違うような……

なんというか怒ってるみたいな……？

「まぁ、そうなんだがな。これもこの国特有の問題というか。鱗拾いの仕事が原因でもあるんだ」

「鱗拾いの仕事が？」

ドラゴンの素材を拾うだけなのに何か問題でもあるのかな？

「ああ、ドラゴンの素材は金になるからな。特にドラゴンの少ない他国じゃかなり金になる。だからたまに落ちるドラゴンの鱗を求めて皆歩き回る訳だ」

「なるほど、山菜取りみたいなものですね」

「「「「ぶふっ!!」」」」

何かおかしかったのか、皆が突然噴き出す。

「さっ!?　……んんっ！　あ、あー、元々鱗拾いの仕事も、危険なドラゴンと直接戦わずにおこぼれを狙う小遣い稼ぎだったんだが、最近はその小遣い稼ぎを本業にしてるやつも多い」

「マジかよ、それじゃわざわざ危険な魔物と戦う必要なくねぇ？　皆でドラゴンの素材を拾いまくれば金持ちになれるんじゃねぇの？」

「ジャイロさん、そういう訳にはいかないんですよ」

ジャイロ君の疑問に、リューネさんが首を横に振る。

彼女はこの国の人間だけあって、鱗拾いの事情を知っているみたいだね。

「嬢ちゃんの言う通りだ。そもそも空を飛ぶドラゴンから自然に抜けた鱗を見つけようって話だから、そうそう見つかるもんじゃない。とはいえ昔は鱗拾いっていう行為自体が珍しかったんだ。たまにしか手に入らないからな」

という事は、今は違うって事なのかな？

「じゃあ鱗拾いは最近になって始まった仕事って事？」

「ああ、きっかけはドラゴン同士の喧嘩だ。たまたま近くを通った冒険者達が、地上に落ちてきたドラゴンの鱗を拾って大金に換えた事で、二匹目のドジョウを得ようと金のない連中がドラゴンの落とした鱗を探してそこらじゅうを歩き回るようになったんだ。それこそ冒険者以外の連中もな」

なるほど、きっとその冒険者さん達も目の前に小銭の山が落ちてきた気分だったんだろうなぁ。

傷がついて価値が下がったとはいえ、素材として使うなら数さえあればそれなりの値段になるだろうし。

「ちょっとした金脈狙いの山師ね」

「まったくだ。とはいえ鱗に危険は無くても町の外には魔物がうろついている。結局最低限戦えない連中はすぐに諦めたみたいだ。そして続けた連中も最初は金になっていたが、元がたまにしか手に入らない品だ。どんどん手に入る鱗は少なくなっていった訳だ」

あー、薬草の群生地の乱獲問題みたいだ。

というか、ドラゴンの討伐量が問題になったのも、似たような事情があったからだしね。

「資源の枯渇はどんな産業でも深刻ですねぇ」

「それで諦めきれなかった連中が今回やらかした訳だ。ドラゴンの怖さをちゃんと理解せずにドラゴン素材の利益だけに目が眩んだせいで、今回のような馬鹿をやらかしちまったんだ」

なるほど、気楽な小銭稼ぎの手段がなくなって困っていたから、美味い話に乗っちゃった訳だね。

「結局自業自得よね。冒険者として研鑽を積んでいれば、急に収入が無くなっても困らなかったでしょうに」

「それればかりはギルドも強制は出来んからなぁ。ともあれそういう訳なんでな、なんとか無駄に命を落とす前に連中を連れ戻したいんだ。だが俺達がドラゴンのウヨウヨいる龍峰に近づけば二次遭難しかねない。最悪ドラゴンを刺激して町に被害が及ぶ可能性もある。だからドラゴンとやりあえるお前達に頼みたいんだ」

事情を話し終えたギルド長は、僕達の返事を待って無言になる。

「事情は分かったけど、報酬はどれくらい出るの？　この依頼って高確率でドラゴンと戦う事になると思うんだけど」

そうだね。ドラゴンの縄張りである龍峰に乗り込んで戦いを挑んでいる人達を助けに行くんだ。間違いなく縄張りを荒らされたドラゴン達が怒っている筈だよ。

「分かっている。まず依頼を受けてくれたら前金で金貨10枚」

「ヒューッ！　受けるだけで金貨10枚かよ！」

「これはお前達がドラゴンを倒せる実力を持っている事を買っているからだ。更に救出した冒険者一人に付き銀貨5枚出そう。更にその際討伐したドラゴンの素材は二割増しで買い取る」

うん、追加報酬と買い取りアップが確約されているのは良いね。

「三割ね。冒険者達がどれだけ龍峰の深い場所まで潜ったか分からないし、私達も命を懸ける事になるわ」

「え？」

命を懸ける？　龍峰で？

「「「しー」」」

どういう意味だろうと思って確認しようとしたら、何故かジャイロ君達に口をふさがれた。皆は分かってるのかな？

「……分かった。三割増しで買い取ろう」

「よしっ！」

メグリさんが小さくガッツポーズをとって報酬が上がった事を喜ぶ。

「でも龍峰に入る前に追いついたらどうするの？　件《くだん》の冒険者達は私達を侮っているんでしょう？　説明しても素直に言う事を聞くとは思えないわ」

「あー、それがあったわね」

ミナさんの疑問にリリエラさんもそういえばと眉を顰める。

「力ずくで連れて帰ればいいんじゃねぇか？」

「そういう訳にもいかないわ。人数が多い可能性があるし、ドラゴンの恐ろしさを理解できないで連れ帰ったらまた同じことを繰り返すわよ」

なるほど、確かにアイツは危険だ！　って言葉で教わっても、実際に戦わないと危険は実感できないからね。

前世や前々世でも同じように油断して危ない目に遭っている人はいっぱい居たよ。

でもジャイロ君はいまいち実感がわかなかったみたいだ。

「そういうもんか？」

「アンタね、忘れたの！　冒険者になったその日にやらかしたじゃない。レクスが助けてくれなかったらどうなってたと思ってんのよ」

「うぐっ！」

ジャイロ君が心底ダメージを受けた様子でガクリと膝を崩す。

「あー、そんな事もあったね。懐かしいなぁ」

「ハハハッ、本気で死にかけた思い出を懐かしいで済ませたくはないんですけどね……」

「あー、それについては心配しなくて良い。俺が一筆書いておいた。ギルド長権限で、戻らなかったら全員に重い罰を与えると書いておく。それと他の連中を唆した首謀者の四人には被害者が出た場合、冒険者ギルドから追放するとも書いておくからよ」

と、あらかじめそれを予想していたらしいギルド長が手紙を取り出す。

「成る程、ギルド長権限じゃ逆らえないわね」

そうだね。重い罰を受けたら今後のランクアップに悪影響があるだろうし、追放なんてされた日には生活そのものが成り立たなくなるだろうね。

「帰ってきたらギルド総出でドラゴンの恐ろしさを体に叩き込んでやる。二度とこんな馬鹿な真似が出来ないようにな……そういう訳で頼まれてくれんか？」

今度こそ全ての話が終わった事で、僕は皆に視線を送る。

皆は無言でうなずき、異論はないと伝えてくる。

「……分かりました！　この依頼受けさせてもらいます！」

「おお！　受けてくれるか！　助かった！　ランクが低いとはいえ、依頼を受ける冒険者の数が激減すると困るところだったんだ。低ランクの依頼とはいえ、仕事は仕事だからな」

依頼を受けて貰えたギルド長は、心底安心したと言いたげに大きく息を吐く。

そんなに冒険者さん達が心配だったんだね。

「ええ、今回の件は僕達にも原因がありますから。何しろ……」

僕は自分が狩ったドラゴン達の事を思い出す。

「僕達が狩ったドラゴンの大半が、最弱のグリーンドラゴンとブルードラゴンでしたから。もっと高ランクのドラゴンは本当に危ないですからね！」

「「「「「いや、ドラゴンの時点で危ないから」」」」」

おや？

◆

こうしてギルド長から依頼を受けた僕達は、龍峰へとやって来た。

幸いだったのは、ドラゴン狩りにやってきた冒険者さんの大半が、僕達が龍峰に来る前に逃げ出してきた事だった。

「し、死ぬかと思った！」

「何がドラゴンなんて大したことないだよ！　全然攻撃が効かないじゃねーか！」

「こ、怖っドラゴン怖いっ！」

「お、俺一生鱗拾いでいいっ！　絶対魔物と戦ったりなんてしねぇ！」

よほど怖い目に遭ったのか、冒険者さん達は助けに来た僕達の事など見えていないかのように必死で町へと逃げていく。

そして大怪我をしながらなんとか逃げてきた冒険者さん達はノルブさんが治療している。

「はい、治療が終わりましたよ」

「ありがとうございます、ありがとうございます！」

ノルブさんに命を救われた冒険者さん達は、何度も彼にお礼を言いながら町へと戻っていった。

「皆逃げ帰ってきたなら儲けそこなったわね。せいぜいノルブが治療した連中の分くらいかしら？」

「まぁ被害者が出る前で良かったわ。寧ろドラゴンと戦って生きて帰ってこられた事が奇跡よ」

ミナさんは残念がりながらも、リリエラさんは冒険者さん達が全員戻って来た事を喜んでいる。

さっきは怒っていたみたいなのに、今は彼等の無事を喜んでいるのは何故なんだろうね？

「それなんですが、治療した方達の話だと首謀者の四人組がまだ龍峰に残っているみたいなんです」

「ええっ!?」

皆が逃げてきたのに、何でその人達は残っているんだ？

「どうも襲われた際の位置が悪かったみたいで、彼等はドラゴンから逃れる為に龍峰の奥に逃げていったのだとか。それを見たドラゴン達が四人組を追いかけていった為に皆さん逃げてくることが出来たみたいですね」

「成る程、縄張りの奥に入った事で四人組がターゲットにされて他の人達から注意が逸れた訳ね」

「ははっ、他人を危険に巻き込んだ迷惑野郎も役に立つじゃねぇか」

「アンタが言うと説得力があるわねぇ」

「ええ、あの時は僕も死んだと思いましたからね」

「ゴメンナサイ」

ミナさん達に突っ込まれて、ジャイロ君が深々と頭を下げて謝罪していた。

うん、パーティの問題だしそっとしておこう。

「冗談はさておき、早く助けに行った方がいい」

「そうですね。龍峰は奥に行くほどドラゴンが強くなりますから」

メグリさんが話題を戻すと、皆も気を取り直して龍峰の奥を見つめる。

「……もしかしてロムンさん達はきっとわざと奥に逃げたんじゃないかな」

「え？　そりゃどういう意味だよ兄貴」

僕の言葉に、ジャイロ君が首を傾げる。

「運悪く強力なドラゴンに遭遇したロムンさん達は、若い冒険者さん達を巻き込んだ責任を取る為にも自分達が囮になる事で皆を逃がしたんだと思うんだ」

「「「「え？」」」」

うん、たとえ勘違いが原因だったとしても、自分達のミスは自分達で責任を取る。

それこそが冒険者としての自由を選んだ彼等なりのケジメの付け方なんだと思う。

そう、大剣士ライガードの冒険で人を巻き込んで迷惑ばかりかけていた悪質な冒険者が、命がけで自分を救ったライガードの男気に感化され、自分の身を犠牲にして強大な魔物の気を引いてライガード達が勝利するきっかけを作った『性悪男の心意気』のエピソードのように！

「その人達も、間違いなく冒険者の魂を持っていたという事だよ！」

「えー？　何か勘違いしてねぇ兄貴？」

けれどジャイロ君は懐疑的に首をひねる。

「だって龍峰の麓にでるのはグリーンドラゴンかブルードラゴン程度だよ。いくら戦いが苦手な冒険者さん達でもグリーンドラゴン程度に苦戦するとは思えない。きっと何か予想外のトラブルに遭ったんだ！」

「「「「「いやそれは違うんじゃ……」」」」」

「皆、早く龍峰にロムンさん達を救助に行こうっ！」

◆

僕達は龍峰に到着すると、さっそくロムンさん達に呼びかける。

「ロムンさーん！　トレビスさーん！　ゴートさーん！　エドさーん！」

けれどロムンさん達からの返事はなく、代わりにやって来たのはドラゴン達だけだ。

「邪魔だよ！」

僕は縄張りを侵されて怒ったドラゴン達を捌きながら奥へと進む。

今は急いでいるからね、わざわざ相手をしている暇はないんだ。

時間をかけない様に吹き飛ばしたり飛び込んできた相手にカウンターを放って移動に専念する。

「うわー、お金が宙を舞ってるみたいに見えるわー」

「回収回収！」

「キュウキュウ！」

ミナさんとメグリさんが倒したドラゴン達を魔法の袋に回収しながらついてくる。

あとモフモフがドラゴンを美味しそうに齧《かじ》っている。

「二人共今は下級のドラゴンの素材よりもロムンさん達を探さないと」

「分かっているわ。でもまだ逃げ遅れた冒険者達がいるかもしれないでしょ」

「そんな人達が一面に広がっているドラゴンの素材を見つけたら、素材集めに夢中になってドラゴンに不意を打たれるかもしれない」

「キュウ！」

「だから私達は彼等が素直に逃げられるように素材を回収してるのよ！」

「『いわばゴミ拾い！』」

「キュウ！」

なるほど、それでグリーンドラゴンの素材までキレイに集めていたのか。

二人共流石だなぁ。

僕はガサツだから、そんな細やかな気遣いには考えがいたらなかったよ。

でもモフモフはドラゴンを食べたいだけだね。

「すげぇ。あんな強引な言い訳初めて聞いたぞ」

「しかも二人共物凄い笑顔ですよ」

「俺、アイツ等のあんな笑顔初めて見た」

「僕もです。結構付き合いが長いと思っていたんですけどねぇ」

なんだかジャイロ君達が少し引いた様な顔で二人を見つめているけどどうしたのかな？

「それにしても全然見つからないわね」

「そ、そうですね。もしかしたらこの辺りには居ないのかもしれませんよ」

リリエラさんとリューネさんはその間にも周囲を見回してロムンさん達が居ないか探していた。

「そうですね……」

僕は探査魔法を使って周囲の反応を調べてみる。するとドラゴンとは違う四つの反応が龍峰の奥から感じ取れた。

「もっと奥に居るみたいですね……あっ」

と、そこでロムンさん達と思しき反応が龍峰の外に向けて移動を開始した。

「ロムンさん達と思しき反応が町に向かって動き始めました。ここは僕達が囮になってロムンさん達の移動を手助けし、距離が近くなったら合流しましょう」

「分かったわ。下手にこっちから近づくと、ドラゴンが彼等に気づくかもしれないものね」

「ええ、それじゃあここでドラゴンの足止めに専念しましょう！」

「おーっし、ようやく本気で戦えるぜ！」

「ん、ドラゴン素ざ……修行の再開」

「それじゃ、やるわよ皆！　三割増し頑張るわよ！」

「「「「おーっ!!」」」」

「キューーッ！」

皆が元気よくドラゴンに向かって行く中、一人リリエラさんだけがギラギラとした笑みを浮かべていた。

「ふふふっ、まともに戦えない新人を唆して命の危険に巻き込むなんて……見つけたら二度と馬鹿な真似が出来ない様に躾てあげるわ！」

「……あっ！」

もしかしてリリエラさんが不機嫌だった理由って、ロムンさん達をリリエラさんの故郷の人達を騙したニセ冒険者に重ねていたからなんじゃ……

「そういう事ならリリエラさんが怒るのも無理はないかぁ……」

うん、悪い事をしたわけじゃないけど、多くの人を危険に巻き込んだんだから、素直にお説教されるしかないよね。

……リリエラさんのあの様子だと、お説教で済む……かな？

◆ロムン◆

「な、なんだありゃあ……」

俺達は信じられない光景を目の当たりにしていた。

龍峰にドラゴン退治にやってきた俺達は、ドラゴンの余りの強さと数の多さに慌てて逃げ出した。

しかし縄張りを荒らされた事で怒ったドラゴン達に追いかけまわされ、逆に龍峰の中腹にまで入り込んじまったんだ。

運よく隠れる事の出来る場所を見つけ、僧侶の結界で身を隠す事に成功したが、周辺は興奮したドラゴン達が飛び回って俺達を探している状況だ。

「ど、どうすんだよロムン」

「お前がドラゴンを倒しに行こうなんて言ったからこうなったんだぞ」

「そうだよ。何がドラゴンなんて大した事ねぇだよ。大した事大ありだろ！」

一緒について来た仲間達が、ここぞとばかりに俺を責め立てる。

「うるせぇよ！　お前等だってそうに決まってるって賛成したじゃねぇか！」

そうだよ、コイツ等だってあんなガキ共が倒せるドラゴンなんて楽勝だって言ってたじゃねぇか。

くそっ、こんな言い争いをしている間にも結界を張り続けている僧侶の魔力が減っていくばかりだ。

そんな時だった。

突然ドラゴン達が何かを見つけたかのように一か所に向かって移動を始めたんだ。

「助けが来たのかな？」

「誰が来るんだよ。ドラゴンだぞ!?」

あれほど侮っていたドラゴンだったが、その恐ろしさを実感した今となってはとても助けが来るとは思えない。

恐らくは俺達の様にドラゴンを侮った馬鹿が来たんだろう。

どうする？　今ならそいつらを囮に逃げる事が出来るんじゃないか？

我ながら酷い考えだが、俺達も自分の命が惜しい。

逃げる事が出来るのなら、どんな手を使ってでも逃げたい。

「「……」」

仲間達を見ると、同じ考えに至ったんだろう。全員が俺を見て頷いた。

長い付き合いだけあって、こういう時は以心伝心だな。

俺達は逃げるチャンスをつかむ為、物陰からドラゴン達の様子を見る。

すると予想通り、遠くでドラゴンがブレスを吐く音や、岩場が砕ける音が聞こえてきた。

そして未だ周囲で飛び回っていたドラゴン達も音の方に向かって行った。

ああ、誰だか知らないが、本当に新しい犠牲者がやって来たんだな。

「よし、行くぞ！」

僧侶が結界を解除すると同時に、俺達は周囲を警戒しながら物陰に隠れつつ動く。

「な、なぁ。おかしくないか？」

と、そこで仲間の一人が首を傾げる。

「何がだ？」

「いや、ドラゴンが誰かと戦ってるのは分かるんだけどさ、全然戦いが終わる様子が無いのはおかしくないか？」

そういえば、さっきからずっと戦いの音が続いているな。

「言われてみれば……」

「俺達がドラゴンと戦った時は、ヤバ過ぎてすぐ逃げ出しただろ？　他の連中もそうだった。なのにずっと戦いが続いているのはおかしいだろ」

「新しく来た連中が逃げ続けてるからじゃないのか？」

なるほど、確かにそれならドラゴンがそいつらを追いかけて攻撃を続けていると考えられるか。

「それなら好都合だな。そいつ等が全滅する前に、さっさと逃げるぞ」

「「「おうっ！」」」

俺達はドラゴンに見つからないように隠れながら、戦闘音に近づきすぎない距離を維持して町へと向かう。

だがその途中、切り立った小さな崖に出くわしてしまった。

しかも音のする場所の反対方向はずっと崖が続いているから、向こうに行っても安全なルートは見つけられそうもない。

「くそっ、悠長に登り降りしてたら、戦闘が終わっちまうぞ！」

「仕方ない。ギリギリまで近づいて歩ける場所に行くぞ」

「いやそりゃ危ねぇだろ!?　せっかく連中を囮にしてるのによ」

「だが今しかチャンスはない。少しでも町に近づくんだ。そして身を隠す事が出来る場所を見つけたら、夜までそこに潜んで、暗くなると同時に町まで全力で逃げるんだ」

「……やるしかねぇか」

俺達は覚悟を決めて戦闘音のする方向へ近づきながら移動の出来る場所を探す。

ようやく崖を回避することの出来る地形にたどり着いた時には、かなり戦闘音が近くなっていた。

そして、俺達は見てしまった。

「お、おい、なんだありゃ……」

「ド、ドラゴンが……」

「山に……なってる？」

それはぐったりとしたドラゴンが積み重ねられて小さな山になっているという奇妙な光景だった。

「なんだありゃ？」

訳が分からないにも程がある。

「お、俺が知るかよ！」

「ド、ドラゴンってあんな風に重なって寝る習性でもあるのか？」

しかしその疑問はすぐに解決する事になった。

それも信じられない形で。

なんと、ドラゴンに襲われている冒険者の一人が、突進してきたドラゴンを片手で吹き飛ばしたんだ。

「「「なっっっ!?」」」

吹き飛ばされたドラゴンは岸壁に叩きつけられ、バウンドした勢いでドラゴンが積まれている山の一番上に落ちる。

「な、なるほど、ああやってドラゴンを積んでいたんだな」

「い、いたんだな、じゃねーよ！　何だアレ!?　何をしたらあんな事が出来るんだよ!?」

「や、やべーよアイツ！　ドラゴンを片手で吹っ飛ばしたぞ!?」

「まるで子犬をあしらうみたいにあっさりと……」

ヤバイのはそいつだけじゃなかった。

他の冒険者達もそれぞれが信じられない方法でドラゴンを倒していく。

「ひぇっ!?　あっちの魔法使いがドラゴンを纏めて吹き飛ばしたぞ!?」

「向こうの奴はドラゴンを真っ二つにしちまった!」

「あっちはドラゴンの攻撃を受けてもビクともしてねぇ!?」

「なんで羽も生えてないのに空を飛んでドラゴンを叩き落とせるんだ!?」

「ド、ドラゴンの腹に槍で穴を開けたぁぁぁぁぁっ!?」

「なんか白いのがドラゴンの体をバリバリ音を立てながら鱗ごと食ってる!?」

「「「一体何モンなんだアイツ等!?」」」

冒険者の本能か、あまりにも異常な光景を目の当たりにした所為で感覚が麻痺してしまったのか、俺達は無意識に何が起きているのかを知ろうと近づいてゆく。

そして気づいてしまった。

「……あっ!?」

「どうした?」

「アイツ等、ドラゴンの素材を持ってきた連中じゃねぇか!」

「ええっ!?」

「そういえば見た事あるような……」

「アイツ等、本当に実力でドラゴンを倒してたのか……」

と、そこでドラゴンと戦っていた連中が俺達の名前を呼ぶ声が聞こえてきた。

「何でアイツ等俺達の名前を呼んでるんだ？」

まさか救助に来てくれたとでもいうのか？

「俺達別に親しくもなんともないよな？」

だよな、わざわざ危険を冒してまで俺達を救いに来る意味がない。

冒険者の世界は自己責任が常識だ。

間違っても善意で俺達を助けに来たなんて都合の良い考えを期待することは出来ない。

となると……

「……まさか!?」

そこで俺はある恐ろしい可能性に思い至る。

「アイツ等、自分達を馬鹿にした俺達をボコボコにする為に追いかけてきたんじゃ……」

「「「え!?」」」

知らなかったとはいえ、俺達はアイツ等の成し遂げた成果を信じず馬鹿にした。

冒険者の世界は舐められたら終わりだ。名誉を守る為に決闘まがいの事をする奴も珍しくはない。

「そ、それって、ここなら目撃者も居ないから何しても大丈夫だって事か？」

「そ、そういえば高ランクの冒険者には性格に難のある奴が多いって話だ」

「きっとそうだ！　俺達に仕返しに来たんだ！」

「やべぇ、見つかったら殺されるぞ！」

「ドラゴンを子供みたいにあしらう奴らに復讐されたら死んじまうよ！」

「ど、どうする!?」

「ど、どうするってどうするよ!?」

「な、なぁ、ドラゴンがあいつ等に釘付けになってるうちに逃げようぜ！」

「そ、そうか！　今ならドラゴンが囮になってくれる筈だ！」

あれほど恐ろしかったドラゴンが、今は頼もしく見える。いや、全然歯が立っていないからあんまり頼もしくないかもだが。

頼むぞドラゴン、せめて俺達が逃げ切るまで保ってくれよ！

「よし、逃げるぞ！」

俺達はドラゴンではなく、アイツ等に見つからないよう必死で逃げ出した。

その瞬間、後方から何かが砕ける音と爆発する音が聞こえてきた。

そして俺達の真横を吹き飛んできたドラゴンが追い抜いてゆく。

「「「ひぃっ!?」」」

驚いて声を上げてしまったのがいけなかった。

「見ぃーつけた」

「「「っっっっ!!」」」

地獄の底から響いてきたかのような女の声に、俺達は腰を抜かしそうになる。

「皆、居たわよ」

恐怖で体が動かない。

だが背中にいくつもの視線を感じる。

「ロムンさん達ですね」

子供の様に朗らかな声が聞こえてくるが、俺の視線の先にはそんな声の主に吹き飛ばされたであろうドラゴンが恐怖に歪んだ顔で気絶していた。

やべぇよ！　何明るい声でドラゴンをこんな目に遭わせてるんだよ！

「僕達は貴方達を迎えに来たんですよ」

迎え!?　地獄にお迎えって事か!?

「さぁ、行きましょうか。アンタ達はこれからたっぷりお仕置きを受けるのよ」

朗らかな少年の声の後にドスの利いた綺麗な女の声が続き、俺達の理性の糸が切れた。

「「「ぎゃぁぁぁぁぁぁぁぁっ!!」」」

俺達は悲鳴を上げながら必死で走り出した。

一刻も早くここから離れる為に。

地獄の使者から逃げ出す為に。

「お！　俺！　冒険者なんて辞める！　故郷に帰って畑を耕すんだ！　もう絶対魔物と戦ったりなんてしねぇ！」

トレビスが泣きながら引退すると叫ぶ。

「お、俺も辞める！　あんな化け物でなけりゃやっていけないなら、冒険者なんてやりたくねぇ！」

「お、俺も辞めるぅーっ!!」

ゴートとエドも釣られる様に冒険者から足を洗うと叫ぶ。

当然だ。俺達が手も足も出なかったドラゴンが真横を吹き飛んでいったら、誰だってそう思う。

俺だってそう思う。

「ロムンさーん！　トレビスさーん！　ゴートさーん！　エドさーん！」

しかも恐ろしい事に、俺達を呼ぶ声が真横から聞こえてきた。

後ろじゃなく真横だ！

「大丈夫ですよ。僕達は貴方達を迎えにきたんです」

「「「「信じられるかぁぁぁぁぁっ!!」」」」

こうして俺達は力尽きるまで逃げ続けた。真横から聞こえる地獄の使者の声を聞き続けながら
……

はい、逃げきれませんでした。ガクリ……

あとがき

作者「どうも作者です！」
モフモフ「真の主役モフモフだ」
作者「この度は二度転生6巻をお買い上げいただきありがとうございます！」
モフモフ「はっはっはっ、ありがとう！」
作者「いやー遂に6巻ですよー。作者的続刊新記録！」
モフモフ「ふむ、随分長く続いたな。そろそろ我のスピンオフが……」
作者「おめでとう俺！　ありがとう俺！」
モフモフ「人の話を聞けーっ！　いやまぁ5巻の壁を越えた事を喜ぶ気持ちは分かるが、そろそろ本の話をするべきだろう」
作者「え？　6巻の内容？　ドラゴンがひどい目に遭って魔人がひどい目にあう」
モフモフ「そうだけど言い方ぁーっ！」
作者「あとお前が漏らす」

モフモフ「そこは黙ってろぉー！」
作者「いやそこはお約束だし」
モフモフ「あるだろ！　ほら、今回は上下巻ってこととか！」
作者「ああそれか。今回は分量的に一冊じゃ収まりきらなかったんで、７巻も同じ舞台で活動するんだよな」
モフモフ「そうそれ！　その辺りあんな理由こんな理由があったとかあるだろ！」
作者「いや、やりたい事盛り込んだら溢れただけ。特に深い理由はない」
モフモフ「言い方ぁーっ！」
作者「そんな訳で龍国編は６、７巻と続きます。７巻の内容は魔人がひどい目に遭う話」
モフモフ「ネタバレがネタバレになっていない！　せめて６巻の伏線を回収するよくらい言えーっ！」
作者「ははははっ」
モフモフ「笑ってごまかすな。ともあれ６巻では何かほかに裏話ってないのか？」
作者「裏話？　そうだなぁ、キーボードが劣化して新しいのに買い換えたとか？」
モフモフ「それはただの近況報告ぅーっ！　創作に関してだよ！」
作者「創作に関してと言ってもなぁ……あっそうだ。執筆ソフトが落ちて保存前の原稿が飛んだ」
モフモフ「保存は定期的になー」

作者「冗談はさておき、6巻は5巻に続いて主人公がかつて生きていた時代の謎が少しずつ解き明かされてくる感じだな。かつての文明が何故崩壊したのかに続き、それでも生き残った人々が技術や知識を継承できなかった理由の一つとして竜騎士達の末路が示唆された訳だ」
モフモフ「意外に真面目な答えが来た」
作者「うん、今考えた」
モフモフ「適当かよ！」
作者「ジョークジョーク。あと今回は前後編なので、名有りのゲストキャラはあとがきに出てこない」
モフモフ「魔人は魔物座談会の住人だしな」
親方「どうも、ギルドの解体師を纏めてます」
解体師達「どもっすー。冒険者ギルドの縁の下の力持ちだぜー！」
モフモフ「何か出てきた!?」
作者「ぶっちゃけ冒険者ギルドとなると内勤や受付だけじゃないからな。冒険者の中には解体が下手なヤツ、数を狩る事を優先して解体の手間を金で解決する奴は居るよ」
親方「そうそう。それに下手な奴が解体して貴重な素材を駄目にするくらいなら、手数料払ってでも俺達が解体した方が最終的には高い金になる事もある」
モフモフ「ふむ、確かにそれもそうかもしれんな」

解体師達「このフワフワの毛、刈ったらいい素材になりそうだな」
モフモフ「我を素材として見るなぁーっ！」
作者「まぁお前魔物《えもの》だし」
モフモフ「ルビが不穏ーっ！」
作者「とまぁそんな事を言っているうちにお別れの時間となりました」
モフモフ「今回ツッコミしかしてない!?」
作者「6巻がかつての世界衰退の謎という真面目な話だったので、7巻はライトな感じに戻りますよー」
モフモフ「真面目……真面目？」
作者「では次は7巻でお会いしましょうー」
モフモフ「ではなーっ！　我のスピンオフが読みたい者達は出版社に応援のお葉書を送ってくれぇーー！」
親方と解体師達「さよーならーっ！」
モフモフ「お前らが締めるなっ！」

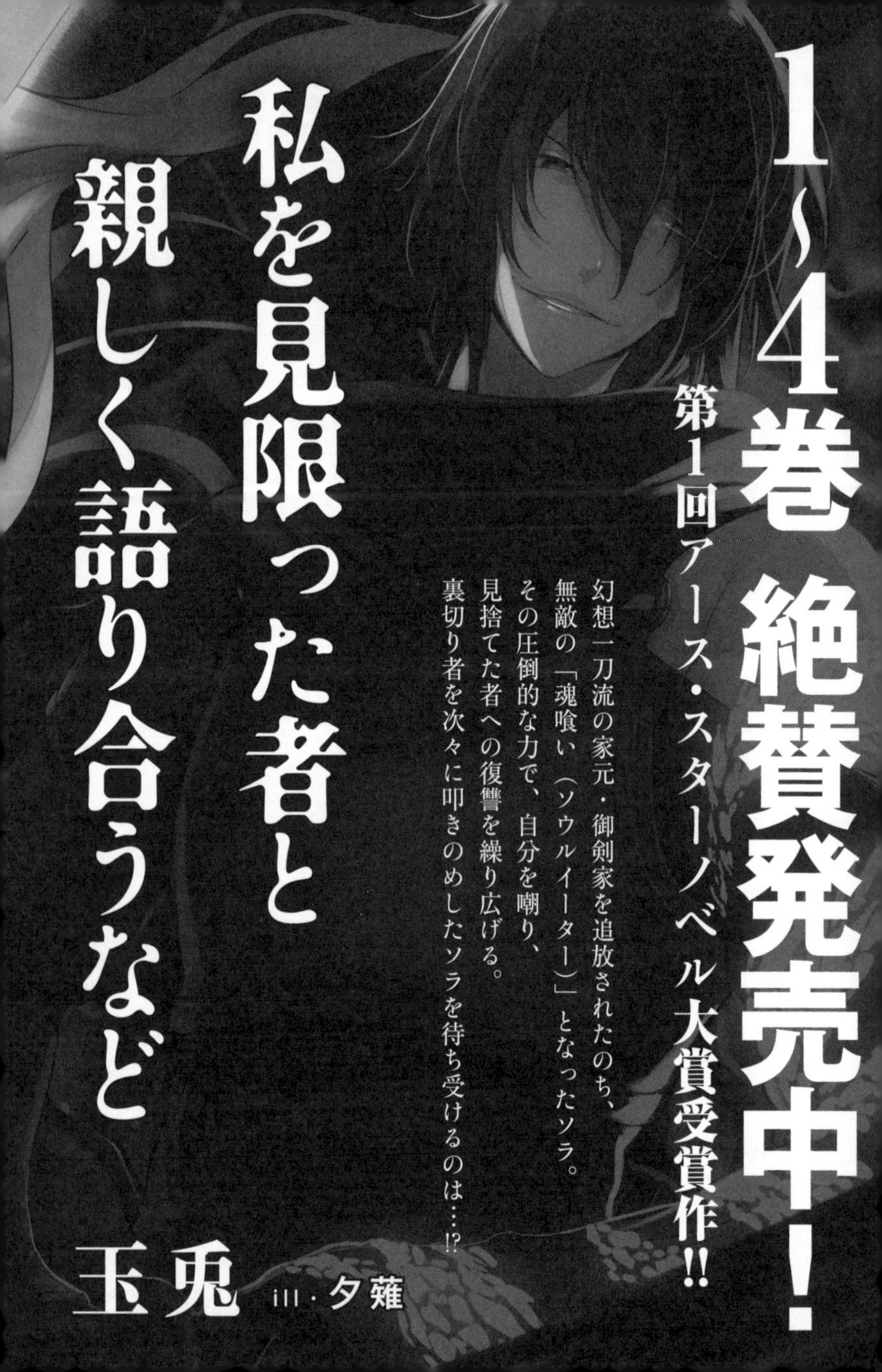
1〜4巻絶賛発売中!
第1回アース・スターノベル大賞受賞作!!
幻想一刀流の家元・御剣家を追放されたのち、
無敵の「魂喰い（ソウルイーター）」となったソラ。
その圧倒的な力で、自分を嘲り、
見捨てた者への復讐を繰り広げる。
裏切り者を次々に叩きのめしたソラを待ち受けるのは…!?
私を見限った者と
親しく語り合うなど
玉兎
ill・夕薙

EARTH STAR NOVEL
虫唾が走る！
反逆のソウルイーター
～弱者は不要といわれて剣聖（父）に追放されました～
The revenge of the Soul Eater.

は、
ひた隠す
サザランドはもはや
お前のものだ
転生した大聖女は、
ひた隠す
A Tale of The Great Saint
十夜・chibi
青辺マヒト
コミカライズ2巻
大好評発売中!!!
漫画：青辺マヒト
コミックアース・スターにて
連載中!!
https://www.comic-earthstar.jp/

あらすじ

薬の効かない黄紋病が流行り、死を待つだけの住民たち。
憎しみと悲しみに閉ざされ、騎士たちとの溝は深まるばかり。
そんなサザランドに、大聖女と認められたフィーアは、
優しく劇的な変化をもたらす。
「ああ、私たちは何度、大聖女様に救われるのだろう」
300年前から受け継がれる住民たちの想いと、
フィーアの打算のない行動により、
頑なだった住民たちが、フィーアとフィーアに
連なる騎士たちに心を開き始める。
そして、全ての住民がフィーアに最上位の敬意を捧げた瞬間、
王都にいるはずのある騎士が現れて―――!?

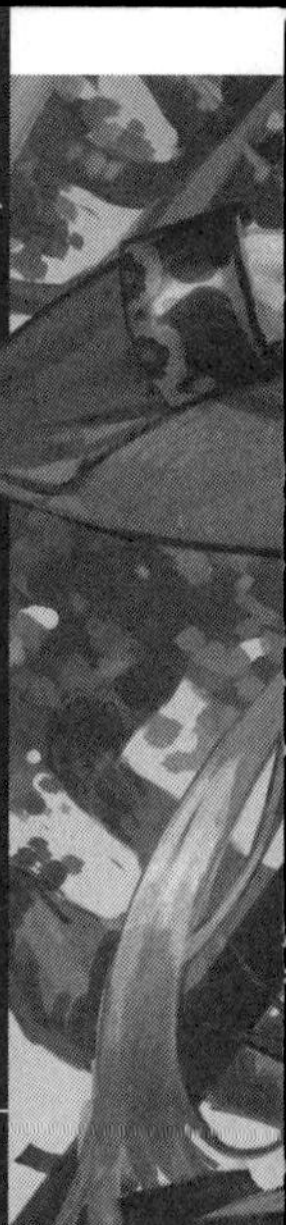

転生した大聖女は、聖女であることをひた隠す

十夜 Illustration chibi

続々重版中！
4000万PV越えの
超人気作!!!

がココにある。
私の従僕
私、能力は平均値でって言ったよね!
二度転生した少年はSランク冒険者として平穏に過ごす
~前世が賢者で英雄だったボクは来世では地味に生きる~
転生したらドラゴンの卵だった
~最強以外目指さねぇ~
戦国小町苦労譚
領民0人スタートの辺境領主様
毎月15日刊行!!
https://www.es-novel.jp/

あなたの“好き”
反逆のソウルイーター
～弱者は不要といわれて
剣聖（父）に追放
されました～
転生した大聖女は、
聖女であることをひた隠す
冒険者になりたいと
都に出て行った娘が
Sランクになってた
即死チートが
最強すぎて、
異世界のやつらがまるで
相手にならないんですが。
人狼への転生、
魔王の副官
アース・スターノベル
EARTH STAR NOVEL

EARTH STAR NOVEL

二度転生した少年はSランク冒険者として平穏に過ごす ～前世が賢者で英雄だったボクは来世では地味に生きる～ 6

発行 ―――― 2021年2月15日　初版第1刷発行

著者 ―――― 十一屋　翠

イラストレーター ―――― がおう

装丁デザイン ―――― 冨永尚弘（木村デザイン・ラボ）

発行者 ―――― 幕内和博

編集 ―――― 古里 学

発行所 ―――― 株式会社 アース・スター エンターテイメント
〒141-0021　東京都品川区上大崎3-1-1
目黒セントラルスクエア　7F
TEL：03-5561-7630
FAX：03-5561-7632
https://www.es-novel.jp/

印刷・製本 ―――― 中央精版印刷株式会社

ISBN 978-4-8030-1491-4